FLOR
de AGUA

Para Javier con mucho cariño
¡¡¡Gracias por tu apoyo!!!

Gracias por acompañarme a descubrir
el secreto de la Flor de Agua

Marta Huebes

OCTUBRE
2025

Este libro es una obra de ficción. El único fin de las referencias a personas, eventos, establecimientos, organizaciones o lugares reales es el de proporcionar una sensación de autenticidad, y se utilizan de forma ficticia con el objetivo de enriquecer la experiencia lectora. Todo lo demás es producto de la imaginación del autor, y no debe interpretarse como real.

Si tienes un club de lectura o quieres organizar uno, en nuestra web encontrarás guías de lectura de algunos de nuestros libros. www.maeva.es/guias-lectura

MAEVA apuesta por frenar la crisis climática y desea contribuir al esfuerzo colectivo y permanente de proteger y preservar el medio ambiente y nuestros bosques con el compromiso de producir nuestros libros con materiales sostenibles.

MARTA HUELVES

FLOR de AGUA

ISBN: 979-13-87664-36-7
Depósito legal: M-13417-2025

Diseño e imagen de cubierta: Mauricio Restrepo sobre imágenes de © Imagehit y © VladimirFLoyd / iStock
Fotografía de la autora: © Eduardo Fernández del Pozo, @ocas0
Preimpresión: Gráficas 4, S. A.
Impresión y encuadernación: Huertas, S.A.
Impreso en España / *Printed in Spain*

El mundo está lleno de cosas obvias que nadie observa.
SIR ARTHUR CONAN DOYLE

*Todos tenemos demonios en los oscuros rincones del alma,
pero, si los sacamos a la luz, los demonios se achican,
se debilitan, se callan y al fin nos dejan en paz.*
ISABEL ALLENDE

Los escenarios de la novela

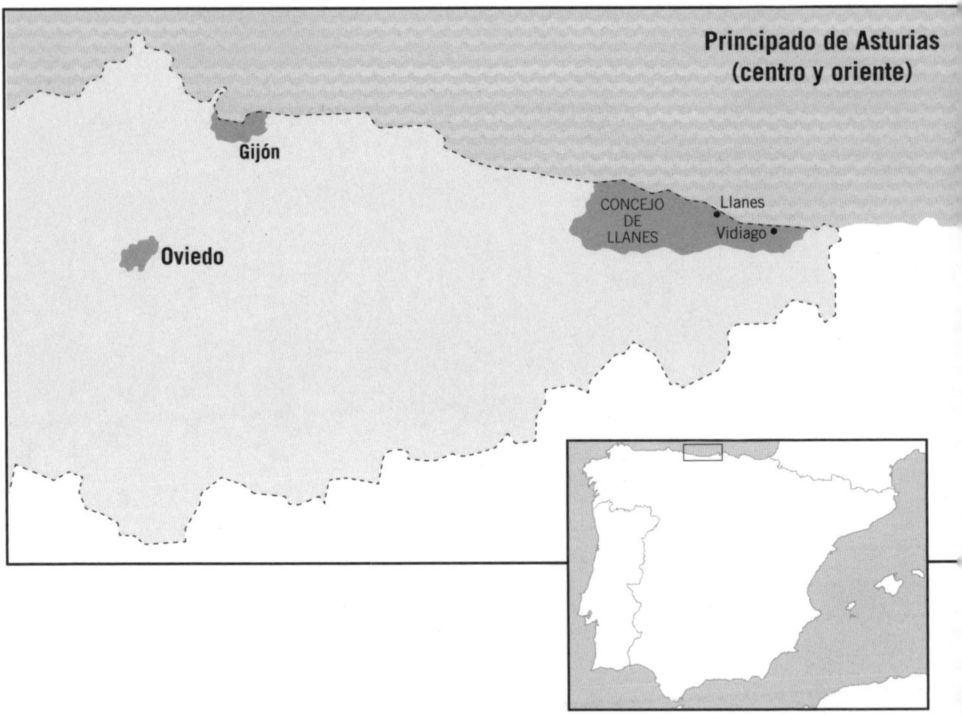

Principado de Asturias (centro y oriente)

Gijón

Oviedo

CONCEJO DE LLANES

Llanes

Vidiago

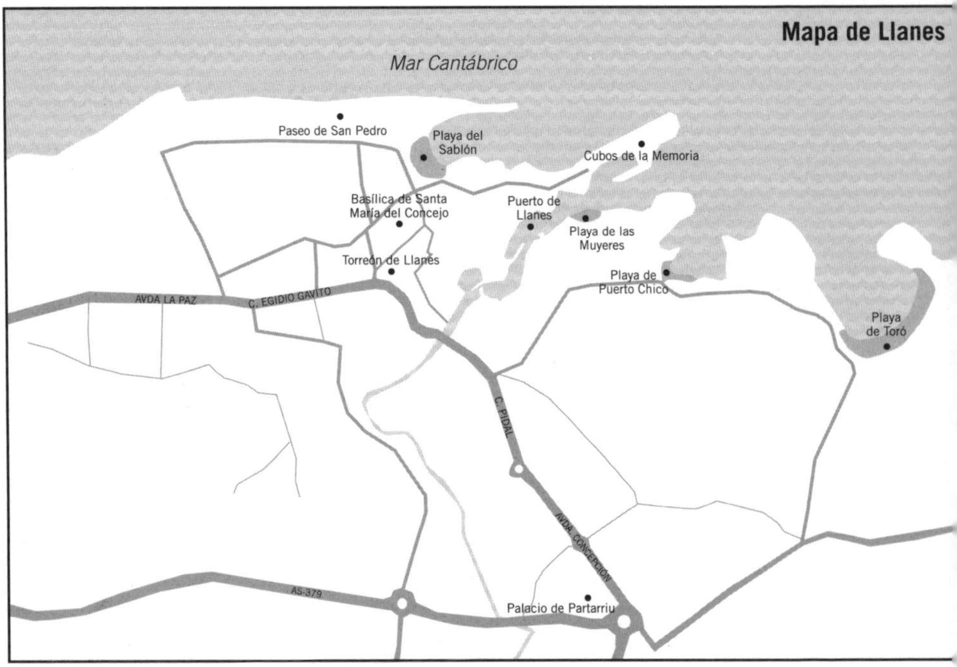

Mapa de Llanes

Mar Cantábrico

Paseo de San Pedro

Playa del Sablón

Cubos de la Memoria

Basílica de Santa María del Concejo

Puerto de Llanes

Playa de las Muyeres

Torreón de Llanes

Playa de Puerto Chico

Playa de Toró

AVDA LA PAZ

C. EGIDIO GAVITO

C. PIDAL

AVDA CONCEPCIÓN

AS-379

Palacio de Partarriu

No quería estar allí.

No quería escucharlo.

No quería conocer la verdad.

El hombre de la camisa blanca albergaba la esperanza de estar equivocado.

Sin embargo, la sospecha se le había incrustado en el velo del paladar.

La oscuridad total de la estancia envolvía a dos hombres situados uno frente a otro y sentados en un suelo de losetas mordisqueadas. Un frío húmedo y viscoso traspasaba la ropa hasta tocar la piel. Estaban encerrados en un sótano oscuro y hermético. Sin ventanas, sin ventilación. La única salida era una puerta metálica, cuyos anclajes se hundían en el suelo y convertían aquellas cuatro paredes en un agujero sellado. Los dos eran conscientes de que estaban encarcelados, aislados y sin posibilidad de pedir auxilio. Lo habían intentado todo antes de caer desfallecidos.

Tal vez fuera el golpe que uno de ellos había recibido en la cabeza o el aire irrespirable que los cercaba hasta asfixiarlos lo que complicaba su situación. El hedor proveniente de un sumidero abierto en un rincón les abrasaba la garganta. La tensión crecía hasta acelerar los latidos del corazón. Ambos sabían que se trataba de un momento crucial, por eso irguieron la postura y miraron a su alrededor, como el que sondea el terreno antes de avanzar. Estaban viviendo sus últimas horas.

El hombre de la camisa roja permanecía quieto, doblado sobre las piernas y con la cabeza entre las manos. Era la viva imagen de la desesperación.

El hombre de la camisa blanca presionaba un pañuelo sobre la herida de su cabeza, mientras movía la pierna izquierda con la cadencia de una gota de agua. Conocía tanto a la persona que tenía enfrente que podía descifrar sus pensamientos. Pero, en contra de lo que esperaba, el hombre de la camisa roja levantó la cabeza y lo enfrentó:

—No sé cuánto tiempo vamos a estar encerrados aquí, ni siquiera si llegarán a tiempo de rescatarnos. En cualquier caso, disponemos de pocas horas. Los gases que respiramos acabarán por matarnos. Así que, voy a contarte una historia —dijo, enjugándose la frente, y se inclinó hacia él palpando en la oscuridad. Tocó su reloj y una luz azulada rompió la negrura durante un instante—. Vas a estar tentado de pensar que lo hago para exculparme, pero, como comprobarás cuando termine, es necesario para contestar a todas tus preguntas. Te lo debo —y continuó con una súplica—. Solo te pido que me prestes atención.

—¡Cómo te gusta que te escuchen! Procura no adornar demasiado el relato, como haces siempre.

El hombre de la camisa roja tensó la espalda y entrelazó las manos. Para contar aquella historia necesitaba adoptar un tono de narrador que le diera la suficiente distancia de los hechos, a modo de cuento. Pensaba que el momento crítico que estaban viviendo así lo requería. Llenó entonces de aire los pulmones, se aclaró la voz y comenzó.

Noche de San Juan de 1997
Llanes, Playa de Toró. Asturias

—En la noche de San Juan de 1997 —comenzó el hombre de la camisa roja—, un grupo de amigos llegó a la playa de Toró, en Llanes, sorteando a los que celebraban sentados alrededor de las piedras, excitados por el ambiente festivo y de verbena. La arena los recibía húmeda y fría, esponjosa todavía por el chaparrón que acababa de caer.

»Las familias se reunían en corros en torno a pequeñas hogueras con el objetivo de recibir al solsticio de verano. Los chavales sondearon el terreno y eligieron un lugar a los pies del camino que conduce a los acantilados. Habían estado saltando desde las rocas hasta el mar esa misma tarde, en una suerte de reto irresponsable que repetían con frecuencia. Eran jóvenes, la mayoría no pasaba de los veinte y el sabor a libertad rezumaba por sus bocas. El murmullo del mar acompañaba la fiesta con su ir y venir. La lluvia había agitado la superficie de las olas y la espuma se encabritaba antes de morir en la arena. La sal manchaba los vasos de sidra, que algunas manos elevaban conteniendo el líquido escanciado con pericia. Sidra, cánticos y hogueras. El relente nocturno aflojaba ante el calor del fuego purificador de la Noche de San Juan.

»Podría hablarte de cada uno de ellos, pero solo nos interesan dos: Suso Estrada y Julia Morán.

Un imperceptible movimiento tensó la piel bajo los ojos del hombre de la camisa blanca, que seguía con interés desigual la historia debido al fortísimo dolor de cabeza.

—El chico —continuó el hombre de la camisa roja—, Suso, era el único hijo de un empresario muy importante de Llanes. Un chaval de familia adinerada que acababa de cumplir veinte años. Alto, de complexión atlética y con un gesto de adulto que desdecía su rostro de facciones aniñadas. Destacaba porque tenía madera de líder y se relacionaba con los hijos de la élite de la sociedad asturiana. Suso Estrada fanfarroneaba con heredar el negocio de su padre en cuanto acabase los estudios de Administración y Dirección de Empresas que había comenzado en Londres. Un tipo jovial, guapo y despreocupado, pero en extremo competitivo.

»Ella era diferente a las demás. Una chica del montón y poco preocupada por su aspecto, pero muy inteligente. Una estudiante brillante, observadora, metódica y tan desafiante como él. Julia procedía del entorno rural y vivía con su abuela tras haberse quedado huérfana. A ella le gustaba de él esa pedantería que mostraba ante los demás, pero nunca con ella. El carácter de Julia Morán era un tanto impredecible. Disfrutaba de la velocidad, las noches de fiesta y cualquier reto que pusiera a prueba sus límites físicos. Y ahí coincidieron. La rivalidad entre ellos era tal que la adrenalina hacía saltar chispas. Una atracción física y mental que funcionaba sola.

»Como te digo, uno de los pasatiempos de la pandilla de amigos era lanzarse al mar desde los acantilados. Cuanto más alto y más abrupto era el cortante, más unidos se sentían. La pareja se retaba mientras sus compañeros grababan en vídeo los saltos. Lo único que ambos tenían claro era que su relación tenía poco recorrido y que sus vidas discurrirían por caminos diferentes. El riesgo formaba parte del disfrute y ninguno estaba dispuesto a renunciar a ello.

»La noche de San Juan de 1997, Suso estaba pletórico. Por fin había conseguido vencer a Julia en un salto kamikaze que dejó a sus amigos sin aliento. Esa noche bebieron, cantaron y quemaron en la hoguera los apuntes del curso anterior. Por supuesto, danzaron y saltaron sobre el fuego en un ritual de purificación.

»Según avanzaban las horas, la euforia de los primeros momentos cedió el paso a los efectos narcóticos del alcohol. Suso se acercó a Julia y le susurró al oído. El contacto despertó la química entre ellos de manera salvaje y decidieron alejarse del grupo en busca de intimidad. Él condujo su coche por una carretera apartada del bullicio festivo y se detuvo en un camino solitario. La pasión se desató. Los besos adolescentes se desbordaron sobre la piel como algo inevitable y acabaron haciendo el amor. Al terminar se quedaron dormidos el uno sobre el otro.

»Ella despertó poco antes del amanecer. Tenía la boca seca y unas molestas ganas de orinar, así que salió del coche y caminó entre los árboles en silencio. Todavía resultaba imperceptible la silueta de la sierra del Cuera. Atrás quedaba el barullo de la fiesta, y pronto sonarían las primeras gaitas y se reunirían los coros y los danzantes en la plaza del pueblo para festejar la llegada del verano. La hojarasca del camino acompañaba sus pasos. Venus iluminaba el cielo nocturno. Era sin duda un momento perfecto.

»Pero había algo que la inquietaba. Un sentimiento de culpa en la boca del estómago que le hizo tomar conciencia de que pronto se separaría de Suso. Mientras avanzaba por el bosque, pensaba en él. A veces se maravillaba de la conexión que había entre ellos. Sin duda habría podido enamorarse, o quizá ya lo estaba un poco. Tal vez había sido un tanto irresponsable al acostarse con él. Al fin y al cabo, tomarían caminos distintos tras el verano. Estaba decidida a marcharse del pueblo y a buscar un futuro mejor. Nada ni nadie la detendría. Ni siquiera él.

»Andaba en estos pensamientos cuando escuchó el rumor del agua. La sed le secaba la boca. Descubrió entonces una fuente de la que manaba un chorro abundante. En el preciso instante en el que se acercó a beber, la primera luz del amanecer incidió sobre el agua. Los destellos del sol se desparramaban con brillos multicolores. Julia introdujo las manos en el agua y bebió hasta quedar saciada. En ese preciso momento, un temblor extraño recorrió su columna vertebral y cayó de rodillas sujetándose el vientre. El terror la estremeció y una certeza se instaló en su cabeza.

»Antes de salir corriendo en dirección al coche presa del pánico, supo que estaba embarazada.

El hombre de la camisa blanca tosió y se aclaró la garganta para intervenir, pero el de la camisa roja se lo impidió.

—Antes de que digas nada, te ruego que escuches esta historia.

1

Mismo lugar, verano de 2023

24 DE JUNIO, Día de San Juan. Faltaba media hora para que amaneciera. Lo haría exactamente a las 6.42 horas en el barrio de El Bibio de Gijón. Tras el divorcio, la subinspectora de la Policía Nacional, Marina Roldán, vivía de alquiler en un piso propiedad de la tía de su compañero, el agente Lino Cueto. Una vez resuelto el último caso, la necesidad de efectivos en otras unidades obligó a disolver la Brigada para el Oriente. Desde aquello habían trascurrido ya cuatro años. Tiempo que Marina había aprovechado hasta conseguir el ascenso a subinspectora.

Los componentes del antiguo equipo andaban cada uno por su lado. Lino y ella colaboraban de vez en cuando con la UFAM, la Unidad de Atención a la Familia y la Mujer, y Bedia acababa de cerrar un caso con una veintena de robos a joyerías en Avilés.

Pertrechada con unas mallas negras y una camiseta de tirantes del mismo color, Marina echó un vistazo al espejo antes de salir de casa. Le sentaba bien el ejercicio matutino. Se pellizcó las mejillas provocando el sonrojo de la piel y achinó sus ojos amielados. Las patas de gallo se mantenían en niveles aceptables. Así que, levantó la barbilla, guiñó un ojo y decidió que ese día no se dirigiría hacia la playa; la Noche de San Juan había hecho estragos y los operarios se afanaban en la limpieza de la costa. Sería mejor rodear el parque de Isabel la Católica, al que ya se había habituado.

Después de cuatro años, uno malo y tres regulares, creía haber pasado página tras su divorcio. Carlos solo era un recuerdo, bonito y feo a la vez, que dolía un poco cuando revivía cómo había terminado la relación. En ese tiempo había conseguido potenciar sus prioridades. La vida de soltera la trataba bien. Salvo algunas noches oscuras en que la soledad se acostaba a su lado y su fétido aliento le robaba el sueño. Cuando esto ocurría, se levantaba de la cama antes de que el sol hiciera acto de presencia. Desde el encuentro con la niña de los lagos de Covadonga, la vida se le había revuelto, llenándose de fantasmas. Los malos recuerdos regresaban: los compañeros que había perdido por el camino, la traición de Carlos y el cambio obligado de residencia y de perspectiva.

Marina salió de casa. El rellano de la escalera le proporcionaba una visión panorámica del portal. Divisó a Luisa desde el primer piso, la pareja de su compañero Lino. La chica era la encargada de limpiar los portales de la comunidad. Aquella mañana, aprisionaba su cabello rebelde de rizos a lo afro en un moño tirante que le tensaba la piel de la sien, alargando sus cejas. El mocho bailarín que se deslizaba por el piso con la fuerza de sus brazos se movía a ritmo de bachata. La voz risueña de Luisa contagiaba buen humor.

La subinspectora trotó al bajar los diez escalones que la separaban de ella casi sin hacer ruido. Antes de que Marina posase el pie en el último escalón, el sexto sentido de Luisa ya le había informado de quién bajaba por la escalera; era capaz hasta de saber a dónde se dirigía. Era un don, según le había explicado el día en que Lino las presentó; lo había heredado de una tía, que emigró a Cuba en busca de fortuna y regresó a los pocos años con un marido pobre como una rata, más feo que Picio y con cinco hijos como cinco soles. Todos varones. La tía de Luisa era una mujer generosa que se hizo cargo de ella cuando fallecieron sus padres. «Bendita tú eres entre todos los hombres», le decía besuqueándole la cara. Y así se crio ella, mimada y feliz.

Las dos mujeres se saludaron con efusividad y, después, la subinspectora salió a la calle y caminó a buen ritmo hasta alcanzar el parque. Rodeó la zona de juegos infantiles y se adentró en los jardines sembrados sobre las marismas del río Piles; un lugar antaño insalubre, con charcas cenagosas y criadero de mosquitos, transformado en un vergel muy atractivo para la ciudad. Eucaliptos, cipreses y chopos crecieron rápido. Después llegaron los tejos, los ginkgos, los cedros, los robles, los pinos, hasta los magnolios. Una comunidad de vecinos bien avenidos que proporcionaba un soplo de oxígeno a cambio de un espacio donde expandirse. Los árboles añosos aportaban confianza a la policía y ella los consideraba una buena compañía.

Acababa de recorrer el lago artificial cuando un pitido molesto captó su atención. Ralentizó la marcha y consultó el teléfono móvil un tanto extrañada, porque aquella semana tenía turno de tarde y no esperaba llamadas. Un mensaje luminoso ocupaba la pantalla. El nombre que leyó en ella la hizo detenerse en seco. El Jefe Gris la citaba en su despacho en media hora.

En ese mismo momento, el agente Lino Cueto se encontraba sentado en el suelo de su casa, en la postura del indio. Se había permitido un descanso y apuraba una taza de café humeante. Ante él se desplegaban las piezas de una estantería de madera cuyo nombre contracturaba la lengua. Una de esas con instrucciones ininteligibles, solo aptas para gente dotada de altas dosis de paciencia. Deslizó la vista por las maderas apiladas y reparó en una bolsa que contenía arandelas y tornillos suficientes para remachar de nuevo la torre Eiffel, y se preguntó en qué momento había rechazado la oferta del vendedor de enviársela ya montada por un módico precio. Se rascó la cabeza con cuidado de mantener la perfecta raya de su peinado, llenó los pulmones de aire y releyó las instrucciones. Perdido en la visualización de cómo resultaría la estantería una vez acabada, el sonido de una notificación en el móvil llegó como una excusa pertinente. Se levantó del suelo y leyó, mientras devolvía a la cocina la taza de café.

En media hora en el despacho de Gris.

Un gesto de extrañeza se dibujó en su cara. ¿Para qué lo requería el comisario? «Media hora», se dijo mirando el reloj y, a continuación, abandonó las piezas de la estantería sin armar.

LA COMISARÍA ERA un hormiguero de agentes a tan temprana hora de la mañana. Caras despejadas y cabezas recién peinadas que destilaban a su paso el aroma fresco de la colonia de baño. La agente Nora Sirgo bajaba las escaleras con tanta rapidez como si fuera a sofocar un incendio. Parecía llevar muchas horas ya en funcionamiento. Lucía el cabello rubio peinado en una trenza bajo la nuca y se había perfilado la línea de agua de los ojos de un sutil color azul, llenándolos de profundidad. Acababa de recibir la citación del Jefe Gris mientras repasaba la ficha policial de un presunto acosador. Los compañeros de Delitos Informáticos de Oviedo necesitaban un perfil psicológico. Desde que colaboraba con ellos, Nora había tenido que aprender a coserse la piel del corazón en muchas ocasiones y a tomar distancia.

El despacho de Gris daba a una salita de espera, donde un agente pecoso levantó la cabeza al verla aparecer, para después continuar como si nada. Un minuto más tarde apareció Marina y, a los dos minutos, lo hizo Lino. La sorpresa de encontrarse allí los tres les duró un segundo, antes de que el gigante inspector Salvador Bedia bramara desde el último escalón.

—¡Qué bien que hayáis podido venir! —dijo tras una sonora carcajada—. Os preguntaréis qué estamos haciendo aquí el Día de San Juan. Por el momento, voy a pediros que me sigáis la corriente.

Las caras de los tres pasaron de la sorpresa al desconcierto.

Pocos minutos después, Gris se asomó por la puerta de su despacho, con el rostro más congestionado que de costumbre, y les ordenó que pasaran.

—Tenemos un suceso raro de cojones, y no es un taco. Es literal —dijo antes de que el último, en ese caso Nora, cerrase la puerta. Para entonces, Bedia ya se había situado cerca de la máquina de café, una muy moderna, de esas de las que presumen los cafeteros, y procedía a prepararse un café colombiano, su favorito. Mientras los demás esperaban acontecimientos, Gris se dirigió a ellos sentado en el borde de la mesa y con los brazos cruzados—. A primera hora de esta mañana encontraron el cadáver de un hombre en un local de la calle Corrida. Acabo de hablar con la patrulla que acudió al aviso. Os quiero allí de inmediato —dijo, señalando primero a Roldán y después a Bedia—. Nada más empezar la temporada turística y ya tenemos el primer marrón. Los de arriba quieren que pase lo más desapercibido posible. En cuanto abran los locales comerciales la zona se va a llenar de gente.

«¡En la calle Corrida! ¡En pleno centro!», pensaron los agentes para sus adentros.

Gris rodeó la mesa, ordenó varias carpetas y extendió un par de folios hacia Bedia, que ya bebía su café. El coloso deslizó la vista por los papeles, sorbió un buen trago y se los pasó a Marina.

—¿Y bien? —El comisario esperaba una respuesta—. Bedia, ya te saliste con la tuya. Ahora quiero que os pongáis en marcha.

—Antes de nada, déjame que les explique a qué te refieres —solicitó dirigiéndose a los agentes—. Como sabéis, llevo mucho tiempo deseando reunir de nuevo a la Brigada para el Oriente. La falta de personal nos impidió trabajar juntos durante estos años, pero parece que el bache quedó resuelto. Así que pedí al comisario que nos permitiera ocuparnos de este caso. Estamos de acuerdo en que sería fantástico volver a trabajar juntos, ¿no?

Los agentes recibieron la noticia con una enorme sonrisa.

—Tengo que confesar que insistí mucho —continuó Bedia—, y que agradezco la paciencia y la confianza que el comisario deposita en nosotros. Pero, antes de ponernos en marcha, voy a pedirte un último favor, Gris. Si vamos a investigar como Dios manda, necesitamos un lugar adecuado.

—Bedia, no te pases —advirtió el comisario, más interesado en centrar la atención en el suceso—. Para que todos apreciemos el tamaño del embrollo del que estamos hablando, el cadáver de un hombre joven apareció en un local que está patas arriba, en plena reforma. La víctima se llama Javier Rivero, veintiséis años, natural de Oviedo, pero residente en Llanes. Llevaba encima la documentación, por eso conocemos su identidad. Los que trabajan en el local lo descubrieron al empezar su jornada laboral. Lo jodido es la forma en que lo encontraron, muerto y sin genitales. Sí, sí, habéis escuchado bien. Emasculación completa.

Un murmullo de sorpresa brotó de la garganta de los agentes.

—El caso es vuestro, Bedia. No se hable más. Tú y Roldán salís ahora mismo para allá. Quiero un informe completo.

—Un momento, Gris, perdona que insista —dijo el inspector—. Necesitamos que nos asignes el cuartel general.

Gris arrugó la frente antes de contestar.

—El espacio que me pides lo ocupa Santisteban y…

—Santisteban puede trabajar en el sótano, en la garita de la puerta o en medio de la calle. ¡Total, para lo que hace! El cuartel general está desaprovechado —continuó el gigante con voz de súplica—. Un despacho colosal ocupado por un solo tío. Devuélvenos nuestra guarida y nosotros sabremos compensarte.

El silencio se impuso de repente. Ninguno de los presentes se atrevió a pestañear, a la espera de la reacción del comisario. El combate entre Bedia y Gris se estaba librando en las trincheras, y la solución llegó después de varias llamadas.

—De acuerdo —dijo el comisario todavía con el teléfono en la oreja—. Desde este momento podéis disponer del despacho de la planta superior. No hace falta que te diga que espero resultados pronto. ¡Vamos! ¡A trabajar!

El inspector salió disparado seguido por los otros tres y subió las escaleras hasta el antiguo refugio con la excitación de un niño al ganar una carrera. La puerta del cuartel general se abrió en el momento en que los cuatro alcanzaban la meta y por ella apareció Santisteban, un agente flacucho, cargado con una caja de cartón, que desapareció por el pasillo.

Bedia asomó la cabeza en el interior del cuartel general y se volvió hacia el equipo.

—¡Lo conseguimos! ¡Estamos de vuelta! —gritó señalando a Lino y a Nora—. Vosotros poned orden en la cueva y nosotros nos vamos a ver el cadáver.

Marina sonrió a sus compañeros sin ocultar la emoción que le provocaba el trabajar juntos de nuevo, y corrió tras la estela de Bedia.

2

La calle Corrida

CUESTA IMAGINAR QUE alguna vez la calle Corrida de Gijón uniera el puerto carbonero con la salida de la ciudad, sobre todo para alguien de fuera como Marina. O que por sus losetas grises discurrieran los raíles del tranvía porque, en la actualidad, es una de las calles comerciales más caras y concurridas de la ciudad. Una calle peatonal en la que siempre pasa gente.

Cuando caminaba por ella en las horas centrales del día, a la subinspectora le recordaba el tránsito apresurado de la Gran Vía de Madrid. Bedia le había explicado que, años atrás, se la conocía como calle Ancha de la Cruz de la Huerga y que «Corrida» era solo una especie de mote popular que se generalizó y acabó dándole nombre, quizá por el excesivo tránsito o por los corrimientos que se llevaron a cabo en algunos edificios para ampliarla.

Frente al número cuarenta y seis, donde se había producido el presunto crimen, Bedia le sacaba ya dos zancadas. El gigante caminaba por delante, a paso marcial y sin perder el ritmo, con el cabello engominado ligeramente hacia el lado izquierdo, la barba recién rasurada y con un brillo de satisfacción en los ojillos que le iluminaba toda la cara. Estaba pletórico.

El Día de San Juan era laborable. Media hora antes de la apertura de los comercios, Bedia se detuvo justo detrás del cordón policial. Los efectivos se habían desplegado ocupando toda la fachada del edificio en el que había aparecido el cadáver, y que abarcaba hasta la confluencia con la calle Asturias. Los antiguos terrenos del cine Robledo habían dado paso a un bloque de oficinas, con una enorme tienda de ropa de moda juvenil en la planta baja. El negocio tenía proyectada una reforma integral y a todas luces se veía que estaban de obras.

Los cristales cubiertos con cartones y papel de color sepia impedían la visión del interior, lo que facilitaba el movimiento del personal. El local ocupaba todo el perímetro del edificio. Una docena de curiosos, estratégicamente situados, esperaban acontecimientos. Ya había llegado el furgón de la Científica y el inspector reconoció el vehículo del forense. Una vez identificados, la frontera policial se abrió para ellos. «Inspector Bedia y subinspectora Roldán», anunció el policía dirigiéndose al agente que custodiaba la entrada del local, parapetado entre tablones de madera y sacos de cemento. Antes de poner un pie en el interior, un agente de la Científica les cortó el paso y entregó a cada uno un par de guantes y unos protectores de calzado, con un ademán inequívoco que contenía la fuerza de una orden.

Marina se dejó llevar por la incertidumbre mientras cubría con los patucos sus impolutas deportivas. Algo gordo, muy gordo, debía estar pasando allí dentro para obligarlos a tomar tantas precauciones.

Continuaron detrás del agente y accedieron hasta el interior del local. Del techo colgaban cables y las paredes estaban aún sin rematar. Por el suelo se apilaban latas de pintura y ladrillos junto a planchas de pladur apoyadas contra las paredes, además de cubos y herramientas varias. En el momento en el que entraban, una de las planchas de papel que cubría las ventanas del local se desprendió y un operario enfundado en un mono azul se apresuró a reforzarla, sujetando entre los dientes un rollo de cinta americana.

La luz matizada del interior daba la impresión de estar en un sótano. Para alcanzar el corazón del local tuvieron que caminar sobre tablones y una vez allí, la vista se abría a un espacio diáfano y de grandes dimensiones. El olor pegajoso de la pintura y las mezclas de aerosoles flotaba sobre ellos. A su izquierda, otro operario con mono de trabajo color gris y salpicado de manchas conversaba con otro agente.

El inspector se acercó hasta ellos, saludó y releyó en el cuaderno del policía la declaración del testigo. El cuerpo había aparecido en una zona destinada a los probadores, junto a unos palés de madera. Aquella mañana los primeros en llegar habían sido el jefe de obra y un operario cuyo cometido era rematar la instalación de los focos de luz. El local carecía de vigilancia nocturna. Fue el jefe de obra, callado y con el rostro demudado aún por la impresión, el que había encontrado el cuerpo del hombre en medio de un gran charco de sangre.

Una agente de la Científica se acercó a ellos.

—Encontramos la documentación y el teléfono móvil en el bolsillo del pantalón de la víctima. La prenda apareció hecha un gurruño junto al cadáver —dijo a la vez que estrechaba la mano de Bedia y, a continuación, la de Marina—. Creemos que al asesino le importaba poco ocultar la identidad del hombre, quizá hasta lo hizo con intención. Nada de huellas ni pisadas de entrada o de salida. Tampoco aparecieron las partes mutiladas.

El foco de atención se desplazó de nuevo hacia el centro del local. En formación de corro, Bedia reconoció a dos agentes de la judicial que charlaban con la jueza, de espaldas a ellos. Saludaron rápido y se dirigieron hacia un espacio más estrecho donde estaban instalando los probadores. Fue entonces cuando visualizaron unas piernas en medio de un gran charco de sangre.

En ese momento, los funcionarios de la Policía Judicial al cargo desplegaban la bolsa funeraria sobre el cadáver. El inspector los detuvo con la mano en alto, y Marina y él se situaron frente a la víctima. El hombre descansaba bocarriba, con los ojos semicerrados. Era un tipo joven, pelo castaño ensortijado, pómulos muy marcados y grandes ojeras, más oscuras alrededor del lagrimal. Las losetas blancas del suelo refulgían en contraste con el rojo de la sangre. A la subinspectora le pareció más espesa en el contorno de la mancha. «Pero ¿qué le han hecho a este hombre?», pensó Marina negando con la cabeza. Estaba descalzo y desnudo de cintura para abajo, presentaba una herida horrible entre los muslos. Las deportivas habían aparecido junto al resto de la ropa. Entonces, la subinspectora reparó en la presencia del forense, que le ofrecía la mano.

—Mal lugar para reencontrarnos. —El doctor Arturo Requejo se ajustó la montura de las gafas a la nariz. En esa ocasión lucía un modelo de carey, de un material semitransparente y con manchas marrones que recordaba al caparazón de las tortugas. Para entonces, ya había saludado a Bedia. El inspector estrechaba ahora la mano de una mujer de cara redonda y piel amelocotonada, los únicos rasgos perceptibles que se apreciaban a primera vista, porque los forenses iban enfundados en un mono blanco—. Te presento a la doctora Greta Hoffman, una prestigiosa colega de la Universidad de Múnich. Está colaborando con nosotros en el IMLAS.

—¿Qué es esta carnicería? —soltó Bedia interrumpiendo el saludo protocolario y acercándose demasiado al rostro blanquecino del cadáver.

—Ve con cuidado. Tenemos que ser muy escrupulosos con las pruebas, Salvador —apuntó Requejo apartando con suavidad a su colega, al tiempo que uno de la Científica tomaba fotografías. La ráfaga de luz provocada por los flashes iluminaba de forma intermitente la escena del crimen—. Me da que va a ser un caso complicado.

Bedia se incorporó y mientras deslizaba la vista por los alrededores escuchaba al forense.

—Lo encontró uno de los trabajadores de la obra. A primera hora entraron dos, el capataz y ese de ahí. —Requejo señaló con la barbilla al hombre menudo de mono gris y cabeza gacha, que continuaba prestando declaración. Al otro lo habían visto apuntalar los cartones de las ventanas—. A falta de más pruebas, la muerte se produjo por un golpe en la cabeza. El impacto laceró el cuero cabelludo y fracturó la región parietal derecha, con hundimiento del cráneo. Presupongo que lo atacaron por detrás y, después, el asesino lo colocó en decúbito supino para proceder a la emasculación.

—¡*Cagüentó!* —soltó Bedia apretando los dientes—. ¡Le arrancaron los huevos!

—Así es. Castración completa. Por eso es importante no contaminar la escena del crimen.

—El lugar que escogió el asesino se las trae —pensaba Bedia en voz alta—. Eligió una noche en la que podía actuar tranquilo, la gente estaba entretenida en la playa con el reclamo de las hogueras. Va a ser complicado encontrar testigos. Y el local, vacío. Dispuso de toda la noche, sin prisa.

Mientras la doctora Hoffman recogía el material, Requejo hizo una seña a los funcionarios para que procedieran a la retirada del cadáver. En ese momento, la jueza hizo acto de presencia, procedió con las diligencias protocolarias y ordenó el levantamiento. Todos contemplaron en absoluto silencio cómo cerraban la bolsa mortuoria.

—¿Alguna pista? —preguntó la jueza firmando el acta. El silencio fue la única respuesta—. Entonces, mi cometido por hoy termina aquí. Estamos en contacto.

Saludó uno a uno a los presentes y abandonó el local, seguida por los dos funcionarios judiciales.

—Os llamo en cuanto tengamos las preliminares. —Requejo propinó una palmada en la espalda del gigante y la doctora repitió el apretón de manos.

Una vez solos, Bedia se situó en la esquina donde el pasillo de los probadores se abría al resto de la tienda, para tener una visión panorámica del escenario del crimen.

—¡*Cagonmisombra!* —Parecía que los tacos lo ayudaban a asimilar lo sucedido. Y se perdió analizando el terreno unos segundos, tiempo durante el cual deslizó la mano en repetidas ocasiones por el pelo engominado—. El que hizo esto es un carnicero. No te quepa la menor duda.

Marina permanecía callada. En parte por el respeto que le producía el gran charco de sangre sobre el suelo, en parte porque estaba haciendo memoria de los conocimientos adquiridos en los cursos de grado de subinspección. Recordó con claridad el contenido de un manual que recalcaba la importancia de la observación durante los primeros momentos. Detectar cualquier alteración o anomalía en el entorno podría ser crucial. No solo del cadáver en sí, fuente de la mayoría de las pistas, también del contexto. Bedia debió de hacer la misma reflexión y actuó con rapidez. Acababa de ordenar a las unidades que patrullaban Gijón la revisión de contenedores, cubos de basura y papeleras en dos kilómetros a la redonda desde el local donde se había producido el asesinato, por si el individuo se hubiera deshecho del macabro botín. No sería el primer caso.

«¿De verdad se llevó los genitales?», cavilaba Marina conteniendo el repelús que le daba imaginar las partes pudendas del hombre en la mochila del asesino. En la mente de la subinspectora las preguntas afloraban una tras otra hasta amontonarse. ¿Por qué eligió un local en el centro de Gijón para matarlo? ¿Fue un encuentro casual, fortuito, fruto de una venganza, de un ajuste de cuentas, de un arrebato emocional o solo era la víctima de un demente? ¿Habría algún testigo? ¿Por qué lo mutiló después de matarlo?

—Aterriza, Roldán. Te quiero en tierra —espetó Bedia tomándola del brazo y acercándola al lugar en el que había estado situado el cadáver—. Dime qué estás pensando.

—Pensaba en la muerte de ese hombre.

—Javier Rivero. Se llamaba Javier Rivero. Acuérdate, la familia es de Oviedo, pero vivía en Llanes.

—Lo sé. Eso dijo el comisario —respondió Marina con evidente fastidio, viendo que no aportaba nada nuevo.

—Lo que omite el informe es que el tipo era fumador compulsivo, tenía manchas de nicotina en los dedos, y es probable que practicara boxeo; un corte antiguo le dejó la ceja rota y tenía otro en la mejilla. O eso, o era un matón. Y no le iba mal. ¿Te fijaste en los playeros medio enterrados entre el resto de la ropa? Con lo que valen se podría alimentar a una familia durante un mes.

—La muerte lo pilló aseado, como si se hubiera preparado para una cita. Estaba embadurnado de perfume caro, lo noté al acercarme. Es el mismo que le regalé a mi ex, hace mil años —continuó Roldán.

—Muy bien subinspectora, muy bien.

—¿Crees que esta muerte tiene un componente sexual?

Bedia se encogió de hombros.

—Lo único que sé es que el que lo hizo tenía mucha rabia dentro.

El resto del habitáculo parecía impoluto. No encontraron salpicaduras de sangre, marcas de arrastre o signos de violencia. Parecía que lo había colocado con cuidado. Y, si lo había matado allí, el asesino fue muy cuidadoso de no estropear la escena. «Claro que tuvo toda la noche. Una Noche de San Juan en la que todo el mundo estaba disfrutando de las hogueras. Poca gente por las calles y sin testigos», pensaba Marina dibujando con rápidos trazos el croquis del local, antes de volver a comisaría.

Al salir comprobaron que la vida continuaba tras las cristaleras del edificio. Una vez retirado el cordón policial, el ritmo regresó a la calle. La gente iba y venía ajena a los hechos, despreocupada e ignorante de la atrocidad que acababa de cometerse en su ciudad.

La línea que separa la vida de la muerte es tan delgada, que la mayoría de las veces consigue ser invisible.

3

El arranque

DESDE EL ALTO de La Providencia se puede contemplar una de las mejores vistas de la bahía de Gijón, pero, para contemplar, uno debe dejar la mente en blanco. Y la de Marina estaba a punto de desbordarse. La actividad de su cerebro impedía cualquier deleite. Ni siquiera se preocupaba de acompasar la respiración al ritmo de la carrera. El hallazgo del cadáver de Javier Rivero y la brutalidad del ataque le robaban la serenidad.

Había decidido salir a correr. Empezaba a amanecer cuando se adentró por la Senda del Cervigón siguiendo la ruta que trascurre paralela a la costa, desde la playa de San Lorenzo a la de la Ñora. Un recorrido de subidas y bajadas sobre un suelo empedrado. Allí estaba instalado un mirador en forma de barco que apuntaba hacia el noroeste. Un navío anclado en una parcela de tierra, antes ocupada por un campo de tiro militar. Visible desde la playa, en la actualidad, en vez de objetivo de las balas, volaban cometas y graznaban las gaviotas.

Las primeras luces del amanecer la avisaron de que era hora de regresar. Daba ya la vuelta, cuando el rugido del Cantábrico actuó como un despertador, sacándola de su mundo paralelo y haciendo que se detuviera de manera brusca. Podía parecer que la mujer se había dado un respiro en la carrera, un pequeño descanso para deleitarse con la salida del sol, pero cualquier observador meticuloso advertiría los detalles que delataban su estado de ánimo. Su cuerpo permanecía rígido, las piernas estiradas y ligeramente abiertas, los dedos de las manos tamborileaban sobre los muslos contraídos y, sobre los ojos, un velo opaco que mostraba que poco o nada le interesaba la visión del mar que se estrellaba contra los acantilados. La mente de Marina estaba lejos mientras se preguntaba una y otra vez qué tipo de persona era capaz de matar y mutilar de aquella manera. Después de un rato, llegó a la conclusión de que se trataba de un asesino frío y, por contradictorio que pareciese, dotado de una enérgica pulsión pasional.

Las gotas de sudor resbalaban por sus mejillas antes de evaporarse. Todavía la brisa del mar era lo bastante fuerte como para despeinarla. Casi sin pensar, Marina se enjugó la cara con ambas manos, dejando ocultos los pómulos encendidos por la carrera, los labios un poco resecos sobre los que deslizaba la lengua muy despacio, la nariz aguileña que enmarcaba unos ojos rodeados de largas pestañas oscuras y húmedas. Estaba desorientada y, cuando esto sucedía, pensaba en su hermana Elena. Ella siempre le infundía ánimo y buen humor. El único inconveniente entre ellas era la distancia. Elena vivía en Madrid y eso las obligaba a comunicarse por teléfono casi a diario.

Elena y Marina estaban unidas por un hilo invisible, más poderoso que la sangre. Su hermana la conocía como nadie, sabía de sus traumas y de sus decepciones. Pese a los años que habían estado distanciadas, la apoyó sin condiciones, en los buenos y en los malos tiempos. Ella siempre le decía la verdad, aunque doliera. «No es porque digas la verdad, es porque nunca me has mentido», tarareó la canción de Fito y los Fitipaldis, dejando escapar una sonrisa antes de continuar a buen trote de regreso a casa.

Cuando Bedia accedió al cuartel general, Lino y Nora registraban los cambios acometidos por el inspector. Las mesas de trabajo de cada uno aparecieron alineadas contra la pared, lo que dejaba un espacio diáfano en el que había situado cuatro sillas frente a una pantalla colgada del techo. Los paneles de corcho, que los agentes rescataron de casos anteriores, habían sido sustituidos por una pizarra magnética en la que colgaba la fotografía del cadáver de Javier Rivero. El inspector había subido las persianas y abierto una rendija de las ventanas para permitir la entrada de aire fresco —en verano es mejor ventilar a primera hora—. Remataba el espacio una mesa larga sobre la que había situado una cafetera como la del comisario, justo al lado de una enorme cesta de fruta. La azucarada y melosa bollería de antaño había sido sustituida por copos de avena, barritas proteicas y bebidas vegetales.

Todo el mundo podía apreciar el cambio físico de Salvador Bedia. No solo había bajado de peso gracias al *kick boxing*, que practicaba hasta rayar en el fanatismo, sino que las crisis de bulimia parecían haber remitido. Sin embargo, los tentempiés saludables no eran lo que llamaba la atención de los agentes. El desconcierto provenía del bandejón de churros, todavía calentitos, que humeaba junto a varias botellas de zumos naturales.

Un carraspeo oportuno a sus espaldas los hizo girarse a la vez, para descubrir la sonrisa complacida del inspector. En ese momento, Marina entraba en el despacho y, de un vistazo, se hizo cargo de la situación.

—La culpa es de ella. Los churros son para que no eche de menos la capital —dijo Salvador propinándole una palmadita en la espalda de bienvenida.

—Todo un detalle. Te lo agradezco. Incluso voy a aceptar uno o dos.

Mientras Roldán daba buena cuenta de los churros, Lino y Nora permanecían en silencio hasta que el primero lo rompió.

—Javier Rivero no era un *angelín* —dijo Lino acercándose a su mesa en busca de la dirección de la víctima que había anotado en un papel arrugado—. Es un viejo conocido de la policía. Por lo visto le gustaba meterse en broncas y trifulcas, como un matón

29

de poca monta. Aquí tengo su dirección, a ver si tenemos suerte y los vecinos saben algo. Pero ojo, que era un chico de familia bien, un pijo de Oviedo. Por lo visto la casa de Llanes es la segunda residencia de la familia.

—A mí este caso me escama —comentó Nora.

—Y eso que no viste el cadáver —apostilló Bedia llevándose la mano a la entrepierna. Al inspector le sonaba la trayectoria del tal Rivero, un niño bien, de carácter violento que se pasa la vida metiéndose en líos, protegido por el dinero de sus papás.

—Me duele hasta a mí —dijo Marina—. ¿Por qué tanta saña? Y encima, sus partes han desaparecido. Los compañeros que enviaste a inspeccionar las papeleras regresaron con las manos vacías.

El inspector estaba mosqueado. Se mesaba la barbilla y movía los ojos con rapidez, como si se le hubiese metido una pestaña. Si los sentimientos de Bedia pudieran expresarse en un parte meteorológico, sin duda anunciarían fuerte marejada. El rostro contraído, la mandíbula apretada y el cuerpo en tensión. Se diría que estaba al borde de la pataleta o, tal vez, solo trataba de contener su desconcierto. El hecho de ser capaz de mutilar un cadáver implicaba una frialdad rayana en la patología.

Bedia se tomó un segundo, se cruzó de brazos e irguió su tremenda anatomía.

—Perturbado o rencoroso, ¿qué opináis?

—Un perturbado es aquel que tiene mermadas sus facultades mentales, un desequilibrado —reflexionó Marina—, un rencoroso es una persona malintencionada, retorcida. Alguien capaz de actuar así podría encajar en cualquiera de los dos perfiles. Personalmente y, con mi experiencia, cada vez estoy menos convencida de que el origen del mal anide en una enfermedad mental. Pienso que es connatural al ser humano, solo que, en algunos individuos, se prodiga más. El mal es algo innato. En unos aflora y en otros no.

—¿Tenemos noticias de los forenses? —dijo Bedia clavando los ojos en Nora.

—Nada, por el momento.

—Dime, ¿entonces qué tenemos?

—La víctima se llamaba Javier Rivero, veintiséis años, natural de Oviedo y residente en la localidad de Llanes. Estudios básicos. No se le conoce oficio. La ficha policial recoge un altercado en Candamo y otro en Oviedo, en el que fue detenido junto a otros compañeros al finalizar una manifestación. Lo curioso es que salió sin cargos. La denuncia fue retirada días después.

—El hecho de que viviera en Llanes es irrelevante, pero ¿qué hacía el menda en Gijón? —El inspector lanzó la pregunta al aire—. ¿Quedó con su asesino? ¿Fue una cita a ciegas? ¿Qué lo atrajo para entrar en un local en obras? Resumiendo, el incentivo para acudir aquella noche a Gijón tuvo que ser lo suficientemente importante. ¿Un chantaje? ¿Droga? ¿Dinero? ¿Cuál era el señuelo? De momento, retomamos las competencias. Cada uno se encarga de lo suyo. Lino, tu objetivo es reunir la información de Rivero, familia, novia o novio, amigos, enemigos, si frecuentaba bares y con quién. Quiero los detalles de su vida. Nora, la Científica nos entregó el móvil de la víctima que encontraron en el bolsillo del pantalón, junto con su cartera. El asesino lo desnudó antes de caparlo y abandonó la ropa, sin importar que pudiéramos identificarlo. ¿Por qué nos ahorró el trabajo? Tira de contactos, que los informáticos revisen el móvil, a ver si damos con alguna pista. Marina y yo nos vamos a Llanes. Seguro que los de la Local saben algo. Por cierto, ¿y la prensa? —dijo con un brillo travieso en los ojos.

—¡Ay! ¡La prensa! —suspiró Lino—. La señorita Salinas fue la primera en llamar.

—Por algo es mi favorita —concluyó Bedia, guiñando un ojo y abandonando el cuartel general.

4

Llanes

SENTADA EN EL asiento del copiloto durante el trayecto por la autovía del Cantábrico, Marina observaba el desfile montañoso. Uno por uno, reconocía los picos, las sierras, los montes, los pueblos. A su derecha los cerros alfombrados y a su izquierda el mar. El viento que se colaba por la ventanilla olía a bosque y a sal, aunque pronto se calentaría lo suficiente hasta resultar pegajoso.

La dirección que buscaban en Llanes obligó a los policías a rodear el pueblo. Estacionaron el vehículo cerca de la playa del Puerto Chico. La intención de Bedia era localizar el domicilio de Javier Rivero antes de acudir a la Policía Local. Creía necesario contextualizar el lugar en el que vivía la víctima, con la esperanza de encontrar alguna pista. Por experiencia sabía que, en la mayoría de los casos, el asesino se mueve en el entorno de la persona a la que agrede.

La casa de los Rivero estaba situada en un barrio privilegiado, con vistas al mar. Comprobaron que se trataba de una casona de tres plantas que recordaba la arquitectura cántabra, de tejado rojo y fachada color vainilla. Estaba delimitada por un jardín cuidado que abrazaba el edificio principal. El perímetro de la propiedad moría en una cancela con un portón frontal. La calle estaba vacía. Bedia pulsó el botón del interfono sin obtener respuesta y, a continuación, decidieron rodear la casa hasta donde permitía el acceso, lo que llamó la atención del perro del vecino, que se puso a ladrar sin control. Alertado por el escándalo que había montado el animal, el vecino asomó la cabeza por una de las ventanas.

—¿Buscan a alguien? —preguntó con la cara embadurnada de espuma de afeitar.

Bedia mostró la placa y el hombre les hizo una señal para que esperasen. Pasados diez minutos, el mismo hombre apareció detrás de la puerta de entrada, ya afeitado y vestido de punta en blanco.

—Buenos días —se presentó Marina—, estamos buscando información sobre su vecino, Javier Rivero. ¿Qué puede decirnos de él?

El ambiente templado de comienzo de verano había animado a Marina a desprenderse de la manga larga y combinar unos pantalones holgados, de un tono gris marengo, con una blusa de tirantes a juego y una chaqueta de un sutil rosa palo, muy favorecedora. El vecino se dirigió a ella obviando la presencia del inspector y la miró de arriba abajo con lascivia. A veces el lenguaje corporal es tan explícito que requiere una respuesta igual de contundente.

—Subinspectora Roldán, de la Policía Nacional de Gijón —dijo colocando la placa a pocos centímetros de su cara, lo que provocó la sonrisita de Bedia.

El hombre no pareció intimidado. Con una tranquilidad pasmosa, abrió la cancela de la entrada e hizo pasar a los agentes hasta el jardín.

—Si les digo la verdad, no me sorprende la forma en la que acabó el chaval. De Javier, poco y malo puedo decir. Lo conozco desde *guaje* y siempre fue la pulga que chupó la sangre de sus padres. Los Rivero son unas bellísimas personas, sobre todo ella. Una señora de los pies a la cabeza. —El vecino se sentía a gusto en su terreno y no le quitaba el ojo a Marina—. El chico se trasladó a esta casa hace unos cinco años. Vive aquí porque sus padres lo consienten. Si fuera hijo mío, otro gallo cantaría. No se le conoce oficio ni beneficio. Ojalá se pareciese al padre, un hombre cabal y trabajador. Los Rivero compraron esta casa de recién casados, como residencia de verano. Pero el hijo es un pintas, un tarambana, un *babayu*. Disculpen mi lenguaje, pero odio a los parásitos.

—Nos queda claro que Javier no era santo de su devoción.

—Javier era hijo único y tardío. Vivía de sus padres. Como les digo, estas casas las compramos cuando éramos jóvenes y con mucho esfuerzo. Somos vecinos desde entonces. Yo ahora estoy jubilado y esto es el descanso del guerrero. Antes pasábamos aquí las vacaciones con *les muyeres* y así los *nenos* disfrutaban de la playa mientras los maridos íbamos y veníamos, ya me entienden.

—O sea, que Javier Rivero vivía del aire —le apretó Marina.

—Tengo entendido y, oiga, que esto no salga de aquí, que el padre le asignaba un tanto al mes para el mantenimiento de la casa y la manutención. Un gran error, a mi entender. —El hombre bajó la voz—. Me niego a mantener un hijo a la sopa boba. ¡Ni muerto! Siempre andaba metido en trifulcas. Era un tipo violento, de mal carácter. ¡Anda que no tuve yo que aguantar que insultara a mi perro cada vez que pasaba por delante de la puerta!

—¿Qué clase de trifulcas? ¿Podría concretar?

—Ya les dije cuanto sé. Javier era un impresentable y no se hable más.

El hombre invitó a los agentes a abandonar la propiedad, cerró la cancela y desapareció en el interior de la casa, dejándolos con la palabra en la boca. Marina agradeció alejarse del baboso. «Lo que hay que aguantar», pensó siguiendo a Bedia calle arriba.

A esas horas tempranas pocos vecinos transitaban por el barrio. La mayoría de la gente con la que se cruzaban eran turistas.

Preguntaron en los bares que encontraron abiertos, sin resultados esclarecedores. Entonces, Bedia decidió que ya era hora de hacer una visita a la Policía Local.

LAS CALLES DEL centro estaban ya concurridas. Estacionaron el vehículo y continuaron a pie. Tras pasar junto al muelle del puerto, por el puente de Las Barqueras, el paisaje se trasformó. La quietud del barrio junto a la playa se diluyó como una nube de verano. Los operarios del ayuntamiento habían baldeado la calzada y se respiraba un fuerte olor a humedad. El centro de la villa vertebraba entre calles estrechas abarrotadas de comercios con solera que exhibían en sus escaparates tanto dulces apetecibles como la prensa diaria. Bares, tascas, chigres y el aroma dulzón de los pasteles confundía a las papilas gustativas. Sin detenerse en ningún momento, los agentes sortearon como pudieron a los paisanos que transitaban arriba y abajo por la calle Nemesio Sobrino, una de las arterias de la villa, hasta llegar al ayuntamiento. Marina elevó la vista para observar las tres plantas del edificio. La última estaba rematada con un frontón triangular, un reloj y una pequeña torre campanario. Adosado al consistorio, se encontraban las dependencias de la Policía Local.

Bedia contaba con que habían reforzado la plantilla con una docena de agentes auxiliares, algo necesario dado el crecimiento exponencial de la población durante los meses de verano. Una pareja del Cuerpo charlaba justo en la entrada, y procedió a identificarse.

—Perdonen, ¿alguno de ustedes conocía a Javier Rivero? —preguntó el inspector ajustándose los pantalones en un gesto de total desgana.

—Sí, *ho*, ya me enteré —dijo uno de los agentes entornando los ojos, muy interesado y rascándose la cabeza—. Un día u otro tenía que suceder. Ya se sabe lo que pasa con las malas compañías. Oiga, ¿es verdad que le arrancaron…?, ya sabe.

—¿Quiénes eran esas malas compañías? —preguntó la subinspectora que, por fin, creía que iba a servir de algo el viaje hasta Llanes.

—Rivero era aficionado al boxeo y andaba con unos y con otros, pero tenía una cuadrilla de tres o cuatro como él. Siempre metidos en líos. Alborotadores, de esos que buscan peleas en los *chigres* a altas horas de la noche. En una de esas le rompió los dientes a uno más bestia que él y tuvieron una gorda. Y en Ribadesella, participó en una paliza a un indigente. El hombre casi la palma, pero no me acuerdo de los detalles.

Bedia miró a Marina con preocupación y preguntó:

—¿Cree que lo que le hicieron a Rivero pudo ser un ajuste de cuentas?

—¡Qué sé yo! —El policía calló unos segundos en los que parecía buscar una respuesta—. Podría. Los tipos así casi siempre encuentran la horma de su zapato. Aunque Rivero tenía una flor en el culo, porque su padre siempre le sacaba las castañas del fuego.

—¿Sabe si hay denuncias o algún informe de los compañeros?

—Fernández se encarga de las denuncias —dijo consultando el reloj y con cara de tener prisa—. Seguro que puede ayudarlos. Tenemos que irnos.

Bedia y Roldán accedieron entonces a las dependencias policiales y preguntaron por Fernández. El tal Fernández resultó ser una agente pizpireta que no solo se ofreció a colaborar, sino que los invitó a café. Media hora después, salían los agentes con nueva información sobre Javier Rivero que apuntaba en dos direcciones: una, que el asesinato podría ser la consecuencia de haberse metido en un lío muy gordo, y dos, que Rivero podría haberle tocado las narices al tipo inadecuado.

—¿Te apetecen *unes casadielles?* —preguntó Bedia haciéndose el interesante—. Es un pecado marcharse de Llanes sin haber probado el mejor dulce asturiano.

Antes de darse cuenta, Marina se adentró tras él por las calles empedradas de la villa medieval. Una atmósfera de cuento impregnaba las callejuelas con su muralla y su torre defensiva. Apoyados en la barandilla que rodea la playa de El Sablón, dieron buena cuenta de los dulces y Bedia le prometió un paseo especial por la senda costera. Según dijo, la visión de los acantilados desde el paseo de San Pedro funcionaba mejor que cualquier ansiolítico.

De regreso a Gijón, el contorno de la sierra del Cuera quedó impreso en la retina de la subinspectora, mientras se preguntaba una y otra vez quién sería el asesino de Javier Rivero.

5

Arte policial

EL FORENSE ARTURO Requejo se frotaba el muñón de su dedo meñique. *Cuatro dedos* estaba nervioso. Los preliminares de la autopsia de Javier Rivero no dejaban espacio a la duda; el tipo había recibido un golpe mortal en la cabeza. El asesino lo atacó por la espalda y, una vez muerto, procedió a la amputación de los genitales.

El despacho que ocupaba en el IMLAS, el Instituto de Medicina Forense y Legal de Asturias, siempre impoluto, mostraba desde hacía un tiempo un desorden que perturbaba a Arturo. La llegada de la doctora Greta Hoffman lo había obligado a compartir despacho. Desde entonces, la mesa se había llenado de carpetas con documentos y la estantería de la pared soportaba tantos libros que algunas baldas amenazaban con descolgarse. No es que le fastidiara hacer hueco a una colega brillante, era el hecho de tener una relación con ella lo que rebasaba la línea profesional para adentrarse en el terreno personal. Y eso lo alteraba.

Hacía un año y medio que Greta ejercía como profesora visitante en la Universidad de Oviedo. La doctora alemana era experta en química y una eminencia en el campo de las técnicas forenses. Impartía clases en la Universidad de Múnich y había colaborado durante un tiempo con la Oficina de Investigación Criminal de Berlín. Gracias a un convenio de colaboración entre universidades, Greta se instaló en Oviedo y, por pura casualidad, delegaron en Requejo el ocuparse de la estancia de la profesora. Ambos se conocieron durante un congreso en la ciudad. La ponencia de Greta acaparó el interés de los colegas y suscitó una expectación enorme.

Y así se enamoró de ella, casi sin darse cuenta. Pese a que no era su tipo, le resultaba inevitable observar sus curvas sinuosas y esa manera de afinar los ojos con la que mostraba el interés en una conversación. A Requejo le parecía un milagro haberse topado con una mujer como ella, o mejor, que ella lo hubiese elegido. Se descubría a veces pensando en su rostro aniñado y sembrado de pecas, su piel suave, sus manos fuertes y seguras, y ese humor amable y cálido con el que obsequiaba a todo el mundo. Todavía le provocaba una sonrisa cuando los demás se dirigían a ella como *Frau* Hoffman; la forense había enviudado muy joven, por mucho que Greta insistiera en que usaran su nombre de pila.

Con la vista clavada sobre el macropóster de Bruce Springsteen, dueño absoluto de una de las paredes de su despacho, Arturo limpiaba con esmero los cristales de sus gafas de diseño, al tiempo que mascaba chicle. Greta entró en el despacho enfundada en una enorme sonrisa, cerró la puerta y le propinó un cariñoso azote en el trasero, antes de obsequiarle con un largo y profundo beso.

—Greta, necesito concentrarme. Es hora de llamar a Bedia e informarle de los resultados de la autopsia de Javier Rivero.

—¡Qué guapo estás cuando te pones serio! —dijo la forense arreglándose la bata blanca, de la que nunca se desprendía en el trabajo, y abrazándolo con mimo.

La conversación telefónica con el inspector comenzó como cualquier otra entre amigos. Saludos efusivos, alguna broma y una invitación para cenar en casa de Requejo, extensible a Rosa, la mujer de Bedia. A continuación, el tono cambió. La voz del forense se volvió más grave, más profesional, mientras el policía lo escuchaba en silencio. Los años de amistad habían conseguido entre ellos un entendimiento instantáneo.

—Tenemos ya los primeros resultados de la autopsia de Javier Rivero.

Bedia tomó asiento en su mesa de trabajo. La Brigada del Oriente estaba al completo en el cuartel general. Los demás trabajaban cada uno en su puesto, a excepción de Nora, que tecleaba en su portátil situado en equilibrio sobre las piernas, sentada frente al aire acondicionado. La tarde se anunciaba cálida y húmeda. Hubo un momento, cuando regresaban de comer, en que las nubes barrigonas amenazaban tormenta. Al final, se afinaron sobre la ciudad y la tarde se nubló con una molesta sensación de bochorno.

—Greta está volcando los datos del dictamen pericial que acaban de llegar. Os enviamos el informe de la necropsia con la identidad, la causa de la muerte, el intervalo *post mortem* y nuestras conclusiones. Para el análisis microscópico hemos enviado al laboratorio restos de los bordes de la sección y muestras de piel y tejido blando. Esperamos los resultados, porque tardarán unos días. La Judicial ya tiene el informe pericial con la documentación de la cadena de custodia. Y, antes de que me lo pidas, te hago un resumen.

Bedia se sonrió. «Cómo me conoces, *raitán*».

—La muerte se produjo como consecuencia de un fuerte impacto en el área occipital del cráneo, asestado con un objeto contundente. El individuo estaba de espaldas. Una pequeña herida en el labio sugiere que cayó hacia adelante, golpeándose en la boca. La amputación genital fue *post mortem* y con un objeto afilado. Evisceración de genitales completa. La mutilación *post mortem* se considera una profanación del cadáver.

»La víctima estaba desnuda de cintura para abajo. Este tipo de ataque suele hacerse de una sola vez, tanto en hombres como en mujeres. En los pocos casos que encontré documentados, a ellas les amputan las mamas. Es una operación fácil, habida cuenta de que tratamos con partes blandas donde no estorban tendones ni huesos. El asesino utilizó un instrumento afilado punzocortante que no apareció. En estas prácticas se suelen usar cuchillos improvisados, fragmentos de vidrio u objetos metálicos. El instrumento al cortar causa, por presión, un primer corte más limpio y gradualmente incisiones bruscas que suelen ser irregulares, pero esta vez no encontramos colgajos. Eso quiere decir que al que lo hizo no le temblaba la mano. No dudó ni un momento.

»Como te digo, falta el examen microscópico y el análisis de las muestras de pelo y uñas, pero me juego lo que quieras a que no le dio tiempo a defenderse. Hoffman envió parte de las muestras al laboratorio para un estudio más amplio.

»Pero no te llamo por eso. Quiero enseñarte algo. Si es posible, reúne a tu equipo. Cuantos más participemos en esto, más dudas aclararemos.

Bedia se mordió el labio. La videollamada era una petición extraña en Arturo. El inspector captó la atención de los agentes y rotó la pantalla de su ordenador hacia ellos. Lino, Nora y Marina se arremolinaron en torno a la mesa. El rostro del forense apareció en pantalla. Tras una breve explicación para ponerlos al día, Nora quiso saber por qué estaban tan seguros de que la mutilación había ocurrido después de matarlo. Requejo enderezó la postura y explicó, en pocas palabras, que el golpe en la cabeza había sido mortal. El asesino le hundió el cráneo. Habían buscado signos de lucha, resistencia o reacción vital en el rostro, mamas, ano y genitales, sin resultados. Ese tipo de heridas eran un indicativo para saber si estaba vivo, porque las áreas blandas carecen de signos de reacción vital macroscópica.

A riesgo de parecer impertinente, Nora planteó una hipótesis. Si la mutilación se ejecutó inmediatamente después del deceso, podrían considerarlo como una forma de agravio contra la víctima. Como había observado el forense, la amputación se considera una profanación del cadáver. Esta clase de acciones están

41

relacionadas con la venganza o con un ajuste de cuentas. No obstante, a Requejo le preocupaban poco las conjeturas de la agente. Estaba impaciente por mostrarles algo.

—Necesito que observéis la pantalla con atención —solicitó abriendo uno de los archivos que guardaba en el ordenador—. ¿Reconocéis este símbolo? Lo encontré bajo la lengua al revisar la cavidad bucal de la víctima. En una primera impresión creí que podría tratarse de una pieza dental, pero al extraerlo comprobé que se trataba de un elemento fuera de lugar. Es un botón.

Ante ellos apareció una fotografía ampliada de un objeto de madera del tamaño de una moneda de un euro. Con la imagen ocupando la pantalla, podían distinguir con claridad un dibujo sobre la madera, una especie de símbolo.

La silueta de una hexapétala, la flor de seis puntas.

En el cuartel general cuatro pares de ojos se abrieron con estupor y todos coincidieron en clavar la atención en la muñeca de Nora.

6

Flor de agua

EN APENAS UN segundo, la tarde de junio se volvió espesa y sofocante. El equipo estaba absorto en la imagen de la pantalla. Si alguien se hubiera acercado a ellos, podría haber escuchado el mecanismo que activaba sus cerebros.

La agente Sirgo se frotó con aprensión la muñeca en la que lucía el tatuaje.

—¡No me miréis así! ¿Será la primera vez que veis esto? —dijo mostrándolo a sus compañeros.

Sobre la piel blanca y cubierta de venas azuladas de Nora resaltaba el color negro del dibujo. Marina recordó cómo le había llamado la atención desde el primer día. Un círculo que rodeaba una flor de geometría perfecta. Un diseño muy estético, pese a su sencillez. La pequeña iglesia de Santa Eulalia de Abamia, cerca de Corao, apareció en su retina para recordarle el dintel de la ventana en el que había visto el mismo símbolo. Y ahora aparecía en el interior de la boca de una víctima de asesinato. Los agentes no salían de su estupor.

—Creo que Nora nos va a contar una bonita historia —dijo Bedia arremangándose la camisa, preocupado por la dirección del chorro que salía del aparato del aire acondicionado. Parecía insuficiente para bajar la temperatura del despacho.

La agente apenas podía disimular su incomodidad. Así que se tomó unos segundos antes de responder.

—Los símbolos celtas, como el trisquel, el árbol de la vida o la cruz están por todas partes. Esta rosa de seis pétalos, la hexa-pétala, es muy común. Se la conoce como rueda celta o flor galana y algunos la llaman flor de agua. Los que creen en estas cosas dicen que es un amuleto protector. En mi caso, me la tatué en recuerdo de mi *güela* Alfonsina. Todas las mañanas, ella salía al corral, tocaba la estela grabada en el dintel y se santiguaba. Decía que, si no lo hacía, la mano le picaba durante todo el día. Es un símbolo protector tan antiguo como el hombre.

—¡*Meca*! ¡Solo faltaba! —soltó el corpulento inspector mientras se despedía de Requejo y apagaba el ordenador. Sudaba con profusión y no dejaba de aflojarse el cuello de la camisa—. Ahora, además de enfrentarnos a un sádico *desgraciao*, vamos a jugar a los acertijos. ¡La madre que lo parió!

—Algún significado tendrá —cavilaba Lino mientras extraía de la impresora las copias de las fotografías que enviaban los forenses—. Pero adivina cuál. ¡Anda que no se me ocurren cosas!

—A ver, Pepe Carvalho, ilústranos.

—Puede ser un mensaje para la víctima. A lo mejor el asesino lo está marcando como al ganado o…

—O puede que se trate de un asesinato ritual —apuntó Marina.

—Yo creo que es una firma —sentenció Nora.

Bedia se llevó las manos a la cabeza y luego al pecho. Aunque su ánimo se ensombreció, trató de convencerse de que aquello no tenía que ser anuncio de nada. Pero se desdijo al momento. La visión del cadáver de Javier Rivero le había puesto los pelos de punta, y ahora, además, sentía un runrún bajo la piel, uno de esos que molestan, que dan escalofríos. Y solo tenía dos opciones: ignorarlo o darle crédito. Cualquiera de las dos en nada variaría el marrón que se les venía encima como un argayo. Fuera cual fuese su significado, se estaban enfrentando con alguien con una mente perversa.

—Vamos a tratar de enfocar esto como un caso más —dijo Bedia secándose la frente.

—Buena idea —confirmó Marina, tratando de disipar la nube negra instalada en el cuartel general—. Lo primero que tenemos que hacer es resolver unas cuantas incógnitas, por ejemplo, ¿qué hacía Javier Rivero la Noche de San Juan en Gijón? ¿Es posible que conociera a su asesino? ¿Quién tenía motivos para matarlo? Tal vez era un oportunista, vio el local vacío y aprovechó que nadie lo vigilaba. Allí tenía intimidad y tiempo para cometer el acto. Por otra parte, tengo que comentaros que el funeral de Javier fue multitudinario. La familia Rivero tiene mucha influencia.

—Dinero, querrás decir —corrigió el inspector.

—Llámalo como quieras, pero a mí me parece que la fama de matón del difunto contrasta demasiado con el apoyo abrumador de la gente hacia su familia.

—Estuve hablando con el padre. —Lino se acercó a su mesa, abrió una de las incontables carpetas que se apilaban en un extremo y sacó un documento que releyó en voz baja—. Estaba afectado, claro. Al principio, se puso a la defensiva. No debe ser agradable escuchar que tu hijo es un pieza de cuidado, pero me pareció que ocultaba algo. No es que lo vieran venir, como declaró el vecino de Llanes o como consta en el atestado de la Local; lo noté… decepcionado. Esa es la palabra. Como cuando uno invierte todos sus ahorros en un proyecto y los pierde. Te jode perder los ahorros, pero también duele el pundonor.

—Lo único que sabemos es que Javier Rivero era un tipo conflictivo y violento, que contaba con el respaldo de una familia con muchos recursos y que el Día de San Juan no tenía otra cosa que hacer que entrar en un local en obras en el centro de Gijón. Ya fuera por un ajuste de cuentas o por su comportamiento incívico, el tipo hizo algo para merecer que le cortaran los huevos y le metieran en la boca un símbolo celta —reflexionó el inspector.

—¡Lo dices como si tuviera él la culpa, Salvador! Lo estás acusando sin pruebas —interrumpió Marina—. Javier Rivero es la víctima. ¡Nadie merece una muerte así! Debemos trasladar el foco al asesino. A mí me parece un perturbado.

—Tengo el nombre de algunos amigos, pocos. Todos de Llanes. Los estoy investigando —informó Lino.

—A lo mejor el teléfono móvil puede darnos algunas pistas —intervino Nora—. Encontré un par de archivos que Javier intentó borrar. Los informáticos están tratando de recuperarlos. Desde luego, Javier Rivero era un hombre muy cuidadoso. Ni fotos ni mensajes de voz ni redes sociales. Solo Telegram, con media docena de contactos. Lo comprobé.

—Tira de ahí —ordenó Bedia—. Nadie me mete en la cabeza que un tío con esos antecedentes sea de fiar. ¡Ah! y una cosa más: quiero las bocas cerradas. Tenemos que evitar por todos los medios que llegue a la prensa el detalle morboso del *simbolín* ese o será Gris el que nos corte los huevos.

Los agentes reanudaron el trabajo cada uno en su mesa y sin poder quitarse la imagen de la flor de la cabeza.

MARINA ANDABA INQUIETA. El caso le transmitía una sensación de desasosiego. El asesino había introducido el objeto en la boca de la víctima de manera intencionada y después había mutilado el cadáver. Una de dos, o sentía un odio exacerbado por Javier Rivero o estaban tratando con alguien con una vena sádica.

Por su parte, estaba deseando acabar la jornada laboral para llamar a Elena. A su hermana, una gran forofa de las novelas policiacas, le habría encantado la exposición del forense. Así que salió al pasillo e hizo la llamada. Marina conocía mejor que nadie a Elena y sabía que una de sus mayores virtudes era la discreción. «Poca gente sabe guardar un secreto —pensaba mientras esperaba respuesta—. Las redes sociales han puesto patas arriba la confidencialidad. Ahora todo es público». Imaginaba que la labor de espías y detectives se había complicado en los últimos años, por eso, la confianza que Elena y ella depositaban la una en la otra afianzaba su relación hasta hacerla casi indestructible. A ella podía contarle cualquier cosa. ¡Cualquier cosa!, sin temor a ser juzgada.

—Dentro de la boca de la víctima, el forense encontró un botón de madera con el dibujo de una flor de seis puntas, un símbolo celta. Nora, mi compañera, la lleva tatuada. Y, como comprenderás, esto lo complica todo. Yo creo que es algo personal. Un «te lo advertí», «esta es la consecuencia» o un «te lo mereces». Además, es muy cuidadoso. El local estaba limpio. Ni huellas ni sangre ni restos de ADN. Entró y salió como Perico por su casa. Espero encontrar pronto alguna pista o este podría ser el último caso de la Brigada del Oriente. —Marina permaneció callada unos segundos. Mientras hablaba por teléfono con Elena, pensaba en la implicación de lo que acababa de decir—. Sabes que con los compañeros me siento como en familia. Tú estás lejos, así que Lino es lo más parecido a un hermano mayor, y Nora como si fuera la pequeña. ¡Y qué te voy a decir de Salvador! Es el mejor amigo que he tenido. Y eso es todo por hoy. Cuídate mucho.

El sonido de un trueno se escuchó en la lejanía. A continuación, el cielo se apagó y empezaron a caer gotas de gran tamaño, tan escasas que ni siquiera llegaron a empapar la calle. La única consecuencia de aquella tormenta flojucha fue una nube de humedad que navegaba a ras de suelo.

El bochorno se hizo insoportable.

Roja y Blanca

EL HOMBRE DE la camisa blanca se frotaba con cuidado la cabeza. El dolor de la herida se extendía hasta la nuca. Por suerte había dejado de sangrar. El olor procedente del agujero abierto en el suelo le revolvía el estómago. Lo curioso era que el hedor cambiaba de intensidad cada poco tiempo. Unas veces se aproximaba a un olor similar a cuando se cuecen huevos, otras, se afinaba hasta hacer saltar la alarma del cerebro al identificar el olor del gas.

La oscuridad alejaba la calma. El silencio arañaba el ánimo. Aunque los ojos ya se habían acostumbrado, apenas podía distinguir el perfil del hombre de la camisa roja. Solo notaba su aliento. El hombro del compañero estaba apoyado ligeramente en el suyo. A veces, un leve escalofrío lo obligaba a cambiar de posición y se revolvía en aquel espacio estrecho, húmedo e infecto.

La esfera del reloj del hombre de la camisa roja se iluminó. Tres. Quizá, cuatro segundos. Cuando se apagaba era peor porque, durante ese tiempo, las pupilas intentaban adecuarse a la luz y escrutaban a su alrededor, para hundirse otra vez en las tinieblas.

El hombre de la camisa blanca escuchó un carraspeo. La voz del hombre de la camisa roja rompió la monotonía y decidió retomar la historia que había empezado. El brillo de su voz era lo único luminoso en aquel agujero. Sin ser consciente, el hombre de la camisa blanca centró toda su atención en ella.

—Cuando los ecos de la Noche de San Juan se apagaron —comenzó con algún titubeo el hombre de la camisa roja—, Julia y Suso fueron conscientes de dos certezas: la primera, que se amaban con locura, y la segunda, del embarazo de Julia. Tal y como ella había presentido al beber de aquella fuente, una nueva vida crecía en su interior. La atracción que los unía, lejos de apagarse, aumentaba cuando estaban juntos. Era tan poderosa, que reunieron fuerzas para superar el trance porque estaban enamorados.

»Aquella era una pareja predestinada a amarse, pero la noticia de ser padres los arrolló.

»Muchas fueron las conversaciones, las lágrimas y las dudas, antes de decidirse a tomar una decisión. Los chicos pasaron de la angustia al desconsuelo. La rabia los arrastraba al reconocer lo irresponsables que habían sido. Julia estaba aterrada. Interrumpir el embarazo se materializó como la decisión más difícil de su vida, pero la única posible. Los dos procedían de mundos diferentes. El carisma de Suso, su simpatía y, por supuesto, el hecho de pertenecer a una de las familias más ricas de Asturias, jugaban a su favor. En cambio, Julia era una chica corriente del barrio de los pescadores, siempre bajo sospecha de querer aprovecharse de la situación. Ella había apostado fuerte por su futuro. Planeaba estudiar, ascender, salir de la pobreza que la había rodeado desde niña, y él no estaba dispuesto a abandonar sus estudios en el extranjero. En pocos años heredaría una empresa solvente y consolidada. La llegada de un niño coartaría su futuro. Ninguno de los dos estaba preparado para cuidar de un bebé.

»Tomada la decisión, sellaron un pacto de amor incondicional que los comprometía a ambos. "Pase lo que pase".

»Tengo que advertirte que esta es la historia de una mala decisión. Una de tantas acciones inconscientes que ponen la vida patas arriba.

7

Un cajón vacío

Diario El Comercio.

Artículo de opinión, por la periodista Begoña Salinas.

De mutilaciones y otras violencias

Días después del horrible suceso acaecido en la calle Corrida, la víctima, Javier Rivero, sigue sin encontrar justicia. De hecho, poco se sabe de esta muerte violenta y cruel.

Mientras la familia y los amigos de la víctima blindan su entorno, la policía trata de esclarecer este asesinato tan inhumano en la forma como inquietante en el fondo. El asesino atacó la Noche de San Juan y en pleno centro de la ciudad de Gijón, y acabó con la vida del señor Rivero para posteriormente mutilar su cadáver.

¿Qué clase de persona es capaz de un acto así? Un asesino depravado y violento.

Javier Rivero, un joven de veintiséis años y de buena familia, cambió su vida en Oviedo por la bellísima localidad de Llanes, donde residía desde hace años. Los vecinos apuntan al carácter complicado y un tanto impetuoso de la víctima, pero fuentes policiales consultadas por esta periodista aseguran que no existen denuncias. En cualquier caso, las hipótesis se multiplican para resolver un macabro asesinato que tuvo lugar en el corazón de Gijón.

Todos nos preguntamos: ¿dónde se esconde el asesino? Y, lo más importante, ¿qué están haciendo nuestras fuerzas y cuerpos de seguridad al respecto?

EL CHAPARRÓN DESCARGÓ de improviso. La lluvia obligaba a correr a los peatones, que buscaban refugio alineados contra las fachadas de los edificios. En cuestión de minutos las calles quedaron vacías. La villa de Llanes parecía contener la respiración. Por fortuna, apenas duró diez minutos, tras los cuales los transeúntes regresaron a su actividad y ocuparon las aceras como muñecos accionados por un especialista en autómatas.

El Jefe Gris había recibido un aviso de la Policía Local de Llanes. Por lo visto un vecino había encontrado forzada la cerradura de la casa de los Rivero. Bedia ordenó que nadie entrase hasta que ellos llegaran. «Esto cae como agua de mayo —pensó—. Con un poco de suerte, el asesino se puso nervioso y encontramos alguna pista», reflexionaba mientras conducía.

Los policías estacionaron el coche patrulla frente a la casa de Javier Rivero. Acompañados por los ladridos del perro del vecino y una pareja de la Policía Local de Llanes, traspasaron la puerta del jardín y se detuvieron frente a la puerta principal. Desde las ventanas, los vecinos curiosos los observaban.

—¿Entró alguien? —preguntó Bedia a los agentes. Uno de ellos hizo un gesto negativo, que el otro no tardó en repetir.

Los agentes se desplegaron por la vivienda. Era una casona enorme, según comprobaron. Nada más entrar encontraron un recibidor muy luminoso que se abría a derecha e izquierda en dos habitaciones de buen tamaño, una de ellas el salón y la otra una biblioteca. Los recibió un fresco aroma de lavanda, gracias a los ambientadores estratégicamente situados por todas las estancias. Marina se detuvo en la biblioteca impresionada por las hileras de libros. La disposición de las estanterías era envolvente. Rodeaban el habitáculo hasta confluir en una silla estilo Luis XV, y una *chaise longue* tapizada en terciopelo color vainilla. Era tal la profusión de libros, que el espacio para la lectura quedaba comprimido frente a un ventanal. A la agente le pareció una especie de refugio en el que cualquier lector estaría encantado de confinarse.

Enfrente del recibidor de la entrada se abría un pasillo que conducía a la cocina y a un cuarto de aseo. A la derecha nacía una escalera de madera hacia la planta superior. Arriba encontraron tres habitaciones, la principal contaba con acceso a un balcón con vistas al mar. A través de una escalera de caracol se accedía a una terraza. Marina contó cinco tumbonas, varias colchonetas cubiertas de cojines mullidos y un palé a modo de mesa bajo una pérgola que abarcaba la totalidad del espacio. Todo estaba limpio y recogido.

Uno de los agentes de la Policía Local había localizado a la empleada de los Rivero. Era una mujer menuda, de grandes ojos que ocupaban casi toda la cara, lo que le hacía parecer en permanente estado de susto. Intimidada por la presencia de los agentes, se frotaba las manos y negaba con la cabeza.

—¡*Gracies* a la Santina! —dijo una vez revisada la casa de arriba abajo—. No falta nada. No abrieron ni la nevera. El señor Javier *enfádase* si no hay comida.

—¿Cuánto se enfada? —preguntó Bedia con un brillo de interés en los ojos.

La mujer bajó la cabeza y evitó la mirada del agente. Se mordió el labio inferior mientras jugueteaba nerviosa con los dedos.

—El señor Javier gusta de la buena carne y la buena cerveza.

—No me interesan los gustos culinarios del señor Rivero —continuó el inspector acercándose un paso hacia ella con la clara intención de intimidarla.

—*Les normes* de los señores son muy *clares.* Yo limpio la casa y pongo la lavadora. Unos días plancho y otros no. Al señor Javier casi nunca *lu* veo.

—¿Quiere decir que no coincide con él?

Ella movió de un lado a otro la cabeza.

—¿Por qué?

—Son *les normes.*

—¿Y qué pasa si no las cumple?

La mujer se mordió el labio y dudó unos segundos.

—*Val más* estar lejos cuando despierta el señor Javier.

La declaración de la empleada dejaba claro que estaba intimidada, quizá por lo que sabía o había visto, y que poco más podía aportar, interpretó Bedia.

—Entonces, si no hay robo, ¿para qué entraron? —preguntó uno de los agentes en voz alta.

—Puede que el asaltante se viera sorprendido y salió por patas —contestó el otro—. El perro del vecino ladra cada vez que te acercas a la valla. Algunos se quejaron. No calla ni de día ni de noche.

—O entró y se llevó lo que buscaba —dijo Marina desde la planta superior.

La agente inspeccionaba por su cuenta las habitaciones y descubrió que una de las puertas tenía una cerradura, y que también había sido forzada. Un olor insoportable la abofeteó nada más abrirla. La agente dudó un instante antes de entrar. El cuarto estaba hecho una pocilga. Desde luego que por allí no había pasado la empleada del hogar; aquello era un caos. Ropa esparcida por el suelo, ceniceros llenos de colillas y botellas de sidra amontonadas en un rincón. Marina corrió a abrir la ventana de par en par y, tras unas cuantas bocanadas de aire fresco, procedió a inspeccionar el cuarto. Una columna de música junto a unos enormes altavoces ocupaba la pared opuesta a la cama. Al otro lado de la habitación había una estantería de obra, llena de cintas de películas y CD. Javier había empapelado la pared con pegatinas, carteles y fotografías de artistas de cine, elegidas sin ningún criterio estético. Del techo colgaba un saco de boxeo.

La subinspectora se enfundó unos guantes de látex, inspeccionó el armario y continuó con una cajonera junto a la cama.

—Al tipo le gustaba el cine carca —observó Bedia al apreciar una fotografía de Marlon Brando pegada a la pared con cinta aislante.

Los agentes de la Local y la empleada del hogar esperaban asomados a la puerta. El inspector observó de reojo a Marina. Bastó un cruce de miradas para entenderse. Bedia abandonó la habitación y entabló una conversación trivial con los agentes, a fin de distraerlos, mientras ella procedía a revisar la cajonera. Aunque sabía que nada de lo que encontrase serviría como justificación ante un juez, decidió fiarse de su instinto.

En el primer cajón descubrió varias cajetillas de tabaco vacías y un cargador de móvil, además de un folleto que publicitaba un combate especializado de lucha libre. En el segundo encontró otras tantas cajas de condones, de todos los colores y sabores, una navaja y tres punzones con el mango reforzado con cinta americana. El último cajón le costó trabajo abrirlo, pero, tras un breve forcejeo, se encontró con que estaba vacío. Lo que dificultaba su apertura era una bola de papel que había quedado atrapada. Se trataba de una fotografía borrosa en la que un grupo de críos posaban en fila india. En el reverso, una fecha: 2008. La agente procedió a introducirla en una bolsa de plástico y la guardó en el bolso. Por último, sacó fotografías de las paredes y de todo cuanto le llamó atención y salió de la habitación.

8

Topolino

—¡MIRA, *HO!* ¡VOY a tener que tomar apuntes! —exclamó Lino rotando la pantalla del móvil. Nora soltó una risita nerviosa. Acababa de enviar al equipo el vídeo que habían encontrado en el teléfono de Javier Rivero. Sexo explícito y grabado de manera intencionada. La escena sexual implicaba a tres personas: Javier Rivero, un hombre y una mujer, ambos sin identificar.

—Parece que disfrutaban casi todos. —El agente llamó la atención de su compañera con un silbido y sin apartar la vista de la pantalla—. Fíjate. Javier y la chica están sonriendo, pero el otro… tiene cara de a mí ni fu ni fa.

—Déjame ver. —Nora se fijó en el rostro del chico desconocido. A juzgar por su expresión, daba a entender que se dejaba hacer sin participar de la fiesta—. Sí que está *paradín*. Es raro, la verdad.

Ambos vieron llegar a Marina a través de la cristalera.

—¡Menos mal que habéis reservado! —dijo la subinspectora, sorprendida por lo concurrido del local. El restaurante en el que habían reservado mesa estaba situado en un lugar privilegiado, frente a la playa de San Lorenzo, donde uno puede deleitarse con una vista directa del Cantábrico mientras saborea un plato de *rollu bonito*. El trato cordial y la excelencia de la cocina había convertido a los compañeros en clientes habituales. Saludó y tomó asiento al lado de Nora, extrañada de que ellos ni siquiera levantasen la cabeza, pendientes de la pantalla del móvil—. ¿Qué es eso tan interesante?

Lino fue el primero en prestarle atención y en ponerla en antecedentes.

—Javier Rivero, una chica y otro chaval están haciendo un trío. La cara de la chica se ve solo de perfil, pero los dos hombres están de frente —explicó en voz baja. Lo último que pretendía era que los comensales de las mesas cercanas supieran que estaban visualizando un vídeo de alto contenido sexual—. Podemos congelar la imagen y pasarla por reconocimiento facial a ver si averiguamos quiénes son.

—Eso sería una opción si estuvieran fichados, pero recuerda que Javier Rivero no tiene una ficha policial con condenas firmes y, si son amigos suyos, puede que ellos tampoco —dijo Nora—. Se me ocurre que podríamos preguntar a la Local o a su vecino, o a la empleada del hogar de los Rivero. Si les mostramos una foto, igual los conocen.

—Por intentarlo… —Lino continuaba atento al vídeo y sin reparar en la presencia del camarero, que se acercó hasta ellos pertrechado con una libreta y dispuesto a tomarles nota. Después de un breve paréntesis en el que los policías disimularon como adolescentes, retomaron la conversación.

—Vamos a centrarnos —solicitó Nora mientras daba buena cuenta de un plato de ensaladilla y señalaba de nuevo la pantalla—. Fijaos en la pared del fondo.

Lino y Marina se concentraron en el vídeo. Nora detuvo la grabación y amplió la imagen. La pared de la habitación donde tenía lugar el encuentro estaba pintada de color rojo y en el lateral izquierdo resaltaba un dibujo en color negro.

—Parece el ala de un *esperteyu,* de un murciélago —aclaró Lino—. ¿Creéis que están en un local o en un domicilio privado?

Los tres repasaron el informe que había elaborado Marina tras la inspección de la casa de los Rivero. La habitación de Javier

Rivero estaba empapelada con fotografías de actores y actrices famosos y carteles de películas clásicas. Lo poco que quedaba de pared al descubierto era de color blanco, no rojo. Así que descartaron que se tratase de la casa de Javier. La atención de Marina estaba centrada en el chico pasivo. Como habían observado los compañeros, parecía ajeno a todo, como si no fuera con él. A Marina le pareció que actuaba de un modo mecánico, de la misma manera que un actor de películas porno. Desde luego, el chico no conectaba con ninguno de los otros dos.

—Tiene un tatuaje en la espalda —señaló. Los agentes distinguieron con claridad el dibujo de una hexapétala.

—Ya os dije que por aquí es muy habitual, lo lleva mucha gente —respondió Nora mostrando el suyo y llevándose a la boca una aceituna—. En el estudio de tatuajes de enfrente de mi casa lo ofrecen en el catálogo. Los símbolos celtas y asturianos están de moda.

—¿Y la foto que encontraste en el cajón? —preguntó Lino a Marina con una sonrisita. Lo primero que había hecho Bedia al llegar al cuartel general tras la visita a la casa de los Rivero, había sido detallar, con pelos y señales, la habilidad de la subinspectora para registrar una habitación sin levantar sospechas—. Deberías tener cuidado con esa pequeña cleptomanía tuya.

—Que el cajón estuviera vacío, me mosqueó. —Marina se limpió la boca con una servilleta y perdió la mirada en el Cantábrico, más allá de la cristalera del restaurante. En esos momentos, una chica subida a unos patines paseaba a dos perros y sorteaba a los transeúntes como si tal cosa. El bullicio del bar acercaba las voces de los clientes y mezclaba unas conversaciones con otras—. Técnicamente no fue un robo. La foto estaba hecha un gurruño. Por vieja o por insignificante, el hecho es que Javier la había desechado. Lo más seguro es que no nos lleve a ninguna parte y solo sirva para complicarnos la vida.

—Lo primero que voy a hacer esta tarde es una lista de los carteles de las películas con los que adornaba su habitación —dijo Lino convirtiendo una reflexión en una afirmación en voz alta.

Concentrados en los postres, cada uno de los agentes se perdió en sus disquisiciones. La subinspectora continuó dándole vueltas a esa afición de Lino tan puntillista. «¿Con qué objetivo redacta esas listas?», pensaba Marina. ¿Podría ser un TOC, una necesidad vital o simplemente un método de trabajo? A veces no comprendía cómo funcionaba la mente de su compañero. La obsesión por tenerlo todo anotado, cuantificado y enumerado rayaba en la paranoia. Y, sin embargo, ella sabía que aquellas listas habían aportado pistas fiables en otros casos, por mucho que le costase entenderlo.

Roja y Blanca

Los dos hombres estaban abatidos. ¿Cómo era posible que nadie los escuchara? Los gritos y las patadas en la puerta habían resultado infructuosos. Lo único que habían conseguido era aumentar la frustración y la rabia.

El de la camisa blanca escrutaba la oscuridad. Se preguntaba si el compañero que percibía a su lado sentiría lo mismo. Trató de imaginar qué estaría pensando. La sed les secaba la boca y la saliva se compactaba en las comisuras de los labios. Pronto, la deshidratación les pasaría factura. ¿Hasta cuándo permanecerían encerrados? Su mente volaba fuera del agujero. Por un instante, podía respirar el aire fresco de la brisa nocturna. «Una alucinación —pensó—. Debe de tratarse de una alucinación».

Necesitaban una distracción y el hombre de la camisa roja continuó con el relato:

—Voy a contarte lo que sucedió aquella tarde de verano de 1997. Julia estaba animada porque empezaba a vislumbrar el final de la pesadilla y acudió hasta la playa de Toró, donde se había citado con Suso. Cuando llegó, él saltaba desde los acantilados mientras los amigos jaleaban y coreaban su nombre. ¡Suso! ¡Suso! ¡Suso! Todo eran risas y gritos. El ambiente prometía una tarde muy animada.

Como había sucedido en otras ocasiones, uno de los nadadores más hábiles retó a Suso a saltar desde la misma punta del risco. Nunca lo habían intentado desde tanta altura. El asombro corrió entre la pandilla y las voces que los alentaban aumentaron. El contrincante no dudó ni un segundo y en medio de una tremenda algarabía se lanzó al vacío. Todos contuvieron la respiración hasta que escucharon el chapoteo al entrar en el agua y vieron asomar la cabeza del chico entre la espuma de una ola. El saltador levantó el pulgar y la euforia se desató.

Con una mezcla de expectación e intriga, la gente empezó a arremolinarse en torno a ellos. Incluso apostaban por su favorito. Tomaban partido por uno o por otro, en función de las bravatas que los jóvenes se lanzaban para infundirse ánimo.

Había llegado el momento de Suso de demostrar quién era. Entre gritos de ánimo, flexionó las rodillas y se lanzó al agua con un salto limpio, que los amigos celebraron entre aplausos.

El pique entre ellos continuó con varios saltos más, cada vez más arriesgados y, de nuevo, le tocó el turno a Suso. El chico alargó los brazos y los músculos de sus piernas se tensaron para impulsar el salto, entonces, sucedió algo imprevisto. La piedra en la que apoyaba los pies cedió sin previo aviso, haciéndole perder el equilibrio. El chico intentó reafirmar la posición lanzándose al vacío, pero erró la trayectoria y se golpeó, primero contra un voladizo y después contra una gran roca. En caída libre, su cuerpo impactó varias veces contra los salientes antes de caer al mar. El golpe fue tan fuerte que todos temieron por su vida.

Los gritos de espanto quebraron el silencio. Sin perder tiempo, los amigos de Suso se lanzaron en una carrera contrarreloj acantilado abajo y varios de ellos se zambulleron en el agua sin dudar.

Arriba, Julia aguantaba la respiración. Corrió hacia el acantilado y se asomó por el mismo lugar en el que momentos antes había saltado Suso.

Sentía la congoja como un cepo.

Con la vista nublada, solo era consciente del latido de su corazón. Primero en el pecho. Luego en la garganta. Por último, sobre la sien.

Cerró los ojos y musitó una plegaria.

Al abrirlos, el sonido de su corazón había cesado.

El tiempo se detuvo para ella.

Como la vida de Suso.

9

Muerte en el acantilado

A MENUDO SUCEDE.

Cuando piensas que una atrocidad alcanza el culmen, ocurre otra peor.

Luisa limpiaba el pasamanos de la escalera con un trapo blanco. Escuchó pasos en el tercer piso y poco después la puerta del ascensor; pasos en el segundo y un trote rápido en la escalera. La afluencia de vecinos que salían a primera hora de la mañana le recordaba al pistoletazo de salida de una carrera. Todos los días laborables, en torno a las siete y media, los inquilinos coincidían en el portal.

Luisa había clasificado el saludo de buenos días en dos clases, atendiendo al comportamiento de cada uno. Podía ser apresurado o automático. El primero lo daban los que llegaban tarde. Siempre con la vista puesta en la calle y sin detenerse. Los segundos eran los más frecuentes. Sin ganas, con cara de sueño y la maldita obligación de acudir al trabajo todos los días. A los primeros no les prestaba atención y a los últimos les sonreía.

Detuvo un instante la limpieza del pasamanos, sacó el móvil del bolsillo de la bata y releyó el último mensaje que había recibido de Lino. Desde que vivían juntos, hacía ya más de un año, su compañero mantenía el rechazo a enviar mensajes de índole íntima, según explicaba. Lino era un hombre precavido. «Estamos vendidos con las malditas redes sociales», repetía a menudo, y Luisa era incapaz de evitar una carcajada al escucharlo.

Pero el día anterior, Lino había bajado la guardia y Luisa había recibido un mensaje subido de tono, de lo más insinuante.

Unos chiquillos bajaron trotando por las escaleras y Luisa devolvió con rapidez el móvil al interior del bolsillo. Una vez pasado el peligro, decidió escuchar la radio. A los vecinos no les gustaba que utilizara cascos, así que bajaba el volumen lo suficiente como para sentir compañía mientras trabajaba.

Tres pitidos anunciaron el espacio de las noticias en la emisora.

«Hallado el cadáver de una mujer joven en las inmediaciones de los acantilados de Puertas de Vidiago, en el concejo de Llanes. La comarca del oriente está conmocionada. El cuerpo lo encontró un niño de la localidad que paseaba a su perro por las inmediaciones. Tras dar aviso a la policía, esta procedió a acordonar la zona. Todavía desconocemos los detalles, pero todo apunta a que estamos ante una muerte violenta. Ampliaremos la información en próximas ediciones».

Luisa escuchó la noticia sin imaginar la gravedad del suceso.

En ese mismo momento, Lino recibía las primeras fotografías del cadáver. Bedia y Roldán ya estaban en el escenario del crimen.

Los agentes avanzaban por una senda de arena flanqueada de vegetación, siguiendo a los curiosos. Desde el pueblo de Puertas de Vidiago nace un sendero de tránsito fácil que conduce directo a los acantilados. Si no fuera por el macabro objetivo que los había llevado hasta allí, podrían haber disfrutado del espectáculo. La atracción que los escarpados taludes ejerce nada más alcanzar el final del camino es especial; por un lado, la amplia visión del horizonte infunde en el ánimo el aliento de la libertad, y por otro, asoma el temor de acercarse al abismo.

Una carpa de color amarillo servía de parapeto a las diferentes autoridades que habían llegado hasta el lugar del suceso.

Marina seguía a su jefe con la mandíbula apretada. Apenas reparó en el apretón de manos de Requejo ni en los saludos del juez y del forense. La atención de la subinspectora estaba centrada en el rostro de la chica. Una mujer joven, de cabello oscuro con un mechón azul que caía sobre la frente como una diadema. Le costó unos segundos dejar de observar su semblante de aspecto sereno, porque el horror de las heridas de su cuerpo contenía la potencia de un grito.

El cadáver estaba tendido bocarriba sobre la hierba. La chica tenía el torso desnudo y le habían mutilado los pechos. El rastro de sangre se extendía desde la base del cuello hasta la cintura. El forense procedió a cubrir el cadáver, se acercó a Bedia y lo sujetó por el brazo.

—La encontró el chavalín. —Requejo levantó la vista en dirección a un niño de no más de doce años, que lloraba agarrado de la mano de su padre y arropado por dos agentes—. Fue a sacar al perro y se topó con el pastel. ¡Joder, Bedia!

La tensión en el rostro del amigo bastaba para comprender la trascendencia del acontecimiento. El inspector ya había sido informado de la mutilación de la joven y esperaba recabar más datos.

—Presenta un golpe contundente en la cabeza, similar al que acabó con la vida de Javier Rivero. —Los ojos del forense y los del inspector se encontraron. Bedia abrió la boca para preguntar, pero Requejo adelantó la respuesta—: Por cómo lo hizo, creo que estamos ante el mismo cabrón que mató a Rivero. Al examinar la boca de la víctima, también encontré un botón de madera. La extracción es delicada y prefiero llevarla a cabo en la mesa de autopsias. No quiero dañarlo. Los dos sabemos de qué se trata, solo tengo que comprobar que contiene el infausto símbolo.

Un agente se acercó hasta ellos en compañía del niño y de su padre. Las lágrimas habían dibujado surcos sobre las mejillas del chico. Intentando contener el hipo, les explicó a borbotones que fue a sacar al perro, que a él no le tocaba, que su madre se enfadaría porque tardaba mucho, que iba a llegar tarde al partido de fútbol con los amigos porque era sábado, que tenía miedo, que quién era el asesino, que cuándo lo iban a detener y que esperaba que le metieran un tiro en la cabeza. Esto último lo soltó con tanta rabia que sorprendió a Marina.

El dramático testimonio del chiquillo quedó interrumpido por la llegada de miembros de la Policía Judicial, que procedieron a la retirada del cadáver bajo la supervisión del forense.

—¿Han conseguido identificarla? —preguntó Marina acercándose a Bedia. El inspector se había alejado del foco de atención. Mientras el furgón que contenía el cuerpo de la víctima desaparecía de la escena del crimen, él aprovechó para recorrer la distancia desde el lugar donde había aparecido el cadáver de la chica hasta la base de los acantilados.

—Con pelos y señales. El bolso y la camisa estaban colocados junto al cuerpo. Carla Palacios, veintitrés años. Natural del concejo de Piloña y con domicilio en *Infiestu*. ¡Maldito hijo de puta! —soltó dando un manotazo al aire—. ¡A dos días de Santiago! Con todo el turisteo campando a sus anchas y tiene los huevos de cargársela aquí.

«¿Qué día es hoy?», se preguntó Marina, y consultó de forma instintiva su reloj de pulsera.

Veinticuatro de julio. Un mes exacto desde el asesinato de Javier Rivero.

—¿Sabemos por qué estaba aquí la víctima? Infiesto queda un poco retirado. ¿Tenía algún familiar o un amigo por la zona? —preguntó Marina.

—Lo están comprobando. Los compañeros van a pasar su fotografía a los vecinos, pero entiendo que a estas horas alguien tendría que haberla echado de menos.

La inoportuna llegada de una vecina del pueblo interrumpió la conversación.

—Lo *mismu* vino para sentir el *quejíu* del *bramadoriu* —explicó la mujer sin reparar en la perplejidad de los agentes. Bedia y Marina cruzaron una mirada y el inspector fue incapaz de sujetar un bufido. Sin embargo, decidieron escucharla—. ¡Los bufones de Arenillas! Si el mar está en calma, los bufones *solu* echan aire. Cuando el mar está *revueltu métese* por la piedra y bufa. Los chavales vienen por el ritual del amor. Para recuperar un amor *perdíu* no hay más que lanzar al *bramadoriu,* una pequeña flor de color miel, un *besu* y un pensamiento, y gritar el nombre de la persona que quieres.

La subinspectora entendió que la mujer hacía referencia a un ritual, de esos que practican los adolescentes convencidos de su eficacia. El hecho de lanzar objetos al interior de un hueco en los acantilados le parecía una soberana tontería, además de un acto incívico. Tras ese pensamiento, Marina se apresuró a despedirla antes de que Bedia abriese la boca. Nada bueno iba a salir de ella, a la vista de la congestión que le inflaba la vena del cuello.

Cuando la mujer desapareció de su vista, Salvador se puso en jarras al borde del acantilado y escrudiñó el horizonte. El Cantábrico apenas se movía, lamía las rocas como pidiendo permiso. Quizá lo hacía por respeto al coloso o, tal vez, intimidado por la maldad de los hombres que habitaban esa tierra contra la que se batía una y otra vez.

El gemido de las olas se mezclaba con voces lejanas. Eran voces alegres, despreocupadas, animadas por el día festivo y la promesa de descubrir nuevos parajes de los que jactarse a la vuelta del paseo. La vida continuaba.

La subinspectora se situó junto al inspector y él la enfrentó.

—¿Qué es lo que ves, Marina?

La pregunta la descolocó y pensó que los silencios son a veces tan importantes como las palabras. Por eso se tomó su tiempo antes de contestar.

Revisó con calma el lugar en el que había aparecido la víctima. Ahora sabía que se llamaba Carla. Consciente de que, por mucho cuidado que hubiera puesto el asesino al cometer el crimen, podría haber dejado alguna pista, observó las plantas que crecían sobre el terreno. Además de la huella donde había estado el cadáver, podían distinguirse otras de pisadas y tallos tronchados y aplastados que la afluencia de visitantes a la zona durante el mes de julio hacía imposible delimitar. Con un poco de distancia, intentó recrear la escena imaginando la llegada de Carla. No habían encontrado señales de arrastre, por lo que dedujo que el asesinato se había producido *in situ*. Lo primero que le vino a la cabeza fue que la víctima conocía a su asesino. Descartado el encuentro fortuito, la chica pudo haber quedado con él, o él la había atraído de alguna manera. Ella se confió y él la atacó. Debía de ser ya tarde. El tipo debió de cerciorarse de que estaban solos. Quizá lo hizo a altas horas de la madrugada.

Un lugar apartado del pueblo, cerca de los acantilados, un golpe en la cabeza y después… Marina se estremeció.

Se llevó la mano a los pechos de forma inconsciente.

Recordó que el cadáver yacía bocarriba. Carla estaba desnuda desde la cintura hasta el cuello. La camisa estampada apareció junto a su bolso, pero llevaba puesto el resto de la ropa, pantalón vaquero y deportivas. Supuso que también la ropa interior, por lo que el objetivo, a falta de las conclusiones del forense, descartaba la agresión sexual. La subinspectora se había fijado en las manos de la chica. Estaban relajadas, y llegó a la conclusión de que el golpe le había pillado por sorpresa. De momento nadie había encontrado el arma del crimen. ¿Con qué la atacó el asesino? Quizá Carla ni lo vio venir.

Continuó con las hipótesis al intuir que, tras el ataque, el asesino pudo recorrer de nuevo el sendero que conduce al pueblo y escapar en coche. Entonces, recordó el rostro de la chica con toda nitidez. ¿Dónde la había visto antes? Su mente voló hasta el día de la comida en el Topolino. Y recordó las imágenes del vídeo de alto contenido sexual. ¡Carla Palacios era la chica que participaba en el trío! Javier Rivero y ella se conocían.

Tomó varias fotografías de la zona y de todo cuanto llamaba su atención. Marina había visto muchos cadáveres a lo largo de su carrera. «Atropellos, suicidios, infartos, asesinatos, una lista excesiva», pensó. No importaba el número de veces que uno tuviera que enfrentarse con la muerte, el nudo en el estómago jamás desaparecía.

Una vez quedó satisfecha, regresó junto a Bedia y contestó a su pregunta.

—Carla Palacios y Javier Rivero se conocían. Nora ha conseguido rescatar el vídeo que encontró en el teléfono móvil de Javier y Carla era una de las participantes en el encuentro sexual. Creo que el asesino mantiene un vínculo común que lo relaciona con ambas víctimas. Un tipo metódico y preciso, que actúa siguiendo un patrón y que materializó su odio hacia cada uno de ellos al mutilarlos.

Una ráfaga de viento golpeó los rostros de los agentes.

—Creo que nos enfrentamos a un sádico muy peligroso, con sed de venganza y que todavía no ha terminado de aplacar su ira.

10

Dejar las cosas claras

—Inspector, estoy convencida de que encontré algo.

Nora irrumpió en el cuartel general enarbolando el móvil como una bandera. Le brillaban los ojos y su corazón latía a ritmo de *funk*. La risa nerviosa delataba la urgencia.

El gigante se giró hacia ella sujetando un vaso de plástico en una mano y un tenedor en la otra. Alzó el tenedor como el que blande una espada y la conminó a esperar. Ella expresó su impaciencia mordiéndose el labio, pero obedeció.

Los demás continuaban con sus tareas, ajenos a la pareja. Bedia masticó despacio para desesperación de la agente, aunque ella trató de interrumpirlo en dos ocasiones más. Cuando él lo consideró oportuno, procedió a prestarle atención, pero no la que ella esperaba.

—El tofu es la comida del cuélebre, pero... —depositó el tenedor sobre la mesa y se aproximó hasta Nora—, si lo masticas *despacín* y con una sonrisa de oreja a oreja, consigues engañar al estómago y no vomitar. Y ahora, dime, ¿qué es eso tan importante?

Nora reprimió un gesto de fastidio. Todavía le costaba aceptar las maneras del inspector. Lo que había descubierto clamaba una prioridad absoluta. Estaba convencida de haber encontrado una buena pista, la única que conseguía demostrar hasta el momento la conexión entre las dos víctimas, más allá de la pretendida amistad que había entre ellos y del vídeo sexual que compartían.

—Cuando analizaron el móvil de Javier Rivero, además del vídeo sexual, el compañero de la unidad de delitos informáticos señaló una conversación de Telegram. El número no estaba incluido en la agenda de contactos de la víctima. Aun así, decidí investigarlo. El mensaje, escueto, se envió desde un móvil con tarjeta prepago. El caso es que lo archivé porque me pareció algo normal, a todos se nos cuelan llamadas en nuestros teléfonos y la mayoría son para venderte algo —a esas alturas de la conversación, Nora había logrado captar la atención de Lino y de Marina—. Pero mi sorpresa fue mayúscula cuando al revisar el móvil de Carla encontré el mismo número y el mismo mensaje. Solo una frase: «Aparatoso incendio en un local de Llanes se cobra una víctima».

—Parece el titular de un periódico —aventuró Marina.

—Exacto. Al principio busqué en las publicaciones más recientes cualquier noticia relacionada con los incendios. La verdad es que en las últimas semanas los incendios forestales están a la orden del día. Todos los años igual. El fuego arrasa nuestros campos y se carga a nuestros animales. En fin, no quiero desviarme del tema, el caso es que, fuera de la quema de matojos y de varios conatos sofocados a tiempo, no encontré nada. Decidí entonces investigar en años anteriores. Y, *voilà*. ¿Adivináis quién firmó el artículo para *El Comercio*?

La pregunta voló como una flecha hacia el inspector, que enarcó las cejas y extendió el momento dramático. ¡Cómo le gustaba mantener la tensión!

—Begoña Salinas —dijo Nora con un tonillo infantil que acompañó con una palmada.

—Mi periodista favorita de la RTPA. ¿Y? —añadió Bedia.

—Te está esperando en la sala de descanso. No me pareció bien citarla en la de interrogatorios —soltó entregando al inspector un abultado informe con toda la información que había podido reunir.

—Buen trabajo, Nora.

El inspector salió del cuartel general murmurando el nombre de la periodista, «Begoña Salinas», mientras leía a toda prisa el dosier de Nora. La agente había realizado un trabajo exhaustivo.

La sala de descanso donde esperaba la periodista estaba iluminada por un fluorescente de color amarillo, lo que proporcionaba un ambiente irreal al espacio. Varias sillas bailaban desparramadas en torno a una mesa redonda. Las persianas estaban bajadas. Una de ellas, inclinada hacia el lado derecho, sugería que estaba rota. En el momento en que Bedia entró, dos agentes salían del cuarto. Tardó poco en localizar a la periodista, que ojeaba uno de los folletos internos del Cuerpo.

—Me gustaría saber por qué estoy aquí. Parece un secreto de Estado. Nadie sabe nada —dijo Begoña estrechando con fuerza la mano de Salvador Bedia.

—Perdona que no te ofrezca un café. Es infame y tengo por costumbre conservar las amistades. Así que, permíteme invitarte en el bar de la esquina.

—Muchas gracias, inspector, pero tengo prisa. Podemos ahorrarnos el café —dijo Begoña apartándose el flequillo de la frente y mostrando un gran interés por escucharlo.

—Como desees. ¿Un caramelo de menta? —ofreció sin esperar respuesta. Se sentó enfrente de la periodista y, tras aclararse la voz, rescató un documento del portafolios—. Nos gustaría saber si firmaste este titular.

Bedia depositó sobre la mesa una fotocopia del artículo que Begoña procedió a leer de inmediato.

—Así es. Lo recuerdo perfectamente. Es de hace un año, más o menos.

—¿Podrías contarme lo que recuerdas del incidente?

La periodista relajó los hombros, parecía haber perdido el interés o, tal vez, solo fuera decepción. Albergaba la esperanza de que el inspector la reclamara para contrastar alguna información sobre el asesino que mutilaba cadáveres. Aun así, su curiosidad innata la aguijoneó y decidió continuar hasta conocer las intenciones del policía. Por nada del mundo iba a perder aquella oportunidad. Si jugaba bien sus cartas, lo llevaría a su terreno. Tenía a su favor el conocer al inspector desde hacía años. Era un hombre duro en apariencia, con la piel gruesa, pero legal. Si sabías cómo manejarlo nunca fallaba.

—Recuerdo que fue un suceso un tanto extraño. Ocurrió la víspera de San Juan, en un bar de copas de Llanes. El incendio comenzó en el interior y se propagó rápido. Los bomberos desconocían las causas, pero los indicios apuntaban a que pudo ser provocado. La instalación eléctrica era la correcta y la cocina funcionaba sin problemas. En el informe posterior sugerían que pudo haberse originado en un cuarto interior destinado a ciertos clientes.

—¿Ciertos clientes?

—El local lo frecuentaba gente joven. El dueño ofrecía un espacio privado, más íntimo.

—¿Un picadero? —los ojos de Bedia se entornaron con una sonrisa ladina.

—No es nada original. Por si no lo sabes, muchos locales lo tienen, una trastienda o un reservado, llámalo como quieras. Es un espacio habilitado para citas clandestinas, para ocultar infidelidades o simplemente para fumarse un porro a gusto. El caso es que el local quedó destruido tras el incendio y el fuego se cobró una víctima, un chaval del pueblo que el dueño contrató para reforzar el personal de la barra durante las fiestas. Pudo ser peor porque el local estaba lleno cuando se desató el fuego. Si lo necesitas, puedo enviarte el archivo con mis conclusiones y las entrevistas a los testigos.

Con dedos ágiles, la periodista manipuló el móvil ante la atenta mirada de Bedia. Como en encuentros anteriores, Begoña siempre estaba dispuesta a colaborar. El inspector sabía que

Salinas era un hueso duro de roer y que la colaboración era interesada. De momento estaba tanteando el terreno. Información a cambio de información. Tal y como pensaba, la propuesta no se hizo esperar.

—Y ahora, dime por qué estoy aquí. —La reportera apoyó los codos en la mesa y entrelazó los dedos antes de encajar la barbilla entre ellos. El inspector contaba con toda su atención—. Es por algo que leíste en el artículo. ¿Tiene que ver con el caso del asesino que mutila a sus víctimas?

Cuando Begoña activaba el modo «cronista de investigación», una profunda arruga aparecía entre sus cejas depiladas, entornaba los ojos y todo su cuerpo proyectaba un interés entusiasta, como el que espera la apertura de una caja fuerte.

—Te agradezco la colaboración, pero entiende que, por el momento, esto es todo lo que necesitamos. —Bedia hizo el ademán de levantarse y Salinas lo sujetó por el brazo.

—¡Y un carajo! —La mujer hizo una pausa de varios segundos sin soltar su presa—. Los dos sabemos que, para que una colaboración funcione, debe existir un compromiso por ambas partes. Yo doy, tú das. Yo te cuento todo lo que sé del incendio y tú me adelantas el informe de la autopsia de Carla Palacios, por ejemplo. Aprovecho para informarte de que en breve publicaremos un artículo sobre los asesinatos. Imagino que a la policía le conviene que salgan a la luz datos contrastados. Lo digo por evitar chismes o las dichosas *fake news*, ¿me sigues?

—Te explicas muy bien —dijo Bedia soltándose de la garra de Begoña y acomodándose en la silla. El tiempo se congeló en la sala como un presagio, como la tormenta que precede al huracán—. A estas alturas deberías saber que el que dicta las normas aquí soy yo. Yo soy el *game master*. El juego es mío. Lo que escribas entra dentro de la libertad de prensa y yo no voy a inmiscuirme en tu trabajo. Ahora, tú tampoco te metas en el mío. Y así seguiremos siendo amigos.

—¡Ese asesino se ensañó! ¡Amputó las partes sexuales a dos jóvenes! Quiero la exclusiva, Bedia. Sabes que soy la única que respeta vuestro trabajo. Además —añadió con la satisfacción del que tiene un as en la manga—, se da la circunstancia de que Carla Palacios estudió con mi chica. Podría tantear a la familia sin levantar sospechas.

—¡Acabáramos! Ahora resulta que te gusta jugar a detectives.

Bedia se entretuvo en observar la reacción en el rostro de la mujer. Uno puede intuir lo que pasa por la cabeza del otro si presta atención a los gestos. Bajo aquella piel tersa y cuidada, joven aún, se estaba librando una batalla. Los nervios le habían jugado una mala pasada. Begoña era muy inteligente, una contrincante terca y aplicada a la que la experiencia le había permitido desarrollar un sexto sentido para detectar la noticia, pero la ambición era innata en ella. Intentaba mantener la posición, el objetivo era jugoso. La repercusión mediática de un caso como el que se traían entre manos podía catapultar al Olimpo al periodista que lo investigase.

No obstante, el haber trabajado juntos daba ventaja al policía. Bedia conocía la capacidad de encajar de su contrincante y también su predisposición al hostigamiento. La mujer era muy cabezota. Detectó pequeñas arrugas sobre la nariz, dilatación de las fosas nasales y una leve tensión en los labios inferiores: ira. En ese momento, el inspector supo que contaba con ventaja. Podía encender la mecha y provocarla o dejar que se consumiera condenándola al ostracismo. Sopesó la conveniencia de las dos opciones, colaborar con ella y utilizarla para indagar en el asunto del incendio o ignorarla y sobrellevar los ataques de los medios de información, cuyos comentarios lo habían puesto contra las cuerdas en más de una ocasión. Pensó que el hombre es el único animal que tropieza dos veces con la misma piedra y la periodista no era un animal cualquiera. La razón por la que el ser humano continúa sobre la faz de la tierra es el instinto de supervivencia y su habilidad para la manipulación. Salvador Bedia era experto en lo uno y en lo otro.

—Vas a tener que darme un motivo mejor por el que deba incorporarte a mi equipo.

—Mi silencio —contestó ella desafiante—. Me comprometo a dejar en hibernación el artículo y a permitir que investiguéis sin levantar polvareda. A cambio, quiero el acceso a toda la documentación sobre el caso. Las víctimas necesitan reparación.

La tenía justo donde quería.

—No tienes tanto poder y lo sabes. Publica lo que tienes, si quieres. Un artículo sensacionalista aguantará con vida una semana, como máximo. Basta con que diez crónicas como la tuya repitan como papagayos el suceso para que el público se desinfle. A la gente le gusta la carnaza fresca. La metedura de pata de cualquier político, el desliz de un famoso o la activación de una nueva guerra en un punto estratégico del planeta conseguirán pasar por encima de tu artículo.

—¿Por qué tanto hermetismo, inspector? —La tenacidad refulgía en los ojos de Begoña y su tono de voz se elevó hasta resultar inadecuado. Era el momento de enseñar el as—. ¿Qué nos oculta la policía? Quizá dejes de ningunearme si te digo que a raíz de la muerte del joven camarero en el incendio, el nieto de uno de los mayores empresarios asturianos se suicidó. Como ves, no vengo con las manos vacías.

Bedia permaneció impasible mientras su mente trabajaba a toda velocidad. Sopesaba la implicación en el caso de esa nueva información. Algo le decía que Begoña podía ser útil. Tener contacto con la familia podía abrir alguna puerta. ¿Escrúpulos a aquellas alturas? Decidió que no.

—Aquí las cosas se hacen a mi manera.

—Entiende que a mí solo me mueve el deseo de informar. —El tono de Begoña se había suavizado. Había arriesgado mucho y estaba perdiendo la partida porque el inspector mantenía la posición—. Es un derecho que…

—¡Maldita sea! ¡Haz el favor de dejar de darme lecciones! Si quieres negociar, negociemos. *Quid pro quo*. Hasta ahora solo vendiste humo. Dame algo valioso para la investigación y ya buscaré la forma de compensarte.

—¡Hecho!

La luz que emanó de la cara de Begoña eclipsó la amarilla del fluorescente. La satisfacción le ensanchó la sonrisa y dejó al descubierto unos dientes perfectos.

—La verdad es que ignoro por qué tienes fama de ser un policía complicado. En la redacción se santiguaron cuando supieron que venía a la comisaría para hablar contigo. A mí me resulta fácil tratarte.

—Guarda el peloteo para otros. Ya sabes que aquí se hace lo que yo digo. —El inspector no daba puntada sin hilo. Antes del encuentro con la periodista había leído todas las notas de prensa publicadas sobre el incendio, el informe de los bomberos y las declaraciones de los testigos. Por eso sabía de antemano que se trataba de un bar que facilitaba los encuentros clandestinos y, por clandestinos, entendía que en él se reunían parejas de homosexuales. Todos en el pueblo estaban al tanto de que era un local de ambiente. La orientación sexual de Begoña Salinas lo llevó a pensar que la periodista conocía aquel bar.

«Me apuesto unas buenas cebollas rellenas a que sabe mucho más de lo que dice del chico que perdió la vida en el incendio. Incluso podría haber tenido contacto con el suicida», pensó y, sin embargo, dijo:

—Sin información, no hay trato. Quiero nombres. Y, si me tocas las narices, iré a por ti.

Cuando la periodista abandonó la sala, Bedia se acomodó los pantalones y sonrió satisfecho. Por el momento, el escándalo estaba controlado.

11

Encuentro en el palacio de Solfeguera

Infiesto. Concejo de Piloña

POR ORDEN DEL Jefe Gris, los agentes tuvieron que trasladarse al pueblo de Infiesto con el fin de interrogar a la familia de Carla Palacios. La pantalla del móvil de Marina se iluminó al recibir el mensaje de Lino con la ubicación. El palacio de Solfeguera.

Según las indagaciones del equipo, la familia Palacios había alquilado el palacete para celebrar el cumpleaños de la matriarca, y el asesinato de Carla los había sorprendido en plena celebración. Como consecuencia, la madre sufrió una grave crisis de ansiedad y el médico le había recomendado que guardara reposo absoluto. Los Palacios habían preferido esperar en la mansión a que concluyera la autopsia y a que el juez autorizase la entrega del cadáver a la familia.

—¡Vaya tipa maja que es Greta! —soltó Bedia durante el trayecto, para amenizar el recorrido. Marina sabía que la mujer del inspector y él habían estado cenando en casa de Arturo Requejo algunas noches antes—. Rosa y la forense alemana se llevaron fenomenal. Claro que Rosa es una mujer de las que se hacen querer. ¡Cómo disfrutó la *Frau* de la tarta de avellanas!

—Casi tanto como tú —dijo Marina divertida.

Imaginaba la escena en casa de Arturo. Reunión de matrimonios amigos, picoteo, brindis y la repetición de las consabidas anécdotas del pasado. Pocas veces había disfrutado de esa situación. Su ex, Carlos, era más de reuniones formales, partidos de pádel y vermut los domingos. Las pocas amistades que frecuentaban estaban lejos, residían todos en Madrid. En Gijón hacían vidas paralelas. «Tú a lo tuyo, yo a lo mío», se reprochó. Aunque, si lo pensaba con detenimiento había salido ganando. El equipo de compañeros que encontró en la ciudad asturiana era lo mejor que le había pasado. Conocer a Salvador, a Lino y a Nora le había devuelto la estabilidad.

—Y va Arturo y saca el ajedrez —continuó Bedia—. Casi lo linchamos. ¡Vas a comparar una buena partida de dominó con el aburrido ajedrez!

La subinspectora sintió una punzada de envidia. «¡Qué triste es mi vida!», pensó, y decidió cambiar de tema y centrarse en el informe del forense.

—La autopsia de Carla Palacios parece calcada de la de Javier Rivero. Mismo *modus operandi*. La única diferencia la encontramos en la escena del crimen y es que, esa vez, el asesino eligió una mujer a la que atacar y no a un hombre. En los dos certifican un golpe en la cabeza como causa de la muerte, mutilación de los órganos sexuales y la maldita flor celta en el interior de la boca. En ninguno de los dos ataques había testigos. Las fotografías que tomé en los acantilados de Puertas de Vidiago solo confirman lo cuidadoso que es este individuo. Cuanto más reviso la secuencia de los hechos, más convencida estoy de que los conocía y los citó para matarlos.

—Las partes mutiladas siguen sin aparecer —añadió el inspector—. Ni el arma. Pero tenemos a Lino escarbando en la vida de las víctimas. Ya sabes cómo es. Ayer completó una lista con los informes de la policía por todo el Principado. Tenemos el detalle de dónde se produjeron los altercados, peleas, manifestaciones, pintadas y las quejas de los afectados. La conclusión que sacamos es que, tanto Javier como Carla, eran personas violentas. Esto huele mal, Marina. Están acusados de enfrentarse a las fuerzas del orden y, sin embargo, las denuncias fueron retiradas una por una a los pocos días.

—¿Crees que están organizados o que alguien los protege?

—¿En serio? —Bedia soltó una carcajada—. ¡Son niños de papá! Organizados no sé, pero que los abogados de sus papis les salvan el culo, seguro.

—Según esa lista, tanto en Avilés como en Ribadesella los detuvieron juntos.

—Estoy convencido de que tienes una teoría. Y de que estás deseando compartirla conmigo, ¿verdad?

—¡Bedia!, a veces eres insufrible. Menos mal que me caes bien.

La carcajada que soltó el inspector reverberó en el interior del vehículo.

—Eso mismo dice Rosa, pero ella no usa la palabra insufrible, me llama…

—Ahórratelo, prefiero ignorarlo. Si no fueras mi superior te diría a la cara que eres un tocahuevos.

Y ambos se rieron.

—Ahora en serio —dijo Marina retomando la conversación—, creo que la clave está en el vídeo sexual. Nora comparó la grabación de Javier con la de Carla y es el mismo. Uno de los componentes del trío es Javier Rivero y la chica es Carla Palacios. Al otro hombre no hemos podido identificarlo todavía. Más allá de una relación consentida entre adultos, sospecho que esa grabación era importante para ellos. Y esto me lleva a preguntar por qué o para qué conservaban el vídeo. ¿Era un recuerdo erótico?, ¿un acto de voyerismo?, ¿o un documento que podía utilizarse para coaccionar a alguien en caso necesario? Sin duda, es una prueba que compromete a los tres. Entonces, ¿por qué trataron de borrarlo? Quizá ahí esté el motivo que los convirtió en el objetivo del asesino. Yo creo que la prioridad es localizar al chico. Podría ser la siguiente víctima.

—Buena teoría.

Una vaca cruzó la vía en aquel momento seguida por un ternero y otra compañera, varios metros por detrás. Bedia detuvo el vehículo y esperó a que pasaran. Una larga fila de coches colapsó la carretera en cuestión de minutos. Tiempo que la subinspectora empleó en curiosear por la ventanilla y darse cuenta de que el concejo de Piloña está enclavado entre montañas, no muy altas, pero lo suficiente como para llamar la atención. Los años en Asturias le permitían empaparse de paisajes sin tanta estridencia como al principio. Aunque era la primera vez que visitaba la comarca, reconocía como propias las sierras, los prados, hasta las vacas. Poco a poco la esencia asturiana se había infiltrado en su piel sin hacerle perder la capacidad de asombro hasta llegar a sobrecogerla.

Ocurrió lo mismo cuando llegaron a Infiesto. Atravesaron el pueblo por la calle Covadonga siguiendo el GPS. Al pasar por delante de la plaza del ayuntamiento, a Marina los soportales le recordaron a su infancia, cuando correteaba en la Plaza Mayor de Madrid. Los edificios y las callejuelas empedradas, los comercios de barrio, más o menos cuidados, competían con la llegada de otros, acordes con los tiempos.

Superada la vía del tren, que toca de refilón el pueblo, la carretera serpenteaba hacia arriba por un recorrido estrecho y protegido por la vegetación durante varios kilómetros. El camino largo y ahogado, con apenas espacio para dos vehículos, conseguía por tramos que la policía evocase lugares inexplorados donde dar rienda suelta a la imaginación.

Cuando creían haberse perdido, avistaron el palacio de Solfeguera, en la localidad de Ques.

«Seas o no asturiano, los edificios como el que tenemos delante nunca dejan indiferente», pensaron a un tiempo los agentes.

Además de admiración, se puede reconocer el rango de nobleza del que ordenó construirlos. Las tierras del señorío de

Solfeguera durante el siglo XVII pertenecieron a Alonso de Ribera y Posada. Ahora lo habían convertido en un establecimiento turístico, como tantos otros. El palacio ofrecía a los inquilinos que pudieran permitirse su alojamiento unas comodidades que jamás habría imaginado el señor de aquellas tierras.

Los policías estacionaron el vehículo frente a la entrada principal junto a un hórreo rehabilitado, en un aparcamiento privado. Marina contó tres Mercedes de tonos neutros. Cochazos de apariencia discreta. Cerca del ala derecha del palacete, un operario vestido con un mono azul atravesó el espacio del aparcamiento. Con el rostro congestionado y las manos rojas, empujaba una carretilla rebosante de hierbajos hasta perderse tras los parterres.

Un hombre con la cabeza trazada en forma de surcos apuntalados por la gomina, camisa blanca de lino y pantalones de pinzas en color oscuro salió a recibirlos. El rostro contrito y las extensas ojeras que rodeaban sus ojos indicó a los policías que se trataba del padre de Carla.

—Acompáñenme, por favor —dijo estrechando la mano a los policías—. Disculpen por recibirles fuera de casa, pero mi mujer está sedada desde… Desde que nos enteramos de… Y el médico creyó contraindicado el traslado.

Marina y Bedia siguieron al señor Palacios hasta el interior del edificio. La decepción de la policía fue enorme. Esperaba encontrar una acogedora y tradicional casa asturiana y tropezó con un modernísimo trabajo de interiorismo, en el que el color blanco lo dominaba todo. Hasta la chimenea. El panelado de madera en torno a una isleta rodeada de taburetes era el único rincón cálido de la estancia. La luz se colaba por los ventanales sin molestar aún. Imaginó que, además del matrimonio, habría más personas alojadas en el palacio; aunque no podían verlas, intuía el trasiego de pasos en el piso superior y tras la puerta del salón, que el señor Palacios cerró una vez entraron. Lo más seguro es que lo hiciera para proteger la intimidad de la conversación que iba a tener lugar.

—¿Puedo ofrecerles algo de beber? El calor empieza a apretar, aunque el interior se mantiene muy fresco. Es lo bueno de las construcciones antiguas, los muros anchos favorecen el aislamiento.

—No, muchas gracias. —Bedia tomó asiento en el cómodo sofá blanco. La subinspectora rescató la tableta del bolso y se preparó para escuchar el interrogatorio.

—Háblenos de su hija —comenzó el inspector.

El señor Palacios pareció sorprendido, porque quizá esperaba que el policía cumpliera el protocolo de las condolencias antes de entrar en materia.

—¿Qué quieren saber?

—Nos interesa conocer quién era su hija Carla. Preséntenosla.

Marina dilucidó con rapidez las intenciones de Bedia. El expediente delictivo de la víctima chocaba con el alto nivel de vida de la familia.

—Carla era mi hija mayor. Tengo otra hija, dos años más pequeña. Está arriba, cuidando de su madre. —El rostro del hombre se tensó—. Acababa de cumplir veintitrés años, era buena estudiante, educada y amante del cine.

—Quizá me expliqué mal, señor Palacios. Necesito saber quién era Carla. Si de verdad quiere que atrapemos a su asesino, haga el favor de ayudarnos.

Marina levantó la vista de la tableta y esperó la reacción del señor Palacios. Bedia había mostrado muy poco tacto.

El hombre irguió la postura y se adecuó la pernera del pantalón.

—Veo que ya investigaron a mi hija —comentó con voz firme—. Es cierto que Carla se metía en líos, las amistades, ya sabe, pero no merecía esta atrocidad. ¡Ay, qué desgracia más grande!

—sollozó—. Tienen que detener a ese malnacido. Primero Javier y luego ella.

—¿Conocían a Javier Rivero?

El inspector calibró la posibilidad de encontrar un hilo conductor que afianzase la investigación.

—Hace muchos años que somos amigos de los Rivero. Cuando eran pequeños, mi Carla coincidió con Javier y otros *guajes* en unos campamentos de verano. La amistad viene de lejos. Pero, díganme, ¿qué está pasando?

—Entenderá que tenemos que ser muy cautos con la investigación.

Marina aprovechó para hacer una captura de la pantalla del vídeo sexual, demasiado explícito para mostrárselo al padre, en la que solo aparecía el rostro del chico desconocido.

—¿Lo conoce? —dijo enseñándole la fotografía.

—Pues claro, es Martín Estrada. Pero olvídense de él. —El padre de Carla miró a Marina y después a Bedia—. Está muerto. Una tragedia. El chaval se quitó la vida hará un año. Sucedió poco después de que perdieran a uno de los amigos de su pandilla en el incendio. Fue algo terrible. Carla lo sintió muchísimo.

Marina se apresuró a escribir un escueto WhatsApp a Lino: «Comprueba si el chico que se suicidó tras el incendio del local de Llanes era Martín Estrada».

—¿Con quién salía su hija? ¿Conocía a sus amigos? —continuó Bedia.

—No conocemos a todas sus amistades. Los chavales beben y alborotan en los chigres. Son jóvenes.

—Jóvenes violentos que amenazan a sus paisanos, pintan las fachadas de las casas con nocturnidad y alevosía y provocan peleas callejeras. Existen varias denuncias en diferentes ciudades. Carla no encaja en el prototipo de chica marginal. Por eso le repito la pregunta, ¿quién era su hija?

—Tiene razón. Es inútil negar la evidencia. —El padre se derrumbó y escondió la cabeza entre las manos—. Su madre y yo siempre nos preocupamos por su educación. Carla asistió a los mejores colegios y la instruimos con disciplina. Pero todo se torció hace un par de años; le cambió el carácter y empezó a salir de noche con sus amigos y, si quiere que le diga la verdad, no teníamos ni idea de lo que hacía hasta que un día me llamó nuestro abogado. A Carla la detuvieron en una redada en una fiesta de *prau,* en no sé dónde. Al parecer, dos grupos de amigos iniciaron una pelea y todo se descontroló. Discutimos y Carla reaccionó muy mal. A los pocos días se marchó de casa y se fue a vivir con Javier. Con su madre hablaba una vez al mes y, a veces, ni eso. Nos enterábamos de su vida por los rumores que corrían en el pueblo. Los cotilleos eran tan vergonzosos que dejamos de bajar a la plaza. ¡Mi familia nunca estuvo en boca de nadie!

—¿Y dice que le gustaba el cine? —El inspector recondujo la conversación.

—Ah, eso sí. Viajaba a menudo a Madrid, lo sé porque soy yo el que pagaba los traslados de mi bolsillo y la matrícula de la escuela de Artes Escénicas. Mi mujer se negó a quitarle la Visa.

—¿Sabe si a esas clases de Cine acudía junto a Javier Rivero? —sugirió Marina.

—Sí. Javier, Martín y ella asistían a la misma clase. El cine era lo único que la motivaba. Su madre quería que estudiase para actriz, pero ella prefería la dirección.

—¿Llegó a rodar alguna película?

—¡Qué va! Carla era de carácter débil y se dejaba influenciar por cualquiera. Imitaba en todo a Javier, desde pequeña. Como le digo, se conocían desde *guajes* y siempre andaban juntos. La hermana dice que estaba enamorada de él. —Hizo una pausa y negó con la cabeza—. Pero yo creo que él solo se aprovechaba de ella.

La inmensidad del salón pareció crecer durante los instantes en que los tres permanecieron en silencio.

—Muchas gracias, señor Palacios, por el momento no tenemos más preguntas —dijo Marina ofreciéndole la mano, en vista del enorme esfuerzo que estaba haciendo el padre para contener el dolor.

En la puerta del palacio de Solfeguera esperaban la madre y la hermana de Carla.

—¿Quién le hizo esto a mi niña? —gritó la madre intentando alcanzar a los policías que habían rebasado la puerta de salida. El rostro de la mujer encogió el corazón de Marina. Sus ojos transmitían el terror de una persona desquiciada. Aferrada al brazo de su hija, apenas podía sostenerse en pie. El marido corrió a sujetarla y le acarició con cariño la mejilla.

Marina aprovechó para acercarse con discreción a la hermana.

—Tu padre nos ha dicho que Carla era una gran aficionada al cine. Javier Rivero también lo era, de hecho, hemos estado en casa de Javier y tenía la habitación llena de carteles de películas.

—Mi hermana también, le encantaba la ciencia ficción y el cine clásico. Precisamente nos hicimos una foto hace un par de meses en su habitación. Venía a casa cuando no estaban mis padres y pasábamos tiempo juntas.

—¿Conservas esa fotografía? —La mente de Marina trabajaba a *flashes*. Las fotos de los actores famosos en la habitación de Javier, el ala del murciélago en la pared, las listas de Lino, el vídeo sexual—. Te agradecería que nos facilitases una copia.

—Lo que necesiten —dijo, ahogando un sollozo.

—¡Qué vamos a hacer, Dios mío! ¡Qué vamos a hacer!

El lamento de la madre de Carla Palacios acompañó a los policías hasta que la finca desapareció de sus retinas.

Roja y Blanca

EL HEDOR PROCEDENTE del sumidero crecía en intensidad. El hombre de la camisa blanca sentía náuseas. Tanto él como el hombre de la camisa roja pensaban que podía contener algún tipo de gas tóxico, pero ninguno de ellos lo verbalizaba, por temor a preocupar al compañero. Apoyados contra la pared, aguantaban el frío y la humedad. La noche avanzaba y con ella el silencio. Los primeros signos de sueño les cerraron los ojos, incluso el hombre de la camisa blanca se permitió una cabezada, tan breve, que solo consiguió aumentar su dolor de cabeza. Los ánimos estaban muy alterados.

—No tenemos nada mejor que hacer —comentó con resignación el hombre de la camisa roja al de la camisa blanca, decidido a continuar la historia—. Regresemos entonces a 1997. La muerte de Suso en un fatal y temerario accidente dejó a todo el mundo consternado. La muerte de alguien joven siempre es dura. ¡Imagínate si es el hijo del mayor empresario del pueblo! La familia Estrada era una de las más ricas. Todo el mundo conocía a Jesús Estrada, el padre de Suso. Era un hombre hecho a sí mismo que empezó con un pequeño taller de reparación de automóviles. Convirtió su fascinación por los coches de lujo en un modo de ganarse la vida y, en su afán por prosperar, se lanzó a recorrer Europa en busca de negocio. En Ginebra contactó con varios empresarios a los que compraba los vehículos que reparaba en su taller y que luego revendía a gente adinerada del Principado.

La fama de cumplidor y de empresario honrado le granjeó la confianza de todos. El boca a boca funcionó a las mil maravillas. Así se hizo con una cartera de clientes que lo recomendaban. «Estrada Luxury Cars», ese era el nombre de la empresa.

»Jesús Estrada era un hombre de carácter fuerte, lo que le granjeó muchas oportunidades, pero también muchos enemigos. Pese a todo, el negocio creció como la espuma. Estrada era un emprendedor avispado, como dirían ahora. Comenzó abriendo un concesionario de lujo y, después, varias sucursales en las principales ciudades asturianas: Gijón, Oviedo y Avilés. En pocos años amasó una fortuna considerable. Lo tenía todo, clientes solventes, dinero y el respeto de los vecinos.

»Para conseguir la insignia de empresario perfecto, se casó con Delina Santianes, la hija mayor de una familia muy respetada de Llanes. Delina era educada y reservada. La esposa perfecta para un tipo como él. Diligente, hacendosa, una mujer que sabe estar en su sitio y fácil de someter. A la antigua usanza. Delina aportaba al matrimonio, además de una generosa dote, la posibilidad de emparentar con una de las familias más antiguas del lugar. Justo la pátina aristocrática que Jesús necesitaba. Y luego llegó Suso, el primer y único hijo. Tras varios embarazos fallidos, el matrimonio tuvo que aceptar que no tendrían más descendencia.

»Suso era un chico listo y acataba las directrices de los padres. Estudiaba en Londres, tal y como planeó Jesús Estrada. El matrimonio daba por sentado que el chico heredaría el negocio familiar. Todo estaba previsto. Hasta que ocurrió el fatal accidente. La muerte de Suso destrozó a Jesús y a Delina. La noticia explotó como una bomba en la familia y se llevó por delante no solo la vida del hijo, sino la ambición del padre. El proyecto de perpetuar el negocio y la familia desaparecieron con él. Hasta que alguien, durante el funeral del chico, informó a Jesús de la existencia de Julia Morán. El rumor de que su hijo había dejado embarazada a la chica y que esta tenía previsto abortar provocó tal acceso de rabia en Jesús que a punto estuvo de montar un espectáculo durante el entierro. Los días posteriores los pasó encerrado en su despacho y, cuando salió, lo hizo con una idea fija en su cabeza. Poco le costó convencer a Delina, y fue ella quien contactó con Julia.

»Durante aquellos días, la chica decidió recluirse en su casa. Necesitaba estar sola con su dolor. Le aterraban las miradas de la gente y los comentarios que la señalaban como una buscona aprovechada. Perdida. Así se sentía Julia. La ausencia de Suso se le hacía insoportable. Les habían robado el futuro de un plumazo. Con tan solo dieciocho años, embarazada y sin recursos, los planes que soñaba saltaron por los aires. Suso era su amor. El hombre del que estaba enamorada. ¿Qué podía hacer sino ser fiel a la decisión que tomaron juntos? «Pase lo que pase», recordaba sus palabras una y otra vez.

»Julia sentía que aquel bebé era lo único que le quedaba de él. Pero ¿cómo iba a cuidarlo? ¿De dónde sacaría el dinero necesario para mantenerlo? La precaria situación económica en la que vivía con su abuela era incompatible con la llegada de un nuevo miembro a la familia. A la angustia de pensar en los gastos que supone la crianza de un bebé se unía la inseguridad de ser capaz de cuidarlo. Julia se había criado sin la referencia de unos padres. ¿Qué futuro podía ofrecer a su hijo? La única opción que le quedaba era seguir adelante e interrumpir el embarazo, aunque, solo de pensarlo, se le rompía el corazón.

»Sucede que la mayoría de las veces el destino va por libre. Eso es algo que se aprende con los años y todos sabemos que lo único que puedes hacer es resignarte —reflexionó en voz alta el de la camisa roja—. Fue entonces cuando, un día antes de acudir al hospital, Julia recibió una visita inesperada. Un flamante Mercedes de color marengo la esperaba ante el portal de su casa. Según explicó el chófer, los señores Estrada la invitaban a su domicilio para darle el pésame. Ella accedió a regañadientes. Para entonces, Jesús tenía ya planeada una estrategia y Delina era su cómplice. La mujer nunca chistaba una decisión de su marido, pero la idea de ejercer como interlocutora con Julia le pareció muy acertada. Nadie como una madre podía entender a otra madre. El objetivo era convencer a Julia para que tuviera el bebé.

»Y Delina le abrió su corazón.

»Mostró a la chica el dolor de una madre que acababa de perder a su único hijo. Una madre que podría convertirse en abuela, en la mejor de las abuelas. Delina suplicó a Julia que no siguiera adelante con el aborto, que les permitiera criar a ese bebé. A cambio de la custodia, el matrimonio se haría cargo del niño y también cuidaría de ella. Julia podría pedirles lo que quisiera.

»Jesús Estrada preparó con astucia la maniobra. Una joven de dieciocho años era una presa fácil para él. El empresario indagó en el entorno de la chica hasta conocer cuáles eran sus ambiciones. Descubrió que Julia era una estudiante brillante y con un solo objetivo: salir del pueblo y labrarse un futuro que la apartase de una vida precaria. Conocía su debilidad y utilizó todos los recursos a su alcance.

»Julia nunca había estado en casa de Suso. Una vez rebasada la puerta metálica del jardín, se quedó boquiabierta. Desde la verja nacía un camino hasta la casa. A un lado y a otro florecían los parterres de flores rodeados de árboles. Mientras el Mercedes avanzaba, Julia admiraba incrédula la extensión de la finca. Un hórreo precedía a una villa tradicional asturiana, con una galería de madera que enmarcaba la fachada y, junto a él, un cenador con una mesa y varias sillas metálicas, como en una escena bucólica del romanticismo. Julia se sintió pequeña e insignificante.

»Los Estrada la recibieron con agasajos y amabilidad, hasta que consiguieron romper sus defensas. Entonces, Julia se atrevió a exponer a los Estrada la decisión que Suso y ella habían tomado antes del fatal accidente. Para ella era inviable hacerse cargo del bebé. Cuando planteó su decisión de abortar, Jesús estalló. Acusó a la chica de ser una mala madre y de no tener conciencia. Delina salió en su defensa e hizo que Julia confiase en ella, sin sospechar la estrategia urdida de antemano. Delina se ganó a Julia y le ofreció una salida, ellos cuidarían del bebé, tendría una educación completa y nunca le faltaría de nada. A cambio, ella podría estudiar en la universidad europea que eligiese y el matrimonio correría con todos los gastos, hasta que consiguiera establecerse por sí misma.

»La posibilidad de estudiar y de alcanzar el futuro soñado estaba más cerca que nunca. La propuesta de Delina era muy tentadora.

»Julia abandonó la casa de los Estrada con la vida patas arriba. La posibilidad de alcanzar sus sueños pasaba por traer al mundo a un bebé al que debería renunciar nada más nacer. Una decisión difícil que debía tomar sin Suso. Él ya no estaba. Dar el paso y traicionar su memoria pesaba demasiado.

»Después de varios días debatiéndose entre aceptar el trato de los Estrada o no, la abuela de Julia le dio la solución: «Pasaste la vida buscando una oportunidad, el *tu fíu* también la merece», dijo acariciándole las mejillas como cuando era una niña.

»Y Julia aceptó la propuesta de los Estrada.

»Para evitar habladurías, Delina la acomodó en una casa de su propiedad, alejada del pueblo. Un lugar tranquilo, donde nadie vería crecer su secreto.

12

El *trasgu*

Desde que ocurrió el primer asesinato, la Policía Local de Gijón había recibido la orden de comunicar al equipo de Bedia cualquier incidencia que tuviera lugar en la calle Corrida. Lino filtraba las llamadas al 112 y, cuando lo creía oportuno, completaba el trabajo con un seguimiento exhaustivo.

El aviso de la presencia de una mujer que deambulaba medio ida por la calle Corrida nunca habría despertado el interés de la policía, más allá del trastorno que suponía para los transeúntes. Pero esa vez algo extraño en el comportamiento de la indigente llamó la atención de la pareja que patrullaba la zona. Lino dejó hablar al compañero que había recibido la orden directa del Jefe Gris de comunicar el episodio, para que le explicara al detalle la conducta de la sospechosa. Por lo visto, la mujer recorría una y otra vez el largo de la fachada donde había tenido lugar el asesinato de Javier Rivero, al tiempo que increpaba a los transeúntes.

Tras escuchar con atención al compañero, Lino experimentó un molesto cosquilleo en la nuca, seguido de un pinchazo en la boca del estómago. «Ya estamos», pensó, incapaz de desprenderse de un imaginario presentimiento. Echó mano del bolígrafo para anotar el aviso y no lo encontró. Un rápido vistazo a la mesa de trabajo le provocó un segundo escalofrío. Habían desaparecido todos los bolígrafos, los del cubilete, los que guardaba en el cajón, los de la cajita que le regaló Luisa, hasta las estilográficas que ocultaba en una caja de puros.

Un duendecillo burlón cruzó por delante de sus ojos con la rapidez de una flecha.

Una vez, dos, tres, el *trasgu* corría por encima de la mesa de trabajo mientras soltaba una risita capaz de sacar de quicio al santo Job.

Lino intentó alcanzarlo, soltó un manotazo y el duende se esfumó. Los bolígrafos regresaron al interior del cubilete, también los de la cajita de Luisa y, por supuesto, los del interior de la caja de puros.

—*¡Jodío trasgu del gorru colorau!* —soltó en voz alta—. Esto *ye* una señal.

El agente jugueteaba con el bolígrafo desplazándolo entre los dedos mientras, en su memoria, aparecía la imagen de su abuela cuando era un niño. La mujer estaba convencida de que un duende vivía en la casa del pueblo donde había nacido. Un *trasgu* vestido con un gorro y una camisa roja. Era menudo y picajoso, y tenía un agujero en la mano derecha. La abuela lo había bautizado con el nombre de SIMPLÓN.

Harta de sus travesuras y para que la dejase en paz por un tiempo, un día la abuela decidió encomendarle una tarea imposible: llenar un cesto con agua de mar. Entonces, el duende malhumorado puso la casa patas arriba, vació los arcones, arrojó la ropa de cama por los suelos, cambió la sal por el azúcar, volcó el vinagre en la tina del vino y espantó al gato que lo miraba extrañado desde su refugio bajo la mesa. Cuando el duende decidió que el daño infringido ya era suficiente, se paseó por la cocina riendo por lo bajito y, entonces, la abuela lo amenazó con echarlo para siempre de la casa.

«No pasa nada por creer en los trasgos, Lino —se dijo el policía, un tanto avergonzado por haberse dejado llevar por su imaginación—. Hay quien reza a san Antonio cuando pierde algo o le hace un nudo en los testículos a san Cucufato».

Con el bolígrafo recién recuperado, anotó el incidente de la calle Corrida y llamó por teléfono a Marina. Lino sabía que la subinspectora tenía la mañana libre y que iba a recoger un encargo justo en una tienda de la calle peatonal. Sin hacer caso del cargo de conciencia que le suponía molestarla en su tiempo libre, decidió seguir su intuición.

Marina escuchó con escepticismo el informe de su compañero. No era la primera vez que los agentes detenían a alguien con las facultades mentales mermadas. Una mujer que grita y molesta a los transeúntes, ¡qué novedad! Pero decidió fiarse del pálpito de Lino.

No le costó trabajo localizarla. La mujer paseaba arriba y abajo, en paralelo a la fachada del local donde habían asesinado a Javier Rivero. Cerca del mediodía, la marabunta de personas ralentizaba el tránsito por la calle Corrida al aminorar la marcha para observar a la mujer. Y, con más motivo, cuando una pareja de la Local despejó a gritos un corrillo que se había formado en torno a ella.

—¡Circulen! ¡Circulen! —vociferaban los agentes.

Marina comprobó que el escenario había cambiado por completo. A punto de inaugurar la tienda de ropa juvenil, la fachada del local lucía renovada. El interior prometía un espacio agradable y proyectado para atraer a los clientes. A través del cristal de uno de los escaparates, la agente observó las maniobras de un empleado, obstinado en mantener en equilibrio a un maniquí pálido y delgado. Decidió entonces prestar atención a la indigente, el pelo suelto le llegaba hasta la cintura, con algunos mechones canosos; vestía un mono de tirantes color verde y andaba descalza. De no ser por los pies desnudos, la mujer habría pasado desapercibida, por eso y por los gritos que soltaba a cada paso. No resultaba difícil conjeturar que aquella mujer debía de tener un motivo para comportarse así. Lo más probable es que estuviera enfadada.

—Perdona que te moleste —dijo la subinspectora acercándose a ella, con una sonrisa que trasmitía confianza—. ¿Por qué recorres la calle una y otra vez? He visto que no te has movido de aquí desde hace un buen rato.

—Esta *ye* mi casa. —El rostro de la mujer se había endulzado y proyectaba todo su interés hacia la agente.

—¿Vivías aquí? —preguntó sabiendo que, por desgracia, existen muchas personas que consideran como un hogar el vivir en medio de la calle. ¿Hay algo más desnaturalizado que tener que guardar tus pertenencias en una bolsa de plástico y dormir en el suelo, sin un techo bajo el que cobijarte?—. Entonces, ¿dónde duermes ahora?

—Ahora duermo en el cajero del banco. Antes, dormía allí.

La indigente señaló hacia uno de los vanos del edificio.

Marina se fijó en la costra de mugre que aprisionaba los pies de la mujer, tan gruesa que podía suplir la falta de zapatos. La parte visible de las piernas mostraba escaras y ronchas violáceas, presentes también en los brazos descubiertos. Sus ojos parecían canicas de vidrio, opacos y con un extraño color ceniciento. Invitó a la mujer a acompañarla hasta un banco cercano y allí sacó de su bolso un paquete de toallitas húmedas y compartió con ella las galletas que acababa de adquirir en su confitería favorita. La mujer se lavó las manos y comió con ansia, mientras sonreía entre bocado y bocado.

—La Noche de San Juan mataron a un hombre en ese local. —Marina decidió centrar la conversación.

—Lo sé. Vivo aquí.

La indigente se acercó a Marina, dejó de masticar y con gesto dulce acarició el rostro de la agente. Marina la dejó hacer. Sentir la piel rugosa de sus manos sobre la cara le trasmitía una rara calidez. De repente, el velo de los ojos de la mujer desapareció, se puso de pie y soltó un aullido.

—¿Viste algo sospechoso aquella noche? —preguntó Marina, sobresaltada.

—La Noche de San Juan *ye* peligrosa —dijo, bajando la voz hasta el susurro—. Hay que tener cuidado con lo que pides. A veces, los deseos atraen a la muerte.

—¿Viste a alguien entrar en la tienda aquella noche?

Un nuevo aullido.

La mujer se rascó las piernas y los brazos.

—La Noche de San Juan, esa puerta se abrió dos veces y el suelo una.

—No te entiendo —dijo Marina.

Y antes de que tuviera ocasión de pedirle que le aclarase lo que quería decir, la mujer la dejó sola y se alejó por la calle Corrida, arrastrando los pies e increpando a todo el que pasaba por su lado. Antes de perderse entre la gente gritó:

—¡Marina! Estás sola, como yo. Ja, ja, ja. ¡Necesitas un hombre!

La subinspectora, primero rio la ocurrencia de la mujer y después sufrió un escalofrío.

En ningún momento le había dicho su nombre.

Un tanto confusa, decidió hacer un paréntesis antes de sacar conclusiones y charlar un rato con su hermana. Tanto Elena como ella llegaron a la conclusión de que los niños y los borrachos siempre dicen la verdad, y, quizá ahora, también los perturbados.

Incapaz de apartar de su cabeza las palabras de la indigente, decidió inspeccionar la fachada del local del antiguo cine Robledo. «¿Qué significa que la puerta se abrió dos veces y el suelo una?», pensó la subinspectora. Y decidió situarse justo enfrente de la tienda, porque desde allí podía abarcar toda la calle.

«La puerta se abrió dos veces», repitió para sí misma. Alguien abrió la puerta aquella noche y entró en el local. Después, salió y volvió a entrar. Entró dos veces. Pudo ser una misma persona o… puede que el asesino citara a su víctima justo en este lugar, la puerta se abrió por primera vez porque Javier o el asesino entraron. El asesino pudo atraer a Javier hasta el local y después matarlo o puede que ya estuviera dentro, esperándolo. Por eso la puerta se abrió dos veces. Así que entraron dos personas. Pero ¿y el suelo?, ¿cómo se va a abrir el suelo?, ¿el suelo del local o el de la calle?

Una posibilidad cruzó por la mente de Marina. Se aproximó hasta la puerta con rapidez, echó un vistazo y sus ojos tropezaron con la boca de una alcantarilla.

—¡Se abrió el suelo! —exclamó en voz alta, deteniéndose para comprobar si la tapa había sido manipulada recientemente. A su espalda descubrió una de las vallas con las que la empresa municipal de aguas del Ayuntamiento señalizaba sus actuaciones. Lo más seguro es que la hubieran olvidado entre los materiales de la obra.

Sin pensarlo, sacó el móvil.

—Bedia, estoy en la calle Corrida, frente al local donde asesinaron a Javier Rivero. Necesito refuerzos. Vamos a inspeccionar una alcantarilla. Es posible que nos encontremos una sorpresa.

MEDIA HORA DESPUÉS y ante la atenta mirada de la subinspectora, agentes de la Unidad del Subsuelo localizaban una bolsa con restos humanos.

Posiblemente, las partes mutiladas de Javier Rivero.

13

Ola de calor

EL DÍA DE Santiago, los vecinos de Ceares, uno de los barrios más antiguos de Gijón, conquistan el parque de Los Pericones y organizan desfiles, pasacalles, ofrendas florales, chocolatada, gaitas, fuegos artificiales y hasta celebran con vermut, en honor del apóstol. La gente acude como moscas a la miel al reclamo de los coches de choque o a los puestos de churros.

Fiesta para unos y alerta para otros.

Cualquier festejo que implicara una aglomeración de gente hacía saltar las alarmas de la policía. Las concentraciones durante los festejos veraniegos provocaban el nerviosismo de las fuerzas de seguridad, ante la posibilidad de un nuevo ataque del asesino. Había sido, por tanto, una semana complicada para todos.

Bedia empujó la puerta del cuartel general y se detuvo en el umbral. Observó durante unos segundos a Lino, que andaba dando vueltas por el despacho, tenso, nervioso pero elegante con su uniforme ajustado, un tipo normal de treinta y tantos, facciones regulares y el cabello perfectamente peinado, que lucía la camisa sobre un vientre plano. Un hombre al que los problemas se le reflejaban en la cara. Ese era Lino.

«¿Qué estará maquinando?», se preguntó el inspector deshaciéndose de la americana, al tiempo que clavaba la vista en el aparato de aire acondicionado. Estaba apagado. Como un loco, se abalanzó sobre el mando a distancia y accionó el botón en espera del viento fresco y apetecible que proporcionaba el dispositivo. Pero nada cambió. Con cara de espanto, buscó en Lino una explicación.

—Está roto. Ya di el aviso —dijo el agente, encogiéndose de hombros.

El gigante se arrugó como una patata vieja. El calor lo alteraba de manera preocupante. Marina se metía con él por blandengue. «En Madrid no aguantarías ni una semana», le reprochaba a menudo cuando se quejaba de la elevada temperatura. A Bedia los cuarenta grados de la capital le parecían un castigo del diablo. La masa de aire caliente que, por aquellos días, había superado las montañas hasta hacerse fuerte en el norte, le recordaba a las gestas de los invasores de las novelas épicas. Pese a todo, el sofoco en el norte no se parece ni de lejos al de Madrid, seco y machacón, solía explicar Marina a sus compañeros. El viento quema y ni la sombra protege al que osa pisar la calle a las cuatro de la tarde. Pero a Bedia, las bravatas de Marina en ese momento le importaban un pimiento.

—¿Leíste el informe de la autopsia de Carla Palacios?

La pregunta del inspector detuvo a Lino, que lo miró un tanto descolocado. Bedia conocía de sobra la respuesta de su subordinado. Sabía que estaba haciendo una pregunta retórica. Lino lo leía todo. Hasta las advertencias del peligro de la ingesta accidental en los envases de lejía.

—Por supuesto —contestó acomodándose en la silla de su puesto de trabajo y buscando algo sobre la mesa. Lino seleccionó dos fotografías, las ordenó una al lado de la otra y reclamó la atención del inspector—. Esta la tomó Marina en la habitación de Javier Rivero y esta otra nos la proporcionó la hermana de Carla Palacios. Si las comparamos, podemos deducir que es evidente la pasión que compartían por el cine. Me tomé la molestia de cotejarlas y saqué una lista con las coincidencias.

Bedia sonrió. Ese era Lino. Aunque nunca llegase a comprender esa obsesión suya por las listas.

—Coinciden en su interés por las películas clásicas. Ella prefería a los actores guaperas y él a las actrices, pero coinciden en *El increíble hombre menguante*, *El padrino*, *La dolce vita* y *Tiburón*. Y alguna española, como *El orfanato*. También localicé el centro en donde asistían a clase, la Escuela Universitaria de Artes en Madrid. Los alumnos pueden especializarse en Artes Escénicas, Cine, Posproducción, etcétera.

Bedia levantó la mano, agobiado por el calor, e hizo un gesto soez para explicar que le importaban bien poco los detalles.

Marina, que llevaba en el cuartel general unos minutos y había escuchado solo la mitad de la conversación, intervino hecha un torbellino.

—¡Me parece fatal que ningunees de esa manera a un compañero, Bedia! —exclamó en referencia a la peineta que acababa de presenciar—. Deberías agradecer que alguien del equipo se moleste en recopilar los datos y sacar conclusiones. Te recuerdo que hemos resuelto varios casos gracias al trabajo de Lino.

Los dos hombres se miraron y luego miraron a Marina con cara de sorpresa. No era propio de ella una salida de tono así. La subinspectora tenía un carácter conciliador, sobre todo cuando trataba con un superior. Ya fuera por lo extraño de su reacción o porque lo achacara al calor, que conseguía derretir el cerebro, el inspector obvió el exabrupto y dirigió de nuevo la atención hacia Lino, aunque, para sus adentros, se estuviera preguntando qué narices le pasaba a la subinspectora.

—También repasé el informe de los bomberos sobre el incendio en el local de Llanes —continuó Lino sin dar importancia al incidente—. Estuve buscando sucesos en fechas cercanas a la Noche de San Juan en años anteriores.

—Eso me interesa. Pásame una copia.

Marina interceptó el informe al vuelo. Lo leyó despacio mientras soltaba la mochila sobre la silla y se situaba frente al malogrado equipo de aire acondicionado. Esperaba un chorro de aire fresco, un viento enérgico que la liberase del calor hasta conseguir ponerle la carne de gallina. Bedia la observaba divertido. «Así que los de Madrid también sudan», pensó. Ella entendió que estaba estropeado. Justo cuando iba a abrir la boca, entró Nora.

—Siento llegar tarde, la mujer de López dio a luz ayer. El cuarto. *¡Amos, no me fastidies!* No sabía si felicitarlo o darle el pésame.

—El chico que falleció en el incendio de hace un año se llamaba Tristán Villanueva —dijo Marina, que estaba a lo suyo, leyendo en voz alta el informe y sin saludar a la compañera—. Hubo un herido, un tal Óscar Galguera, dueño del establecimiento. El día 22 de junio a las 23.32 horas se declaró un incendio en el local llamado L´esperteyu, en Llanes. En el suceso resultó herido el dueño y falleció uno de los camareros. Los bomberos recibieron el primer aviso a las 23.40, registrado como incidente grave. El fuego se originó en el interior de forma espontánea y provocó graves destrozos que impidieron detectar elementos de propagación. Alcanzó gran virulencia desde la zona de la cocina hasta la barra. Esto provocó el derrumbe parcial del techado exterior. Evacuación y control perimetral de la zona sin incidentes.

—Como veis, aporta poco a nuestra investigación —observó Lino.

—Yo no lo veo así. —Marina aprisionaba el informe entre los dedos como si fuera a escaparse—. Aunque pueda parecer casualidad que hace un año y también cerca del Día de San Juan hubiese una muerte, no estaría de más indagar un poco por si encontramos alguna conexión entre la víctima del incendio y las dos de este caso. Conocemos el nombre del dueño y del fallecido, podemos empezar por ahí y, como nadie ha demostrado que el incendio no fue intencionado, nosotros debemos investigarlo como si lo fuera. Sabemos que hubo testigos y vamos a interrogarlos a todos. El informe de los bomberos es una porquería, pero hay quien encuentra oro en la basura. ¡Qué pasa hoy con el maldito aire acondicionado!

—Está roto. Ya di el aviso —respondió Lino armándose de paciencia.

—La Local es reacia a hablar de las actividades delictivas de las víctimas. —Nora zanjó la tensión que amenazaba con acabar en trifulca—. Hablé con varios compañeros y me pareció que esquivaban el tema, como si temieran las represalias de las familias. Admiten que tanto Javier Rivero como Carla Palacios participaron en alguna bronca, pero le restan importancia, lo que me parece de lo más extraño.

—En los pueblos eso no es tan raro. La influencia de las familias históricas está incrustada en el día a día. No obstante, siempre existe un hueco por donde colarse, estoy seguro de que daremos con alguien dispuesto a colaborar, y en esas estamos nosotros. Para eso somos la mejor Unidad al este del Sella —dijo Bedia con una sonrisa de complacencia que le engordaba un par de kilos.

—Eso lo dices porque tienes un as en la manga —afirmó Lino.

El gigante confirmó con ojos maliciosos.

—Ahora lo entiendo. Tienes un soplón —continuó Lino divertido.

—Soplón, chivato, informador…

—Confidente, topo, chota, puedo seguir si quieres —dijo Marina manteniendo el tono de malestar.

—Llámalo como quieras. Según mi fuente, el local donde se produjo el incendio era un bar de moda, amigable con la comunidad LGTBI y con mucho tirón entre la juventud de Llanes. Mi contacto corrobora la existencia de dos cuartos interiores que se alquilaban para encuentros íntimos o *folixas* pachangueras. Era una especie de reservado. La semana de San Juan, el dueño reforzó la plantilla con un camarero. La víctima mortal mantuvo una discusión con un cliente esa misma tarde. En el informe podéis leer el relato de los testigos. Todos coinciden en que la discusión estuvo motivada por los celos. El cliente, al que identificaron como Martín Estrada, se marchó antes del incendio y nadie lo volvió a ver y; como sucede en estos casos, las especulaciones brotaron como setas. Aseguran que fue él el que provocó el incendio para vengarse y el pobre camarero quedó atrapado al derrumbarse parte de la estructura de madera del local.

—Resumiendo, si unimos todas las pruebas, tenemos identificados a los que participaron en el vídeo sexual: Javier Rivero, Carla Palacios y Martín Estrada. Este último es el supuesto cliente que discutió con Tristán Villanueva, fallecido en el incendio. —Marina se abanicó la cara con la mano y se enjugó el sudor de la frente.

Bedia chasqueó los dedos e hizo una pausa dramática con la que consiguió toda la atención del equipo.

—El problema radica en un pequeño detalle, querida flor de basurero, y es que todos están muertos.

Roja y Blanca

EL SONIDO DEL motor de un avión al pasar sobrevolando por encima de ellos, captó la atención de los dos hombres. Durante el tiempo que duró, por sus cabezas cruzó la idea de que alguien acudiría a rescatarlos. Habían pasado ya varias horas. Se levantaban por turnos y deambulaban por el perímetro del agujero. El hombre de la camisa blanca había contado los pasos. Cuatro pasos de largo y tres de ancho. El tamaño de una ratonera.

El aire era irrespirable. El calor diurno se había condensado entre aquellas cuatro paredes sin ventilación. La sensación de asfixia se incrementaba con la sed. Era difícil mantener la calma y alejar los malos presagios que correteaban como demonios por la cabeza. De vez en cuando uno de ellos soltaba una patada o un puñetazo, incluso un par de gritos, más por descargar la tensión que por efectividad. La rabia conseguía mantenerlos despiertos y alterados. ¿O sería el tufo que flotaba sobre ellos como una mancha de chapapote en el agua del mar?

—Y así fue como Julia se trasladó a la casa de campo de Delina a esperar el momento en que naciera el bebé. —La voz del hombre de la camisa roja aportaba un tanto de humanidad en aquella cloaca oscura—. Como te puedes imaginar, la casona estaba situada en un lugar discreto, apartada del pueblo, en medio de un bosque y rodeada de vacas. Una vez a la semana, una mujer de toda confianza subía hasta la casa con las provisiones. Ella era el único contacto de Julia con el exterior.

»Al tiempo que se hacía evidente el embarazo, crecía su sensación de soledad. La chica era incapaz de sacarse a Suso de la cabeza. Lo echaba mucho de menos. «Pase lo que pase», se repetía para darse ánimos. «¿Qué diría si supiera que decidí traer al mundo a su hijo?», pensaba. Le gustaba creer que estaría orgulloso de ella, aunque, a veces, el dolor por su pérdida se le hacía insoportable.

»Hasta que un amanecer, un latigazo en el bajo vientre la despertó. Por instinto hurgó debajo de las bragas en busca de sangre. Un escalofrío extraño le recorrió de los pies a la cabeza. Julia situó su mano sobre el vientre. Y sintió a su hijo. Un ser fuerte y decidido luchaba por sobrevivir. El hijo de Suso.

»Suso ya no estaba. Ella sí.

»El pacto cobró entonces un nuevo sentido, porque ahora era ella la que iba a luchar por el futuro de ese niño.

—Demasiado romántico para ser verdad —comentó el hombre de la camisa blanca, admitiendo su interés por la historia—. Cuéntame qué pasó en realidad con la tal Julia.

—Tienes razón —retomó el hombre de la camisa roja—. Los días que Julia permaneció aislada en aquella casa fueron un suplicio. El miedo arraigó dentro de ella al cumplirse el quinto mes. Tan atroz que le impedía el descanso, ni de día ni de noche. Las horas solitarias pasaban tan lentas que las confundía. A Julia nunca la visitó un médico. Nada de ejercicios de preparación al parto, ni tan siquiera pudo escuchar el latido del corazón de su hijo. Estaba prisionera en aquella casa, sin el apoyo de un rostro amigo. ¿Que si pensó en escapar? ¡Por supuesto! Una y mil veces. ¿Y qué haría entonces? ¿Cómo alimentaría a su bebé? ¿Qué futuro podría ofrecerle? Lo único que la mantenía con fuerza era pensar que llevaba en su vientre una parte del amor de su vida.

»Y entonces... apareció él. Jesús Estrada.

»Llegó una mañana muy temprano en un coche carísimo y cargado con una cuna. Enseguida percibió el desánimo de Julia.

Con dedicación, montó la cuna y la situó junto a la cama de la chica. Llenó el cuarto de peluches y otras ñoñerías y, después, sin mediar palabra, le dio una paliza. Eso sí, con cuidado de no tocarle el vientre. La golpeó hasta llenarse las manos de sangre.

»Después de dejarla tendida en el suelo, malherida y deshecha en lágrimas, le lanzó una advertencia:

—Si le pasa algo a mi nieto, no solo te mataré, también acabaré con Delina. Pórtate bien —dijo antes de marcharse—. Un trato es un trato. Sabes que el niño puede crecer con el amor de su abuela, pero, si ella desaparece, seré yo el que se ocupe de tu hijo».

14

Talleres Barrunto

Nada más bajarse del coche, Marina leyó un rótulo de letras negras sobre fondo amarillo punteado con desconchones de óxido. Cabeceaba del lado derecho, como un presagio del desorden que imperaba en aquel taller mecánico situado a las afueras de Llanes. Lo siguiente en lo que se fijó fue en el agujero negro y profundo por el que asomaba el capó de un vehículo de matrícula antigua, muy antigua, junto a varias columnas de neumáticos, alineadas en precario equilibrio. «Barrunto, barruntar —pensó la subinspectora—, presentir algo, conjeturar. Pues empezamos bien», se dijo.

Grasa negra, polvo negro, roña negra por aquí y por allá. El olor a gasolina flotaba como el aceite en el agua y activaba esa parte del cerebro en la que se guardan las ganas de salir corriendo. Acercarse fue peor; la porquería mezclada con la gravilla se incrustaba en la suela de los zapatos y producía un desagradable sonido. Cris, cras.

«Talleres Barrunto», repitió la subinspectora en voz baja.

Lo más llamativo de aquel sucedáneo de taller era una motocicleta BMW K 1600, Grand America, de un sugerente color azul. Una joya disimulada tras un biombo de hierro forjado. «¿Qué necesidad llevaría a alguien que podía permitirse semejante trasto a descuidarlo en un sucio taller?», pensó Marina. Y, para más inri, era el negocio del soplón de Bedia.

Su jefe todavía podía sorprenderla. Uno cree que conoce a las personas cuando convive con ellas por largos periodos. Fulanito es así o asá, le gusta esto o lo otro, tiene mujer, marido, hijos, líos o es un tipo solitario. Le gusta el café o prefiere el poleo menta, odia la tarta de manzana, incluso se llega a saber si prefiere el campo o la montaña. Y cuando uno piensa que ya tiene catalogado a su amigo, compañero, vecino o pareja, resulta que solo conoce la cáscara, la pátina de barniz que reviste el exterior, la chapa. Por eso, cuando Bedia informó a Marina de que iban a visitar a uno de sus soplones, nunca imaginó que su jornada laboral comenzaría en un taller mecánico de nombre Barrunto.

Como en un *western*, Bedia se detuvo delante de la entrada, bajo el cierre metálico, justo en el lugar donde incidían los rayos del sol, incapaces de alcanzar el interior del taller. Con las piernas abiertas, la sombra del gigante se proyectaba sobre la grava y se extendía hasta el infinito.

Marina creyó percibir el movimiento de alguien en el interior. Una llave inglesa, un martillo o un tornillo inoportuno cayó al suelo con un tintineo metálico que captó la atención de los agentes.

—¡Sal de una vez! Tengo el cogote al rojo vivo —gritó Bedia como si lo hiciera en el interior de un pozo. La voz reverberó en las paredes del local, pero no obtuvo respuesta—. Venimos de charleta. Haz el favor de salir o me veré obligado a entrar, y ya te digo yo que no te va a gustar.

Marina permanecía expectante, a la espera de que alguna voz contestase a su jefe. Inútil. Aquello parecía un negocio abandonado a toda prisa.

De pronto, Bedia entró como un elefante en una cacharrería. Los zapatos resonaban en el piso y lanzaba manotazos a todos los elementos que interceptaba a su paso: bolsas de plástico, destornilladores, arandelas, trapos sucios, hasta que distinguieron la silueta de un hombre, fugaz como un destello. Bedia salió tras él y Marina lo siguió a la carrera. Sortearon un foso y un gato hidráulico que apareció por sorpresa. Tuvieron que esquivar la cabina acristalada que ocultaba en su interior una mesa y una silla, antes de llegar a la trasera del taller. Una puerta metálica que daba a la calle se abrió y el sol entró a caballo, iluminando el local. Bedia ya no caminaba, trotaba detrás del tipo que intentaba escapar de los agentes.

—¡Por detrás! —ordenó Bedia a Marina mientras atravesaba la puerta.

La subinspectora volvió sobre sus pasos, salió al exterior y rodeó el taller. Cuando llegó a la parte posterior, encontró a Bedia inmovilizando a un hombre contra la pared. Lo había levantado medio metro del suelo y pensó que, seguramente, si hubiera encontrado el gancho adecuado, lo habría colgado como un cuadro.

El hombre gritaba y pataleaba.

—La *china ye* mía, joder. ¡Consumo propio! —gritaba como un poseso.

—¡Qué *china* ni qué *china!* —El inspector soltó al hombre, que cayó como un fardo a sus pies, pero a este le faltó tiempo para salir corriendo—. ¡*Cagontó!* ¡No me hagas correr!

El mecánico ya rebasaba el perímetro del taller.

Marina salió al quite y, antes de que este la descubriera, se tiró al suelo con la pierna extendida a modo de zancadilla. El hombre tropezó, voló y aterrizó dejando escapar un tremendo aullido. Momentos después, Bedia lo levantó en volandas, sujetándolo por la pechera del mono mugroso con el que vestía.

—¡Para ya, *redios!*

—Que no sé *ná.* Que la *china ye* mía.

—Y dale. —El gigante empotró al hombre contra la pared.

—No estamos aquí por eso —terció Marina sin comprender la reacción del mecánico. Bedia lo soltó sin miramientos. Los ojos del hombre tenían un brillo duro y desconfiado que contrastaba con su rostro lampiño. Sin duda estaba resentido—. Estamos aquí por Javier Rivero.

—Ah, pues entonces, prefiero hablar de la *china* —dijo, poniéndose de pie y sacudiéndose el mono. La cara de estupefacción había dado paso al miedo. Marina podía sentir su incomodidad: como un niño pillado en una falta, miraba hacia el suelo y arrastraba los pies. El hombre entró en el taller, apoyó el culo contra el capó del único coche y se cruzó de brazos.

—¿De quién es esa moto? —preguntó el inspector con la cara congestionada y a punto de ebullición. Ahora sí que parecía una escena de las películas del oeste, una de esas en la que el *sheriff* encañona a los malos.

—La moto *ye* de Javier. No sé qué hacer con ella. Nadie vino a reclamarla.

—¿Por qué tienes tú la moto de Javier Rivero? —insistió el inspector.

—Javi *dejábala* ahí. Llévatela. No quiero líos.

—Sabemos que Rivero andaba siempre metido en follones. Es normal que tuviese enemigos. ¿Sabes quién pudo matarlo?

—¡Qué voy a saber, joder! Salíamos de vez en cuando a divertirnos. Javi era un gallito, pero nada más.

—¿Por qué lo mataron? —Bedia rebasó el espacio personal y se colocó a poca distancia de su cara. Desde luego era una buena táctica para amedrentar a cualquiera.

—¡Qué sé yo!

—¿Conocías a Martín Estrada? —quiso saber Marina, a quien las tácticas de Bedia le parecían un tanto bruscas—. ¿Y a Tristán Villanueva?

El mecánico soltó un bufido de fastidio.

—¡Unos maricones! ¡Eso *ye* lo que eran!

—Rivero mantenía una relación con Carla Palacios —insistió la subinspectora, centrando la conversación y mordiéndose la lengua. «Si hay algo peor que un mecánico chivato es un mecánico homófobo», pensó. Lo único que buscaba era aclarar la relación entre las víctimas.

—Rivero se tiraba a *to* dios y Carla tenía lo suyo, no crea.

—Tengo entendido que a los dos les gustaba el cine.

—*Ye* verdad. —Levantó el dedo índice y lo dirigió hacia la subinspectora.

—No constan denuncias, pero sabemos que armaban follón en los chigres, peleas, pintadas y broncas en las manifestaciones.

—*Ye* una forma de diversión *ná* más. Rivero y Carla eran unos jetas, unos niños de papá. El padre *ye* un dictador, como el de Carla o el *güelu* de Martín. Los tres se conocían de *guajes* porque iban a unos campamentos para pijos, pero eso no *ye* delito.

—Depende. —Bedia se acercó tanto que el hombre podía adivinar lo que había desayunado—. Tocasteis los huevos a alguien muy gordo. Y eso fue precisamente lo que le arrancaron a Rivero después de matarlo. Seguro que sabes quién le tenía ganas.

—Mucha gente. —El rostro del mecánico había perdido el color y sudaba con profusión—. Javier tenía unas ideas radicales. Odiaba a mucha gente, pero sin llegar a mayores. Juro que no tengo idea de quién le hizo eso. —El hombre miró al suelo y hundió los hombros en actitud sumisa—. Juro que no sé nada.

Marina negó con la cabeza. Estaba claro que no iban a sacarlo de ahí. Estaba convencida de que el mecánico sabía mucho más de lo que contaba. Era obvio que trataba de escurrir el bulto. Tenía la sartén por el mango, porque, sin una denuncia, los policías estaban atados de pies y manos.

—Te advierto que eres el primero en mi lista —añadió el inspector con gesto serio y cerciorándose de que el mecánico le prestaba toda la atención—. Si dentro de un rato haces memoria y te acuerdas de un nombre, quiero que me llames. Ah, y no te metas en líos. Conozco al que te vende las *chinas* y me temo que la que escondes va a ser la última.

El hombre se llevó la mano al bolsillo del pantalón con aprensión.

—Llama al padre de Javier y que se ocupe de la moto —añadió Bedia por toda despedida.

15

Fuego y agua, el símbolo del alma

—EL SOPLÓN NO sabe nada —dijo Marina al entrar en el cuartel general seguida del inspector—. Seguimos igual. Los amigos de Javier Rivero son una panda de intolerantes que se dedican a agredir e insultar, arropados por la impunidad que les da el dinero de sus familias. Pero aquí nadie sabe nada.

—Lo normal —dijo Lino—. Todo el mundo sabe que uno cierra la boca por dos motivos: por dinero o por miedo. Y las familias de las víctimas son poderosas.

—Sigue esa pista. Según el Chotas —ordenó Bedia dirigiendo una mirada socarrona a Marina, ya que en ningún momento había mencionado el apodo del confidente—, Rivero, Palacios y algunos más, entre ellos, el nieto de los Estrada, iban juntos a un campamento de verano. Quiero un informe completo de la actividad a partir del año 2008, que es la fecha de la fotografía que Marina encontró en la habitación de Rivero, y una lista con los nombres de los niños que participaron en ellos. Céntrate en el seguimiento de las víctimas, quiero saber si pertenecían a un grupo concreto o si iban por libre, y la posible conexión entre ellos.

—A la orden —murmuró Lino mientras anotaba en su libreta sin perder palabra.

—A mí me interesa más el asesino. —Nora se recogió el cabello en un moño bajo, lo sujetó con la ayuda de un lapicero y, a continuación, se acomodó sobre la mesa con el informe entre las manos—. En vista de que estamos dando palos de ciego, decidí dividir la investigación en tres objetivos, el *modus operandi*, el ritual y la escenificación. Desde la primera muerte, estoy convencida de que el objeto hallado en el interior de la boca con el dibujo de la hexapétala es un sello, la firma personal del asesino. Si atendemos al modo en el que acomete a las víctimas, qué duda cabe de que las atrae. Puede que las conociera o no, eso no lo sabemos, pero creo que la noticia del incendio que encontramos en los móviles es el factor común, el lazo entre el asesino y las víctimas. Por eso, lanzo la hipótesis de que, tanto Javier como Carla, acudieron al lugar de la cita al recibir el mensaje.

»A propósito del ritual, el símbolo de la flor de agua es el patrón que distingue la conducta del agresor. Seguro que para él tiene un significado especial del que pretende sacar un provecho emocional. Puede que lo haga para descargar su ira, reafirmar su autoestima o llamar la atención. Y, además, elige la escena del crimen con intención y cuidado.

—¿Qué significado puede tener la flor de agua para el asesino? —quiso saber Marina.

—Es complicado. La llames como la llames, rueda celta, flor galana, rosa de los astures o sol de agua es un símbolo pagano. Tiene más de seis mil años. Existe una hipótesis que plantea el concepto matemático para explicar el origen de la creación del universo. De cualquier manera, la gente la usa como amuleto. Lo interesante es la carga emocional. La tradición popular dice que trasmite equilibrio, armonía y protección, por eso la dibujan en los dinteles de las puertas, en las ventanas, en los balcones, hasta en las estelas funerarias. Encontré un dato interesante en el arte románico: la hexapétala no solo tuvo una función decorativa, era un símbolo solar y eucarístico. La clave está en el número de pétalos. En el cristianismo, el número seis se considera el número diabólico, ya que, según el Apocalipsis, es el número de la Bestia, pero en el pensamiento clásico, Euclides, por ejemplo, lo considera el número perfecto, por ser igual a la suma de sus divisores. En la antigüedad, el seis representaba el amor eterno y el equilibrio. Si os fijáis, la flor de agua está formada por dos triángulos, fuego y agua, el símbolo del alma.

»Durante mi investigación, encontré varias cosas curiosas. Estos símbolos se tallaban en hórreos y paneras, en los tímpanos de las iglesias y en los dinteles de las casas tradicionales. Los hay rodeados por un círculo con dientes de lobo para ahuyentar los malos espíritus de la casa o de las cosechas, otros los situaban en el lugar donde guardaban el ganado y los guerreros los dibujaban en sus escudos para protegerse de la muerte, pero hoy en día, ya no les prestamos la menor atención.

»Os lanzo entonces esta pregunta: ¿Qué significado tiene para el asesino tapar la boca de sus víctimas con ese símbolo, precisamente? No tengo ni idea. Qué duda cabe, para mí que está marcando a sus víctimas con algo importante para él. Pero ¿qué?

Nora dispuso sobre la mesa dos fotografías con el objeto en cuestión. Los agentes se removieron inquietos. Resultaba incómodo imaginar al asesino mutilando los cuerpos de Javier Rivero y de Carla Palacios e introduciendo en la boca el disco de madera.

Marina prefirió centrarse en el ritual. Pensaba que la intención de introducir el objeto en la boca de las víctimas no era otra que la policía lo encontrase. El asesino dejaba una pista, un aviso, pero ¿cuál? La flor de agua es un símbolo de protección, entonces, ¿a quién protege? ¿Estaba protegiendo a sus víctimas de alguien o de algo? El asesino, en cualquier caso, había conseguido su objetivo, llamar la atención de la policía.

En ese momento entró un agente en el cuartel general.

—Inspector, me envía el comisario. Unos turistas alertaron a la patrulla de la Local. Localizaron una bolsa de plástico oculta cerca de los Bufones de Arenillas, en Puertas de Vidiago. Creen que encontraron las partes mutiladas de Carla Palacios.

El compañero soltó el aviso y se marchó dejando a todos atónitos. Podría haber informado de cualquier otro tema —una reunión imprevista, un incendio en la comisaría o un aviso de bomba— con el mismo estoicismo con que soltó la noticia. Es lo que tiene convivir con el lado oscuro del ser humano, algunos se vuelven insensibles.

Bedia reaccionó de inmediato, alcanzó el móvil que había dejado sobre la mesa y llamó a Requejo.

—¿Qué sabes? —dijo sin preocuparse por disimular el tono de impaciencia en su voz. Escuchó la explicación del forense, colgó y devolvió el teléfono a su lugar—. Requejo acaba de confirmar que los restos hallados en el interior de la bolsa de plástico son los pechos de Carla Palacios. A falta, por supuesto, del resultado del ADN de la víctima, dice que esto es blanco y en botella. Ja, ja, ja, es improbable que alguien más perdiera sus pechos.

—¡Joder, Bedia! ¡Qué bestia eres! No tienes filtro. Te recuerdo que estamos tratando con seres humanos a los que un asesino les ha arrebatado la vida. —Marina increpó al inspector sosteniéndole la mirada y con la ira tiñéndole el rostro.

—Por favor, Marina. ¿Por quién me tomas? Sabes que lo digo sin maldad —respondió Bedia, sorprendido de nuevo por la reacción de la subinspectora.

«¿Qué le sucede a Marina?», pensaron los demás. Nunca la habían visto así. Hasta Lino se quedó extrañado. Vale que todos soportaban con estoicismo el particular humor de Bedia, pero de ahí a regañar a un superior en presencia de otros agentes había un mundo.

De un tiempo a esta parte, Lino había notado un cambio brusco en el comportamiento de Marina. Estaba irascible y saltaba a la mínima. La paciencia de la que siempre había hecho gala parecía haberse esfumado. Llevaban muchos años juntos como para conocerse bien. Las gracietas del inspector formaban parte de su personalidad. Soltaba burradas, cierto, pero Lino lo achacaba a su carácter impulsivo, ese que lo llevaba a darse unos atracones de campeonato o a matarse en el gimnasio a practicar *kick boxing*. El temperamento de Bedia era parte de su encanto. «Lo mismo te manda a paseo que te da un abrazo», reflexionaba el policía. Y Marina lo conocía mejor que nadie. ¿Por qué saltaba ahora, si nunca lo había hecho? Lino sabía que no era solo contra Bedia ese cambio de humor de Marina, Luisa le había comentado que a ella también la rehuía, la esquivaba al coincidir en el rellano de la escalera. La policía estaba muy rara.

—Nadie me lo pidió —Nora alzó la voz para llamar la atención de todos y de paso acabar con el momento incómodo—, pero hice un perfil del asesino basándome en los datos que tenemos. Como ya os dije, creo que la flor de agua es su firma, por tanto, es un tipo que se ajusta a un procedimiento y sigue un ritual. Selecciona a las víctimas, las mutila y las marca. Este individuo sale de su zona de confort, es decir, los mata fuera de su hábitat, fuera de su rutina, lo que explicaría lo de los mensajes en el móvil. Los informáticos confirmaron que son de prepago, por lo que es inútil el rastreo. El tipo sabe dónde y cuándo quiere encontrarse con ellos. Tiene un plan y poder sobre las víctimas. El incendio es un factor importante. Creo que ahí está la clave para entender por qué actúa así.

—No estoy de acuerdo —objetó Bedia irguiendo la espalda como si pretendiera reivindicar su presencia. Sus ojos mostraban un brillo inquietante y, por la tensión de su mandíbula, todos reconocieron que la reacción de Marina le había sentado fatal—. El asesino los mata por algún motivo personal. No creo que exista algo más personal que arrancarle los huevos a uno. Todo apunta a que Javier Rivero era un tipo violento al que le gustaba el alboroto y molestar a los vecinos. ¿Y Carla Palacios? Pues lo mismo. Ella lo seguía a todas partes como un *perrín*. Está demostrado que eran amigos, amantes y compañeros de juerga. Si rascamos un poco, seguro que encontramos a alguien que les tenía ganas. Lo que nos lleva a la siguiente conclusión: tenemos que dar con el tipo que tiene motivos suficientes para cargárselos. Y lanzo una advertencia, el asesino es alguien lleno de odio. Tenemos que extremar las precauciones.

—De acuerdo —dijo Nora asintiendo—. Está lleno de odio, pero no es impulsivo. Es alguien que planifica, que piensa lo que hace y cómo lo hace. Es un justiciero y solo él conoce la manera de impartir justicia.

—Ese tío es un demente. —El rostro de Marina estaba contraído por la rabia—. ¿Justicia? Ese no busca justicia. Busca venganza.

La subinspectora abandonó el cuartel general sin esperar la réplica de sus compañeros.

Lino salió tras ella, preocupado por su comportamiento. La vio bajar a toda prisa las escaleras y salir de la comisaría. Ya en el aparcamiento se detuvo y observó cómo Marina hablaba por el móvil.

«¿Qué narices te pasa, Marina?», se preguntó.

16

Frau Hoffman

—¡Vaya sorpresa! No te esperaba —exclamó Arturo Requejo al ver entrar a Bedia en su despacho—. ¿Qué te trae por aquí?

El inspector había tomado la decisión de visitar a su amigo, el forense del IMLAS, después de dar vueltas en la cama durante toda la noche. A lo largo de los años de experiencia en el Cuerpo había desarrollado una incómoda capacidad para detectar problemas, y el caso en el que andaban metidos era uno de los gordos. Todavía resonaban en su cabeza las palabras de Nora. La policía estaba convencida de que aún no había finalizado la espiral asesina, segura de que volvería a matar. Bedia daría lo que le quedaba de carrera por atrapar a ese malnacido.

Para ahuyentar las malas vibraciones, decidió visitar a Requejo.

Un inoportuno rugido de tripas lo asaltó en plena autovía en dirección a Oviedo. La dieta conseguía controlar el peso y la energía, pero no satisfacía el hambre. Los batidos de proteínas le provocaban un efecto laxante de lo más incómodo. «Esto no me pasaba con los bocatas de panceta», pensaba cada vez más apurado.

A pocos kilómetros de su destino, encendió la radio, con tal mala suerte de que eligió la emisora equivocada. El programa que emitían en ese momento era una especie de tertulia sobre el asesino que mutilaba a sus víctimas. El popular programa matinal de la RTPA abría el espacio con una mesa redonda en la que varios tertulianos, entre ellos un familiar lejano de Carla Palacios, comentaban los crímenes del mutilador, como empezaban a conocerlo a pie de calle. Unos y otros opinaban sin criterio y alentaban hipótesis inverosímiles, cuando no inventadas. Al final, Bedia tuvo que desconectar la radio. Masticando palabrotas, llegó al IMLAS.

Tras el saludo, el inspector alcanzó una silla, tomó asiento enfrente del forense y echó un vistazo al despacho de Requejo. Nunca lo había visto tan desordenado.

—Casi no llego. Menos mal que aquí tenéis los baños muy limpios —dijo para justificar la sonrisa tonta que se dibujaba en su cara—. Amigo, necesito algo con lo que avanzar en el caso. Estamos en punto muerto. El comisario me tiene cogido por el cuello y encima desayuno con el programa ese de la radio. ¡Joder con los periodistas! Al final va a resultar que nosotros somos los malos porque no encontramos al asesino. Las víctimas no eran unos *angelinos* precisamente y las familias tienen tanto poder que se dedican a blanquear la vida de sus hijos, haciéndolos parecer unos santos.

—¿Y qué esperabas? Tiene que ser muy duro alcanzar cierto estatus social y que el *babayu* de tu hijo o de tu hija eche por tierra la reputación familiar. Pero nosotros a lo nuestro, no dejes que te descentren. Confío en la profesionalidad de tu equipo y ya verás que lo vamos a resolver. Como siempre. Dime, ¿en qué puedo ayudarte?

Greta entró en el despacho sin llamar y, al ver al inspector, en vez de disculparse se lanzó a abrazarlo.

—Estaba pensando en ti. Vengo del laboratorio —dijo con voz cantarina y aderezada con un evidente acento alemán. La doctora Hoffman era una mujer que irradiaba simpatía, rolliza, de rostro amable, con una nariz redonda enmarcada entre los mofletes salpicados de pecas. La frente despejada parecía librarla de los malos pensamientos. Casi sin pretenderlo, uno se fijaba en sus manos, dedos largos y uñas cuidadas, acostumbradas a desvelar los secretos de los que ya no están en este mundo—. Tengo la confirmación de los análisis de ADN. Las partes mutiladas corresponden a las víctimas: Javier Rivero y Carla Palacios. El hecho de esconder los restos me lleva a elaborar una teoría. Creo que el asesino no ha concluido su trabajo. O estaban destinadas a algún fin que se me escapa o decidió guardarlas para recuperarlas más tarde. Las bolsas con los restos, tanto la que encontraron en los bufones de Arenillas como la de la alcantarilla, están limpias, sin rastro de huellas. Estoy a la espera de los resultados de las muestras extra de tejido y materiales, pero no creo que sean concluyentes, salvo que los fragmentos de tierra de los zapatos de Carla no coincidan con las del terreno donde la encontraron.

—¿Crees que mató a la chica en otro lugar y luego trasladó el cadáver? —preguntó Bedia, aferrándose a un clavo ardiendo.

—Es poco probable. —El rostro pecoso de Greta se tensó hasta captar la atención de los dos—. Según lo que me ha contado Arturo, el asesino le tendió una trampa, la dirigió hasta donde quería. Carla llegó a pie a los acantilados, encontramos restos de plantas y tierra adheridos a sus zapatos, pero ni una sola huella.

La forense hizo una breve pausa, se retiró el pelo de la cara y proyectó su interés hacia ellos, antes de continuar:

—Imaginad la escena. Acaba de matar a Carla, le abre la camisa y procede a mutilarla, luego introduce los restos en la bolsa, primero un pecho y luego otro, con cuidado, con mucho cuidado y con guantes, claro, que tampoco hemos encontrado. ¿Y el instrumento que usó para esta delicada operación? Pudo ser un cuchillo, una navaja, un bisturí. No lo sabemos. Por eso, junto con un fragmento de la suela del zapato, también he enviado una muestra de piel de uno de los pechos, por si encontramos marcas del arma.

—Gracias, Greta, conseguiste revolverme el estómago —dijo Bedia.

Los forenses se rieron a la vez. Greta depositó un beso en la mejilla de Requejo y se despidió del inspector.

—Te veo luego —dijo, guiñando un ojo a Arturo mientras abandonaba el despacho.

La cara de bobalicón del forense provocó la hilaridad del amigo. Bedia lo miraba con una risita sarcástica.

—Te tiene bien pillado, *raitán* —dijo, sin dejar de reír.

—Es una gran mujer —añadió el forense todavía con el rubor en las mejillas—. Y, ahora, sigamos con lo nuestro.

El teléfono móvil de Bedia sonó en el interior de su bolsillo. Escuchó unos momentos y se levantó de la silla.

—Lo siento, tengo que irme. Vamos a interrogar a los Estrada. A ver si alguien nos aclara la relación de Martín Estrada y el incendio de Llanes con los asesinatos de Rivero y Palacios —dijo con un tono de voz teñido de dureza, mientras su cabeza focalizaba la imagen del empresario.

NADA MÁS APARCAR frente a la casa de la familia Estrada, Marina soltó un silbido de admiración. Y eso que a través de la puerta metálica apenas llegaba a intuirse la enorme propiedad de una de las familias más ricas de Llanes. El terreno que precedía a la casa era inmenso, un auténtico vergel muy cuidado. El calor de julio se mitigaba al recorrer la arboleda repartida por un camino serpenteante que acababa frente a una tradicional casa asturiana. Marina se detuvo a contemplarla. Pocas cosas despertaban más envidia en ella que poseer una residencia como aquella, con su galería en corredor, su balaustrada de madera y sus poderosos muros anclados al terreno. La casa estaba engalanada con macetas de flores que lucían como collares alrededor de un cuello delicado. El aroma de la humedad del jardín se mezclaba con el viento cálido que agostaba los campos, y el resultado era un perfume agridulce.

«Una chica joven, veintitantos», calculó Marina, esperaba bajo el umbral. La subinspectora reparó en su indumentaria, demasiado recatada para su edad. El pelo recogido en un moño bajo, una blusita de flores abotonada hasta el cuello y una falda *midi* de color gris, a juego con unas mercedidas. Un aspecto monjil que contrastaba con el gesto de su cara, un chispazo de vida que iluminaba sus ojos pardos. Tenía un porte que animaba tenerle simpatía, como un don, una virtud, acaso una rara cualidad.

—Bienvenidos —saludó, ofreciendo la mano y una sonrisa de oreja a oreja. Su voz dulce y un tanto aflautada trasmitía seguridad y confianza—. Me llamo Valentina Santianes. Pasen, por favor. Les prepararé una limonada, este calor húmedo es insoportable.

En la distancia corta, Marina confirmó la primera impresión, su gesto modosito y angelical contrastaba con la viveza de su mirada, casi felina.

Los tres rebasaron el vestíbulo de la entrada y la chica los condujo hasta un salón enorme y luminoso decorado con estilo clásico, es decir, multitud de figuritas de porcelana, bodegones colgados de la pared y, presidiendo el salón, dos retratos a escala monumental de los dueños de la finca, Jesús Estrada y Delina Santianes.

—Disculpen a mi tío, pero no podrá acompañarnos porque un resfriado inoportuno lo tiene en cama estos días. Yo contestaré a todas sus preguntas, aunque todavía no entiendo para qué vinieron.

Marina le entregó un informe que Valentina leyó con avidez.

—¿Qué tiene que ver mi primo con su visita? —preguntó, mientras servía ella misma la limonada tras despedir con un gesto a la empleada del servicio.

—Estamos investigando un caso complicado —comenzó Bedia, aceptando el refrigerio y dando un buen sorbo—. Para empezar, acláreme una cosa, usted no es familiar del señor Estrada, ¿verdad? Lo digo por el apellido.

—Permítame que se lo aclare, Delina Santianes era mi tía. Mi madre, su hermana, falleció muy joven y ella se hizo cargo de mí. La echo mucho de menos —dijo con tristeza mirando su retrato—. Se nos fue hace dos años. La quería muchísimo. Para mí era como una madre. Ella y su marido nos criaron a Martín y a mí.

—Cuéntenos esa historia, la de Martín. ¿Qué pasó? —preguntó Marina sin dejar de observar con admiración el inmenso salón.

—Es una historia muy triste. Como les dije, Delina y Jesús se hicieron cargo de mí cuando falleció mi madre. Yo tenía seis años. Ellos cuidaban de Martín, que tenía cuatro. Martín era su nieto, el hijo de Suso, su único hijo. El padre de Martín falleció en un horrible accidente y ellos se hicieron cargo del niño.

—¿Y la madre? —preguntó Bedia.

—Falleció poco después, en un accidente de tráfico. Una tragedia. Martín y yo crecimos juntos, de hecho, siempre lo consideré mi hermano. —Valentina se alisó el pliegue de la falda sobre las piernas, un gesto que Marina observó con extrañeza, y luego empezó a retorcerse las manos, sin saber muy bien qué hacer con ellas. Aquella chica estaba prisionera en el cuerpo de una mujer mayor y parecía muy nerviosa—. Me duele cada día que pasa sin él. Martín se quitó la vida y me dejó sola.

—Háblenos de su primo, por favor —pidió Bedia apurando la limonada y sirviéndose un segundo vaso.

—Martín era un chico muy sensible. Un gran estudiante, adoraba la música y el cine. ¡Oh sí!, disfrutaba muchísimo con el cine. Era un experto. ¡Madre mía! No saben cuántas tardes nos pasábamos viendo películas. Lo echo tanto de menos.

La chica intentó contener las lágrimas y se enjugó la cara con rabia. Bedia aprovechó para inspeccionar el salón, incluso llegó a asomarse por el pasillo, donde descubrió que la criada escuchaba la conversación de manera discreta. Al ser descubierta, despareció en el interior de la casa.

—¿Cómo falleció su primo? —continuó Marina.

—Hace un año se desató un incendio en un local del pueblo y nuestro amigo Tristán, que trabajaba de camarero aquella noche, quedó atrapado entre las llamas. Martín nunca se recuperó de aquella pérdida y entró en depresión. Mi primo era un ser muy impresionable y no pudo soportar el dolor. Martín se quitó la vida —dijo Valentina mirando directamente a los ojos de la subinspectora.

—¿Podríamos ver la habitación de Martín? —La pregunta de Bedia sonó como una orden.

—Mi tío la cerró a cal y canto el día en que falleció y no deja entrar a nadie.

—A nosotros sí —una sonrisa irónica asomó en la cara del inspector, a la que acompañó con un arqueo de cejas.

Valentina atravesó el pasillo seguida por los agentes y de forma discreta por la criada, que no perdía detalle. Accedieron a la planta superior por una escalera amplia con un pasamanos de madera brillante como un espejo. La chica se detuvo ante una de las puertas y la abrió con respeto.

—Yo no puedo entrar, lo tengo prohibido. Por favor, sean rápidos. Como les dije, mi tío está enfermo.

Marina sacó el teléfono móvil del bolso con disimulo y accionó la cámara con el fin de fotografiar la habitación y poder compararla con la de Javier y la de Carla.

—¿Podría decirnos con quién se relacionaba su primo? —preguntó Bedia observando con detenimiento el cuarto. Por todo mobiliario había una cama, una mesilla y un pequeño armario. La persiana estaba bajada y el inspector encendió la luz. Como en el caso de Javier Rivero y de Carla Palacios, las paredes de la habitación estaban sembradas de carteles de películas de cine, actores y actrices de todas las épocas, hasta musicales.

Marina grabó un vídeo e hizo varias fotografías. Los agentes solicitaron permiso para abrir el armario con mucha amabilidad, algo imprescindible en ausencia de una orden judicial. Además de ropa amontonada, encontraron cintas de vídeo y carátulas de películas antiguas.

Cuando Valentina iba a contestar la pregunta del inspector, se giró de pronto y dijo:

—Lo siento, tienen que salir ya. Mi tío se despertó y me está llamando. Tengo que ir o se enfadará.

La actitud de la chica había cambiado por completo. El rostro dulce y amable parecía ahora crispado. Por alguna razón, Marina intuyó que Valentina tenía miedo de su tío.

—Gracias por permitirnos esta visita. —La subinspectora trató de ganarse su confianza—. Es muy importante para nosotros saber qué relación tenía Martín con las víctimas del caso que estamos investigando.

Valentina se llevó la mano a la boca y ahogó un sollozo. Bajó las escaleras y recorrió el salón hasta la puerta de salida. Una vez en el exterior de la casa, se dirigió a los agentes en voz baja:

—Todos éramos amigos desde *guajes*. Carla, Javi, Martín, Óscar y Tristán, todos compañeros de infancia. Nos conocimos en un campamento de verano. Es horrible lo que les pasó a Javi y a Carla. Les juro que Martín era un buen chico, habría sufrido mucho si estuviera vivo. Javi y Carla eran más conflictivos, pero él era muy bueno. Tienen que creerme.

Y rompió a llorar.

Marina miró a Bedia y este le hizo el gesto de marcharse. Se despidieron de Valentina con una sensación muy rara. Los dos coincidían en que aquella casa ocultaba la respuesta a muchas de sus preguntas, pero necesitaban la orden del juez si querían investigar a fondo.

Valentina vio marcharse a los agentes a través de las cortinas de los enormes ventanales.

—¡Valentina! —La voz provenía del piso superior.

La chica se enjugó la cara con rapidez y elevó el mentón.

—Ya voy, tío.

Roja y Blanca

UN GOLPE DE tos rompió el silencio y la luz de su reloj iluminó el rostro del hombre de la camisa roja.

—Si no salimos de aquí, me voy a volver loco —dijo mientras avanzaba a gatas e iba palpando el suelo hasta alcanzar la boca metálica del sumidero. Forcejeó con ella durante un rato y, jadeando, se puso de pie y procedió a darle patadas.

—Deberías ahorrar fuerzas. ¿Qué piensas hacer si consigues arrancar esa tapa? Ninguno de los dos cabría por el agujero —dijo el hombre de la camisa blanca.

El hombre de la camisa roja desistió de su empeño, acomodó la espalda contra la pared y continuó el relato.

—Meses después de la muerte de Suso, Julia dio a luz a un niño. Estamos en 1998. Y decidió llamarlo Martín. Dio a luz en la casa aislada del pueblo, asistida por dos mujeres: la empleada de los Estrada y Delina Santianes. Aquellos días compartidos en la casona del bosque sirvieron para estrechar los lazos entre Julia y Delina, hasta convertirse extraoficialmente en nuera y suegra. El amor por Martín diluyó las diferencias, los malos ratos, la penosa situación de Julia, y procuró una relación íntima, casi de familia. Delina fue a la vez madre y amiga. La abuela de Martín aportaba la experiencia y el consuelo que Julia necesitaba entonces.

»La chica nunca le habló a Delina de la visita de Jesús ni confesó la paliza, pero algo le decía que la mujer conocía de sobra lo que había sucedido en aquella casa. Todavía eran visibles las cicatrices que intentaba ocultar, sin conseguirlo, y que Delina obvió apretando los dientes. La sombra de Jesús Estrada estaba lejos y, durante unos meses, las dos mujeres fueron felices cuidando de Martín.

»Hasta que llegó el día en que Julia debía entregar a su hijo a los padres del infortunado Suso.

»Ese día, Delina esperaba impaciente en el umbral de la casa familiar de los Estrada. Julia llegó en el mismo cochazo que un día fue a buscarla hasta el humilde barrio en el que vivía. Aquello sonaba tan lejano que parecía haber ocurrido en otra vida. Llegaron durante la noche, cuando los vecinos ya estaban recogidos. Como te puedes imaginar, la discreción era la consigna de aquella casa. Todos sabemos que a la impunidad le vienen bien las sombras. Nadie en el pueblo debía conocer las circunstancias de la llegada de Martín.

»Para Jesús Estrada, Martín solo era el fruto de un error de su hijo, pero la vida le estaba dando la oportunidad de recuperar a su heredero. El digno sucesor de la sangre de los Estrada, aunque fuera un bastardo. A Julia la consideraba un accidente. Si Suso estuviera vivo, ella nunca habría tenido cabida en su vida. Ya se habría ocupado él de centrar la atención de su hijo en alguien más adecuado. Jesús Estrada era un hombre acostumbrado a convertir los errores en éxitos y Martín era una batalla ganada.

»Podemos imaginar la tensión de aquel encuentro. Jesús Estrada, sin detenerse en saludos, le arrancó el niño de los brazos y se lo entregó a Delina. Ella protestó por los modales, pero él la acalló con una bofetada.

»Julia se sintió vacía.

»A continuación, le entregó una carpeta en la que había incluido el contrato de custodia, la matrícula en una universidad francesa y un documento por el que Julia recibiría una pensión hasta que pudiera valerse por sí misma. Esa era la retribución por entregar a su hijo, una transacción sucia y dolorosa que ella aceptaba muerta de miedo.

»El dolor era tan intenso que apenas fue consciente de los insultos de Jesús Estrada. El empresario maldijo su nombre, la acusó de ser una mala madre, incluso llegó a proponerle que se quedara con ellos y ejerciera de ama de cría. Cuando el patriarca terminó con las vejaciones, ordenó a Delina que entrase en la casa. La mujer, acostumbrada a obedecer, fue incapaz de articular palabra; ni siquiera pudo despedirse.

»Pero cuando Julia estaba a punto de rebasar la puerta del jardín, la chica escuchó su nombre.

»Delina llegó a toda prisa, oculta entre las sombras de los árboles, con miedo, volviendo la vista atrás a cada paso, conocedora de la potencia destructiva de la ira de su marido. La mujer abrazó a la chica envuelta en lágrimas, le pidió perdón y la besó mil veces en la cara con la ternura de una madre. Le juró que cuidaría de Martín con su vida. Al niño nunca le faltaría nada. Y le entregó el único recuerdo que Julia conservaría de su hijo, la toquilla con la que lo había envuelto antes de entregarlo.

»Delina la acomodó entre sus manos, consoló a la chica y le pidió discreción.

»—Te escribiré cada poco. Estaremos en contacto. Pero debemos tener cuidado. Jesús nunca puede enterarse de nuestro secreto. Tú ya lo conoces, no hace falta que te recuerde de lo que es capaz. Es un hombre violento y cumple su palabra hasta las últimas consecuencias. —La mujer se abrió la blusa y le mostró los moratones sobre la piel.

Julia la abrazó, sin sospechar que jamás volvería a verla. Aceptó la toquilla de su hijo y la apretó contra su pecho. Desprendía un olor a bebé que nunca olvidaría.

El HOMBRE DE la camisa roja interrumpió el relato, imposible descifrar la expresión de su rostro en la oscuridad. Y concluyó esa vez con un murmullo:

—La imagen de Suso acompañó a Julia durante la despedida. El recuerdo de ese día quedó sepultado en el lugar más profundo de su corazón.

17

Una noche de verano

EL PARQUE DE Isabel la Católica, en Gijón, es un lugar como otro cualquiera para despejarse después del trabajo. Marina no entendía el entusiasmo de Lino por reunirse allí aquella noche. Habían quedado cerca del monumento erigido al doctor Alexander Fleming, el primero en el mundo dedicado al descubridor de la penicilina. Cuando la subinspectora llegó al lugar de la cita, encontró a Lino y a Luisa sentados en el césped. Habían desplegado una manta sobre la que esperaba un banquete de lo más variado y Marina sonrió por compromiso. La verdad es que un pícnic nocturno era el plan que menos le apetecía. Levantó la vista e intuyó el ir y venir de turistas y vecinos por el paseo del Muro, y le dio una pereza infinita. Sin embargo, imaginó una charla improvisada en cualquiera de los bares de Cimadevilla y dejó escapar un suspiro. Daría cualquier cosa por un *culín* de sidra.

Luisa sonrió al verla y, como si estuviera leyéndole el pensamiento, escanció la sidra y le ofreció un vaso.

—Siéntate, vida. Aquí estamos de muerte.

Los tres se acomodaron en torno a las viandas y Lino comenzó a comer a dos carrillos.

—Parece que hay hambre —observó Marina, alcanzando un trozo de empanada.

La noche trascurría cálida y agradable. El calor diurno flotaba sobre la ciudad, mecido por ráfagas de viento fresco que aliviaban el agobio del día. Grupos de adolescentes ocupaban los bancos diseminados por el parque y copaban la noche con gritos bullangueros, bravatas y compases de reguetón que surgían de altavoces circulares, nietos de aquellos radiocasetes XXL que se portaban al hombro a semejanza del loro en el hombro de un pirata. Los niños correteaban libres mientras sus padres charlaban con los amigos. Vagabundos, amantes de los perros, turistas de paso y paisanos de toda la vida del barrio de El Bibio constituían la fauna del parque de la reina, junto a las decenas de especies de aves que trinaban en los dos lagos artificiales.

Una noche de verano como otra cualquiera.

La conversación sobre temas intrascendentes dio paso a otra más seria. Lino miró a Luisa y esta inventó una excusa para dejarlos a solas.

—Estuve hablando con Nora y con Bedia y estamos de acuerdo en perfilar cuatro líneas de trabajo. Por un lado, tenemos que centrarnos en la pista del cine, las familias de Javier y de Carla nos facilitaron una dirección que nos conduce hasta Madrid, a una escuela de arte dramático. Por otro, tenemos la inspección en la casa de los Estrada, la conexión entre los tres que aparecen en el vídeo nos obliga a investigar en su entorno, familiares, amigos y enemigos. La tercera vía es el testimonio del soplón, que también dio frutos. Confirmé la veracidad y localizamos un campamento en León organizado y financiado por una entidad llamada Buenos Valores que Bedia cree interesante…

—¡Joder, Lino! Deja el trabajo por un rato —dijo Marina cortando en seco al policía.

Lino miró a Marina con cara de reprobación.

—De acuerdo, si es lo que quieres, vamos a dejar de hablar de trabajo y cambiamos de tema. ¿A ti qué te pasa? —dijo el agente encarándola—. Desde hace días estás de un humor pa´echarte pan de lejos. Primero con Bedia y ahora conmigo. En todo el tiempo que nos conocemos nunca perdiste los modales. Repito, ¿qué te pasa?

—Será mejor que me vaya —dijo Marina por toda respuesta.

—¡Espera un momento! —exclamó Lino cortándole el paso—. Vas a escuchar lo que tengo que decirte, te guste o no.

Marina asintió con un parpadeo. A Lino le llevó unos minutos retomar el tono afable con el que llegó al parque. Había planeado una cena tranquila y lo que menos esperaba era la actitud arisca de la policía.

Después de un incómodo silencio, Lino rompió el hielo.

—Es importante hablar de trabajo esta noche porque necesito tu ayuda. Bedia quiere resultados ya y, como bien sabes, mi manera de investigar le fastidia. Soy metódico, lo reconozco, pero es que soy así. ¡Qué le voy a hacer! Necesito ordenar los datos por irrelevantes que parezcan. Así que vamos a hacer un trato, yo te muestro lo que tengo, tú me dices lo que te parece y luego, si quieres, puedes largarte.

—Lino yo… —Marina intentó verbalizar una disculpa. Para entonces, su compañero había sacado de la mochila una carpeta y depositado frente a ella varias fotografías.

—Esta —señaló interrumpiéndola— es de la habitación de Javier Rivero, esta es la de Carla Palacios, la que nos facilitó la hermana, y esta, la de Martín Estrada. Las comparé y encontré algunas coincidencias. A los tres les gustaba la ciencia ficción y el cine clásico. Los gustos de Martín eran más especiales. El chico prefería las películas rodadas en Asturias. Observa. —Señaló en la fotografía uno por uno los carteles colgados en la pared—. Y mira, aquí, aquí y aquí. —Marina siguió el dedo de Lino, que apuntaba sucesivamente a las fotografías—. Encontré un *esperteyu* en las tres, vamos, un murciélago.

Marina lo miró sin comprender.

—Coinciden con el dibujo sobre la pared que se ve en el vídeo sexual, un *esperteyu*, que era el nombre del local que ardió

132

en Llanes y cuyo dueño era Óscar Galguera, apodado *L´Esper-teyu*. Bedia quiere que Nora y tú sigáis ese hilo y yo propongo que me eches una mano para investigar la pista del cine y de las películas.

—Cuenta conmigo —dijo la subinspectora, sorprendida una vez más por la capacidad de Lino para centrarse en el trabajo.

—Ya te puedes ir —el tono del agente se tornó frío, recogió las fotografías y las devolvió al interior de la carpeta.

Marina fue consciente de lo mal que lo había tratado.

—Te debo una disculpa. —Bajó la mirada—. No sé qué me pasa. Últimamente duermo muy mal, sufro de insomnio y de ansiedad. Hay cosas que me molestan sin motivo. Me cambia el humor de manera repentina. Imagino que es por culpa del estrés.

—O del *Pesadiellu* —terció Luisa haciendo con la mano el símbolo de la cigua. La chica había regresado y tomado asiento junto a Lino—. Perdona, pero escuché que andas un poco alte-rada. Nadie conoce al *Pesadiellu*. No sabemos cómo *ye*, pero sa-bemos cómo actúa. Llega por la noche, mientras dormimos, te agarra con fuerza y no te deja respirar. Dicen que sus víctimas sufren mareos y son incapaces de dormir. Para alejarlo, tienes que respirar hondo nueve veces.

—Eso se llama estrés —apuntó Lino con retintín.

—Pues a ti te pasa lo mismo —contestó Luisa molesta—. Siempre le digo que tiene que tomarse el trabajo con más calma porque, para que lo sepas, Lino duerme fatal, se levanta con las gallinas y, a veces, lo pillo trabajando de madrugada.

Lino seguía con la mirada baja, perdido entre los cuadros de la manta extendida sobre el césped en una postura que refleja-ba la desazón que sentía. Marina lo conocía bien y sabía que estaba preocupado de verdad. El policía era incapaz de abstraer-se cuando tenía un caso entre manos. Su obsesión casi patológi-ca por el orden se convertía en una virtud para un investigador. Lino sentía, además, una fe ciega por sus compañeros. Una seguridad que la subinspectora había apreciado en las muchas ocasiones en las que había demostrado que su amistad se basaba en la confianza mutua, en los buenos y en los malos tiempos. Marina no pudo reprimir el impulso de abrazarlo. Él se dejó abrazar y el mal rollo se disolvió al instante, lo que les permitió seguir disfrutando durante un buen rato de aquella noche de verano.

LA SUBINSPECTORA REGRESÓ a casa de buen humor. Lino y Luisa habían conseguido que se relajara. Estaba cansada y la sidra le había provocado un agradable sopor que invocaba el sueño. Recorrió las calles de su barrio charlando por el móvil con su hermana. A Elena le gustaba compartir el día a día con ella. Después de una breve conversación, enfiló hacia su portal. Desde la acera de enfrente vio llegar una moto que se detuvo en el paso de cebra que ella se disponía a cruzar. La persona que iba de paquete se bajó y se desprendió del casco. Marina se detuvo en seco al reconocer a Valentina Santianes.

No daba crédito a lo que estaba viendo.

El mono de cuero se ceñía a su cuerpo como una segunda piel, llevaba el pelo recogido en una coleta e iba muy maquillada, con los labios de un llamativo color rojo. El chico de la moto la rodeó por la cintura, se quitó el casco y la besó, antes de continuar la marcha calle abajo.

Sin pensarlo, decidió seguirla. Le parecía increíble que fuera la misma persona de aspecto monjil que había conocido en la casa de los Estrada. Valentina cruzó la calle y recorrió los escasos metros que la separaban hasta detenerse delante de un gimnasio. A Marina le costó recordar dónde había visto antes aquel gimnasio. Pasados unos minutos, le acudió a la mente el folleto que había encontrado en el interior del cajón de la habitación de Javier Rivero. Ese debía de ser el lugar donde el chico entrenaba. Una vez más, Bedia había acertado al observar que la herida en la ceja que presentaba el cadáver del chico era la consecuencia de un golpe de boxeo.

Una enorme cristalera en la fachada permitió a la subinspectora observar el interior. Desde fuera, uno podía seguir los movimientos de los que entrenaban en el ring. Estaba tan intrigada que se acercó más de lo conveniente en busca de Valentina y a punto estuvo de ser descubierta. A la chica la esperaban tres hombres con la misma indumentaria; los tres vestían pantalón negro y una camiseta del mismo color en la que destacaban en rojo las letras B.V. Intercambiaron saludos con los púgiles y, al minuto, los cuatro abandonaron el local. Marina los vio salir y subirse a un coche estacionado en la misma calle. Al pasar por delante de ella, la luz de la farola iluminó el rostro del conductor y la subinspectora tuvo el tiempo suficiente para reconocer al Chotas, el mecánico drogata de Talleres Barrunto. Ahora sí que estaba perpleja. Era incapaz de imaginar la relación entre ambos. Un mecánico soplón y una pija con doble vida.

La subinspectora anotó la matrícula en su móvil. El sopor de la sidra había desaparecido. «Otra noche en blanco», pensó totalmente espabilada y sin poder sacarse de la cabeza a la nueva Valentina.

¿Quién eres, Valentina Santianes?

18

L´Esperteyu

PARA DAR CON el paradero del tal Óscar Galguera, el dueño del local incendiado en Llanes, el equipo había necesitado varios días. Tanto Nora como Marina tropezaron con muchas dificultades para localizarlo porque, desde aquel aciago día, el local permanecía tal y como había quedado tras ser consumido por las llamas. Conservaba las paredes negras y la cinta del precinto policial se balanceaba con cada golpe de viento sobre la puerta. A Marina le pareció un monumento a la desgracia del que nadie había querido hacerse cargo.

La familia de Óscar Galguera dio largas a la policía; según ellos, ignoraban dónde residía su hijo. La diligencia de preguntar por los bares de alrededor hizo que, en uno de ellos, el propietario y antiguo amigo de Óscar, los pusiera sobre la pista. Óscar Galguera desapareció del pueblo poco después del funeral de Martín Estrada. Se agenció una autocaravana, recogió sus pertenencias y se marchó. Según su amigo, *L'Esperteyu*, el apodo por el que todo el mundo conocía a Óscar, era un artista, un músico de hábitos nocturnos que apoyaba sus actuaciones con una guitarra. Un tipo especial al que le gustaba la copla y la música tradicional asturiana. Vivía como un nómada y aprovechaba el tirón turístico para montar su espectáculo por los merenderos de las playas. Nunca permanecía más de dos días en el mismo lugar.

En su cabeza, Marina había imaginado al tal Óscar como un pijo, hijo de papá, consentido y asustadizo, que malgastaba el dinero de la familia. Un rebelde que avergonzaba a sus padres con su conducta, como Javier Rivero o Carla Palacios. Para una familia tan preocupada por el qué dirán, tener un vástago que andaba en boca de todo el pueblo era una desgracia, sobre todo, si este se dedicaba al faranduleo.

Desde Gijón y según la aplicación de GPS, apenas media hora por la AS-118 la separaba de su destino. El desvío de la autopista conectaba con una carretera asilvestrada por la floresta y protegida por árboles espigados. Siempre que descubría nuevos lugares en Asturias se acordaba de Elena. La próxima vez que la visitara en Madrid, la invitaría a pasar unos días de vacaciones. Estaba segura de que las dos disfrutarían de la experiencia de poder estar juntas.

Pero el paisaje y el relax de la conducción no evitaban que la subinspectora siguiera dándole vueltas a la investigación. La probabilidad de que el asesino usara la flor de agua como una firma le pareció de repente poco consistente. A la teoría de Nora le faltaba un móvil o, al menos, la conexión entre el símbolo y las mutilaciones. El siguiente pensamiento saltó hasta la noche del pícnic en el parque. Desde ese día, Marina arrastraba un regusto amargo, una sensación incómoda de deslealtad hacia Lino. «¿Cómo puede ser una tan imbécil?», se preguntaba. Los reproches hacia su comportamiento eran más dolorosos porque el blanco de su mal humor se estrellaba contra objetivos equivocados. A la antigua Marina ni se le hubiera pasado por la cabeza enfadarse con un compañero, es más, nunca lo habría consentido. ¡Menuda excusa la del estrés! ¡Como si los demás casos hubieran sido un paseo!

Sin faltar a la verdad, la subinspectora entendía que los casos que asignaban a la Brigada del Oriente eran complicados de narices. ¿Para cuándo uno sencillito?, uno de esos que al asesino lo único que le falta es un cartel en el que pueda leerse: «He sido yo». No recordaba ni uno. Pero de poco servía lamentarse. Esto son lentejas, como diría Bedia.

Haciendo un gran esfuerzo, intentó concentrarse en la conducción y, mientas lo hacía, la probabilidad de confundirse de desvío aumentaba. Por un momento pensó que se había perdido, hasta que leyó la indicación hacia la playa de Verdicio, en el concejo de Gozón. Bajó la ventanilla y una oleada de fragancia a prados verdes mezclada con salitre llenó el vehículo. La luz solar todavía aguantaba.

Una enorme explanada puso fin a la carretera. En fila india y a través de un camino de grava, convenientemente señalizado, Marina observó estupefacta el panorama que se extendía ante sus ojos. Varios cientos de vehículos alineados en perfecta cuadrícula ocupaban la totalidad de una zona acotada. La afluencia de gente estaba motivada por la grandiosidad del espacio que abarca la playa de Verdicio, dentro del parque natural de Cabo Peñas, rodeada por dunas naturales y salvajes, pero también por la oferta lúdica de los chiringuitos que ofrecían música en directo los fines de semana.

Cuando Marina salió de la pradera de vehículos, quedó impactada por el paisaje. Podía sentir el calor de la arena dorada al mezclarse con el azul del mar. Las dunas ondeaban alrededor de la playa, con la voluptuosidad de los cabellos moldeados con tenacillas. El sol caía de forma inexorable. El cielo se aferraba a la luz rojiza, antes de desaparecer en las entrañas del Cantábrico. La gente había ocupado el perímetro de la playa porque el espectáculo del atardecer era un reclamo poderoso. Multitud de rostros contemplaban embelesados el fulgor anaranjado previo al ocaso y, como es habitual, decenas de teléfonos móviles captaban el momento. Marina se permitió unos minutos de deleite. Respiró el aroma de pequeñas flores y escuchó los gritos de las gaviotas. Un entorno que aceleró su corazón.

Oculto ya el sol, la luz todavía refulgía sobre los acantilados y el barullo nocturno ambientaba una cálida noche estival. La música se propagaba a través de los altavoces instalados en el chiringuito. Las familias, las parejas y los grupos de amigos rematan la semana frente a una botella de sidra o un tinto de verano.

Después de recorrer la playa y observar la recogida de los socorristas del Servicio de Salvamento, Marina sintió sed y se dirigió al chiringuito. Las mesas estaban todas ocupadas y tuvo que conformarse con una silla vacía al lado de un cartel que anunciaba el programa de eventos.

En vivo y aquella misma noche actuaba *L´Esperteyu*, el último trovador.

Las primeras notas de una flauta arrancaron los aplausos. Un hombre de rostro frágil y enormes ojos oscuros apareció sobre una plataforma construida con palés de madera a modo de escenario donde descansaba una guitarra. Iba descalzo y vestía sin estridencia, con un amplio pantalón de algodón oscuro y camisa blanca sin mangas. Los rizos de un cabello indomable flotaban sobre su cabeza como si tuvieran vida propia. Saludó con una reverencia exagerada y el público respondió lanzando piropos y aplaudiendo enfervorizado. Como pudo comprobar Marina, conocían el repertorio.

Apenas sonaron las primeras notas, el músico abandonó el escenario y empezó a recorrer las mesas, deteniéndose y buscando la complicidad de los espectadores. Al llegar al lugar donde estaba Marina, interrumpió por un segundo la tonada y clavó sus ojos en ella. Unos ojos perfilados de negro, a medio camino entre un pirata y un vikingo. Había algo magnético en él. Era consciente de ser un hombre apuesto, sabía manejarse en las distancias cortas y usaba esa capacidad para meterse a la gente en el bolsillo. Y Marina no fue una excepción. Después de interpretar un par de canciones tradicionales asturianas que todos acompañaban, el músico regresó a la plataforma de madera. Guardó la flauta en su funda y rescató la guitarra.

Hasta el silencio contuvo el aliento.

L´Esperteyu empleó unos minutos en acomodarse y comenzó a cantar.

Ya se ocultó la luna, luna lunera.
Ya ha abierto la ventana la piconera, mare.
Y el piconero, va a la sierra cantando
con el lucero, con el lucero.
Ya viene el día, ya viene, mare.
Ya viene el día, ya viene, mare.
Alumbrando su clara los olivares.
Alumbrando su clara los olivares.
¡Ay!, que me diga que sí,
¡Ay!, que me diga que no.
Como no lo ha querido ninguna,
le quiero yo.

L'Esperteyu comenzó a rondar por las mesas y se detuvo frente a Marina.

Mi piconero con el picón,
Por tu culpa culpita yo tengo,
negro, negrito mi corazón.
Por tu culpa culpita yo tengo,
negro, negrito mi corazón.

L´Esperteyu guiñó un ojo, lanzó un beso a la policía y continuó su recorrido.

La mayoría de la gente allí congregada jaleaba las zalamerías del artista. A la subinspectora le sorprendió el rubor en las mejillas y un calor molesto que la hizo sentir incómoda. Por primera vez en mucho tiempo sentía una atracción sexual hacia alguien y, como si fuera una adolescente, bajó la cabeza e intentó disimular, jugueteando con el bajo de la camiseta. «¿Qué te pasa,

Marina? —se preguntó—. Pareces boba. El chico es guapo y tú tienes ojos en la cara. Vale que tiene veinte años menos, y que es un posible testigo del caso. ¿Y qué? ¿Qué tiene de malo?». Los hombres con los que había salido desde su divorcio estaban cortados por el mismo patrón, más de cincuenta, divorciados y liberados. Y ahora se ruborizaba por culpa de un artista descarado y con muchas tablas.

Cuando finalizó la actuación del trovador, la subinspectora esperó a que desapareciera la aglomeración de gente alrededor del músico. Aguardó con paciencia a que terminaran los abrazos, los selfis e incluso a que acabase de firmar un autógrafo sobre la espalda de un tipo enorme y de larga melena. Óscar Galguera, *L'Esperteyu*, enfundó su guitarra, se despidió de los dueños del chiringuito y enfiló hacia la explanada del aparcamiento.

Marina lo interceptó por el camino.

—Señor Galguera, me gustaría hablar un momento con usted —dijo, mostrando su mejor sonrisa.

—Señor Galguera. Hace mucho que nadie me llama así. Llámame Óscar y tutéame —respondió, plantándole un beso en cada mejilla y mirándola de arriba abajo con descaro—. Por aquí todos me conocen como *L'Esperteyu*.

—Me llamo Marina Roldán —dijo, retomando el paso como si fueran viejos amigos. Esa vez no se dejó embaucar por su sexapil y le mostró la placa de Policía Nacional—. He venido para hacerte unas preguntas.

El músico abrió unos ojos enormes, se ajustó la funda de la guitarra sobre el hombro y salió corriendo como alma que lleva el diablo hacia la hilera de coches más alejada, dejándola estupefacta.

Marina corrió tras él.

El hombre sorteaba vehículos y personas como si fuera un acróbata. Mientras lo perseguía, la policía buscaba un posible objetivo. Localizó una furgoneta tuneada con las alas de un murciélago. Avanzó en paralelo a él, esquivando coches y lo más rápido que pudo. El aparcamiento estaba muy transitado y era difícil evitar a tanta gente. Marina lo perdió de vista varias veces y cuando el músico estaba a punto de arrancar la furgoneta, la agente se situó por delante y agitó los brazos como si fuera una bandera.

—¡Alto! ¡Policía Nacional!

El conductor golpeó el volante con rabia y reprimió un acelerón antes de atropellarla. Momento que ella aprovechó para alcanzar la ventanilla del vehículo.

—Por favor —dijo, sofocada por la carrera—. Solo quiero hacerte unas preguntas.

Quizá fuera la cara de desesperación de Marina, la expectación con la que la gente empezaba a rodear la furgoneta o, simplemente, la curiosidad, pero el hecho es que Óscar detuvo el vehículo y se bajó de él.

—Sígueme —le dijo. Y enseguida desapareció entre la gente en dirección a la playa.

La playa de Verdicio es peligrosa. Un cartel informaba a los bañistas junto a la caseta del Servicio de Salvamento. Las corrientes cambiantes y las olas furiosas que golpeaban en aquellos momentos contra la costa, justificaban la advertencia. Más de uno había regresado a casa con un buen susto y, sin embargo, era una de las playas más increíbles que Marina había visto desde que vivía en Asturias. Las dunas bronceadas por el sol avanzaban fagocitando los arbustos cercanos a la playa. Los engullían entre sus granos y ellos resistían, apoyándose unos en otros y haciendo frente a los embates del agua y de la arena.

Ella siguió a Óscar hasta el borde mismo de los acantilados. Caminaron más allá de la playa y subieron por una pequeña pendiente, hasta donde el Cantábrico abre sus brazos a la inmensidad. Las voces de la gente quedaban lejos. El viento arrancaba notas florales de la tierra y esencia de algas de mar, allá donde la vista se pierde en una línea infinita.

Una policía y un músico sentados frente al mar.

La brisa nocturna había enfriado el aire y Marina contuvo un escalofrío. Era ese tipo de relente que uno no sabe distinguir si es provocado por un cambio de temperatura o de humor. Las olas arrastraban a su paso la incertidumbre de él y el desconcierto de ella.

—Aquí me tienes. ¿Qué quieres saber? —dijo Óscar mirándola con descaro, una vez más.

—Quiero que me digas quiénes eran Tristán Villanueva y Martín Estrada, qué pasó en tu local y por qué huyes.

—¡Fiuuu! Esas son muchas preguntas —silbó L'Esperteyu, apartando un rizo molesto de la cara—. Y vienes sin uniforme. ¿Esto es un interrogatorio oficial? Eres la primera persona que se interesa por ellos desde hace mucho tiempo. Imagino que estás aquí por lo que les pasó a Javier y a Carla. Me reconforta que la policía vele por nosotros.

—Puedes guardarte la ironía. Formo parte de la Brigada del Oriente de la Policía Nacional de Gijón. Entiendo que estás al corriente de la muerte de esas personas y, no, esto no es un interrogatorio oficial. Estoy aquí porque investigo el caso de las muertes de Javier Rivero y de Carla Palacios, como bien has sospechado. Escarbando y escarbando hemos llegado hasta ti. Resulta que eras el dueño del local en el que falleció Tristán Villanueva tras declararse un incendio. Necesito que me ayudes a establecer la conexión entre vosotros.

—Eso es fácil. Todos nos conocíamos desde *guajes*. Yo era el dueño del L'Esperteyu, un local de copas, un bareto que funcionaba muy bien. Por eso, en verano o algunos días festivos solía reforzar la plantilla. Durante las fiestas de San Juan, contraté a Tristán. Le gustaba echarme una mano de vez en cuando. Aquella noche el local estaba a rebosar. No dábamos abasto. El fuego empezó en el interior, creo que en uno de los privados, y nos pilló por sorpresa. Se propagó con tanta rapidez que apenas fui consciente de lo que pasaba. Todos salimos del local... menos Tristán. —Óscar dejó escapar un sollozo—. Y entré a buscarlo.

El músico se apartó el pelo de la cara y Marina descubrió las cicatrices de las quemaduras. La piel lacerada se extendía por el brazo izquierdo y le alcanzaba hasta la oreja. La cicatriz del brazo había intentado camuflarla bajo un tatuaje.

—Encontré a Tristán junto a la puerta del almacén. No pude hacer nada. Ya estaba muerto.

—Siento mucho tu pérdida. No necesito los detalles, solo quiero saber qué pasó con Martín Estrada. Algunos testigos lo vieron discutir con Tristán.

—Martín y Tristán eran pareja. Martín estaba molesto conmigo porque esa noche no conté con él. Es cierto que siempre los contrataba a los dos, pero aquella vez no lo vi necesario. Tristán salió en mi defensa y discutieron. Menos mal que Martín no estuvo allí para ver el incendio.

Óscar se cubrió la cara con las manos y Marina lo dejó llorar.

—Luego llegaron las sospechas y el escarnio público hacia Martín. Lo acusaron sin pruebas, sin tener ni idea de lo que había pasado. Pero la gente nos tenía ganas, me tenían ganas. Siempre quise regentar un bar libre, donde la peña fuera a tomar unas botellinas, sin preocuparse por el que tiene al lado. A la gente le molestan los diferentes. ¡Hipócritas! ¡Qué te importa a ti con quién me meto en la cama!

—Entiendo que la muerte de Tristán fue la razón por la que Martín se quitó la vida.

—Lo destruyeron. —El dolor apretaba cada gesto del músico—. Tristán era el amor de su vida. ¡Cómo iba él a provocar el incendio! A Martín lo acusaron de matar a su amor y no pudo soportarlo.

—¿Y Javier Rivero y Carla Palacios? ¿Qué tienen que ver en todo esto? —La subinspectora necesitaba saber por qué los dos recibieron el mismo mensaje en el teléfono y por qué habían mordido el cebo del asesino.

—Ya te dije que nos conocíamos de *guajes,* algunos íbamos al mismo colegio. Nuestros padres nos mandaron a todos a un campamento de verano. —Óscar se restregó las manos por la cara y se limpió las lágrimas con la camiseta—. Disciplina militar, charlas motivadoras, cualquier actividad que pusiera a prueba nuestra capacidad de obedecer. ¡Y solo teníamos diez años! Martín, Tristán, Valentina y yo éramos una piña.

—¿Valentina Santianes?

—Sí. Ella también sufrió el campamento. Pero no tengo ni idea de quién mató a Javier y a Carla. Por eso estoy acojonado. ¿Te das cuenta? Valentina y yo estamos vivos y los demás están muertos.

—Tanto a Javier como a Carla los mataron fuera de su entorno. ¿Sabes qué hacía Javier en Gijón o Carla en Puertas de Vidiago?

—Ni idea. Desde lo de Tristán, perdimos el contacto.

—¿Crees que el asesino va a por vosotros?

—No lo sé.

—¿Habéis recibido algún mensaje en el móvil de un desconocido?

—No.

—Javier y Carla andaban metidos en problemas con la policía por desorden público y vandalismo.

—¿Vandalismo? ¡Eran unos cabrones! Una vez casi matan a un mendigo de una paliza. El peor de todos era Javier, se creía el amo. Era violento, machista y homófobo. ¿Quieres que siga? Los demás lo obedecían sin rechistar porque les daba miedo.

—Entiendo que hablamos de un grupo organizado.

—Una panda de cobardes. —Óscar oteó el cielo—. Ya te dije todo lo que sé. Me encantaría seguir charlando contigo, pero debo irme.

De regreso a la zona de aparcamiento, Marina observó que uno de los tatuajes con que disimulaba las quemaduras era una flor de agua. Estaba segura de que Óscar le había mentido o, al menos, no le había contado toda la verdad. Quizá por miedo. Empezaba a pensar que las víctimas eran menos inocentes de lo que parecían y que el asesino era mucho más terrible de lo que había demostrado.

Después de intercambiar los saludos protocolarios, cada uno se dirigió hacia su vehículo. Óscar abrió la puerta de la furgoneta y se acomodó en el asiento del conductor. De forma inesperada, sintió una voz a su espalda.

—¿Qué estás haciendo con esa tipa?

—¡Joder! ¡Qué susto me diste! —gritó Óscar, al borde del infarto, hasta que reconoció a la persona que se había colado en el vehículo.

—*Ye* policía. Estuvo en mi casa.

Todavía escondida en la parte trasera de la furgoneta, Valentina se parapetaba contra el asiento del copiloto para evitar ser descubierta.

—Ya sé que es policía. Vino a preguntar por el incendio. Está buscando al asesino de Javier y de Carla.

—¿Saben algo?

—Saben que éramos cuadrilla. Le conté lo del campamento, nada más. La policía anda tanteando y llegaron hasta Martín. Pero, de momento, siguen investigando.

—Como nosotros —dijo Valentina, mordiéndose el labio.

19

Un golpe de viento huracanado

LLEGABA TARDE.

Lino consultó el reloj mientras caminaba a toda prisa hacia la comisaría. Cruzó la calzada por un lugar indebido y tuvo que trotar para evitar que lo atropellase una furgoneta de reparto. Durante el trote, una cuartilla cayó al suelo y alguien le llamó la atención. El agente retrocedió desorientado hasta localizar el papel que acababa de caer de la carpeta que portaba bajo el brazo.

El despiste era el resultado de varias noches de insomnio.

Continuó caminando a buen ritmo con la mirada fija en el documento. Lo había leído tantas veces que se lo sabía de memoria. En él había anotado los nombres de los carteles de las películas que habían encontrado adosados en las paredes de la habitación de Martín Estrada. Después de darle muchas vueltas, había establecido una comparativa. Ignoraba qué tipo de información podía desprenderse de aquellas elucubraciones suyas, pero era incapaz de reprimir la necesidad de ordenar, de alguna manera, la información que iba acumulando sobre el caso.

Volver a empezar	Habitación de Martín
El orfanato	Javier y Martín
El abuelo	Martín y Carla
El secreto de Marrowbone	Martín
El portero	Carla

Al acabar la tarea decidió que no lo iba a compartir con nadie. Por el momento, la prudencia aconsejaba preservar sus manías para sí mismo. No necesitaba las reprimendas de Bedia ni la mala baba de Marina, y mucho menos enredar con tonterías que no llevaban a ninguna parte.

Cuando Lino entró en el cuartel general, el técnico de mantenimiento cacharreaba con el aparato del aire acondicionado. Hablaba con él. Concentrado en la tarea, sudaba con profusión. El ambiente en el interior del despacho era sofocante. El hombre había desmontado varias piezas y las había desparramado por el suelo. Pertrechado con un cepillo de dientes, limpiaba a conciencia uno de los filtros y, mientras lo hacía, murmuraba por lo bajini, lo que resultaba un tanto inquietante.

En el ordenador, a Lino le esperaba un correo de la jefa del BPI, la Brigada Provincial de Información, con sede en Oviedo.

—Marina, ¿tienes un minuto? —dijo Lino haciendo señas a la subinspectora para que se acercase mientras le pedía silencio con un dedo sobre la boca. Señaló con un gesto de la cabeza hacia el operario, que en ese momento peleaba con una pieza redonda. Giró la pantalla hacia ella y dejó que leyera.

—¿Qué es esto? —dijo perpleja.

La Brigada de Información tenía constancia de la presencia en Asturias de una entidad, en apariencia orientada a la educación, llamada Buenos Valores. La policía hacía tiempo que seguía su evolución y los tenían localizados. Habían organizado campamentos infantiles y juveniles por todo el territorio español, en Toledo, Extremadura, Zaragoza, Sevilla, Navarra y Asturias. Pero lo que preocupaba a la policía era el carácter radical de los métodos que empleaban. Algunos de esos campamentos habían sido clausurados al relacionarlos con incidentes violentos. Al tiempo que revisaba el informe, Marina pensaba que Lino encajaría a la perfección en la BPI. Analizar, discriminar y clasificar. Sería el agente perfecto.

—Todavía no estoy seguro —dijo este en voz baja, arrugando la frente y pasándose la mano por la cabeza, con cuidado de mantener definida la raya de su peinado—. Como te dije el otro día, estoy siguiendo la pista de los organizadores del campamento, por eso pedí información a los compañeros. Por lo que dice aquí, el campamento en el que coincidieron las dos víctimas y los demás implicados en el incendio de Llanes lo organizaba «Buenos Valores». Si te fijas en las ciudades, concuerdan con los episodios violentos en los que participaron Carla y Javier.

—¿Crees que el asesino tiene algo que ver con ellos? —Marina se acercó a Lino para susurrarle al oído. Quería evitar a toda costa que el de mantenimiento pudiera escucharlos.

—Es posible.

—Eso ratificaría la versión de Óscar Galguera —observó Marina—. Según su testimonio, en el campamento los trataban con disciplina militar y encajaría con el perfil de las familias, todas ellas acomodadas, que buscaban para sus hijos un modelo de educación, digámoslo así, a la antigua usanza.

Un chorro de aire arrancó del aparato anclado del techo, unido al grito de victoria del operario.

—Podemos conjeturar todo lo que queramos —continuó la subinspectora forzando el tono de voz—, pero ninguna de las pistas señala al asesino. Ni siquiera tenemos un sospechoso.

Lino ladeó la cabeza hacia la derecha. Marina conocía ese gesto. Su compañero lo utilizaba para mostrar disconformidad. Inclinaba la cabeza y arqueaba las cejas, lo que significaba que tenía algo más que decir.

—Estoy convencido de que el sospechoso lo vamos a encontrar en el entorno de Javier o en el de Carla. Este informe avala la declaración de nuestros testigos, lo que quiere decir que vamos bien. Ahora, lo único que nos falta es encontrar un factor común.

—Demasiado fácil. Si fuera así, ya habríamos detenido a ese malnacido.

Tanto el uno como el otro mantenían en cuarentena información relevante para el caso; Marina no le había contado el incidente con Valentina ni Lino a ella el sondeo que estaba llevando a cabo con su lista de películas. De normal, el transcurso de una investigación basaba el éxito en el trabajo conjunto. Un equipo funciona precisamente por eso, por ser equipo. Aunque, esa vez, las dudas pesaban demasiado para ellos; el temor a equivocarse podría ser un lastre.

Un ruido metálico sobresaltó a los agentes, que levantaron la cabeza de la pantalla y se encontraron con la sonrisa desdentada del operario. Acababa de cerrar el aparato de aire acondicionado y toqueteaba el mando a distancia.

Un golpe de viento huracanado brotó de la máquina. Las quejas de Bedia habían dado resultado. «Nada como insistir para conseguir un propósito», debieron de pensar. El hombre recogió las herramientas esparcidas por el suelo y salió del cuartel general tarareando una canción. Una vez solos, lo primero que hicieron los agentes fue situarse bajo el chorro hasta que sintieron erizarse la piel.

—Nos vamos a poner enfermos —dijo Marina, tirando de su compañero hacia la mesa de trabajo sin contener la risa.

—Si te digo la verdad, me preocupa esta gente. —Lino retomó la conversación—. El informe revela que emplean todo tipo de estrategias para implantar sus ideas educativas y fomentar el miedo: amenazas, chantajes, incluso han llegado a extorsionar a algunas instituciones. Fíjate. —Señaló con el dedo en la pantalla del ordenador—. En los incidentes descritos no hay víctimas, solo broncas y altercados. Lo de «buenos valores» queda en entredicho, ¿no crees? Buscan visibilidad a través de comunicados de prensa, conferencias en instituciones afines y organizan manifestaciones delante de organismos oficiales. Según los compañeros, Buenos Valores es una organización pequeña que no reivindica sus actos, aunque se encarga de que todo el mundo sepa quiénes son.

—¿Cómo dices que se llama esa organización? —preguntó Marina.

—Buenos Valores —contestó Lino, extrañado por el despiste de su compañera.

Marina tecleó «Buenos Valores» en el buscador y encontró una página web. En la cabecera mostraban a un grupo de jóvenes y niños con rostros alegres y actitudes de hermanamiento. Captaban la atención con mensajes de esperanza. La fundación ofrecía educación de calidad, con cursos de apoyo, becas de estudio, hogares de acogida para madres solteras y cursos para padres sobre el cuidado de los hijos. Reivindicaban la vuelta al academicismo supervisado como método para evitar la manipulación. Pero era en su blog donde especificaban con claridad sus objetivos. Muchas de las entradas versaban sobre aspectos que concernían a la familia, la autoridad de los padres, la corresponsabilidad de construir un hogar, obviamente basado en la familia tradicional, la dignidad de la educación o la necesidad de educar en la templanza, la sobriedad y el pudor.

El objetivo de esta formación esmerada, en apariencia lícita, camuflaba el verdadero propósito que los agentes descubrieron al abrir una de las entradas, en la que varios miembros justificaban las acciones violentas como método para «despertar» a la población. Pintadas, mítines y las letras B.V. en color rojo teñían de violencia los mensajes.

—¡Me lo temía! —dijo Marina, releyendo a toda velocidad y haciendo *scroll* sobre las entradas.

Pero ni rastro del campamento de León.

—Busca en el histórico —aconsejó Lino—. En el año 2008. Nada.

—¿En algún lugar dice quién los financia? —preguntó la subinspectora, aferrándose por encontrar una posible pista.

—Si os parece bien, yo me encargo de investigar a los integrantes de Buenos Valores. —Nora llevaba unos minutos pendiente de sus compañeros, sin que ellos se hubieran percatado.

—Perfecto —aceptó Marina—. Usa tus contactos. Necesitamos toda la información disponible.

La subinspectora iba atando cabos. La ausencia de datos sobre el campamento de León apuntaba a la posibilidad de que supieran que la policía los había relacionado con los crímenes y, por eso, habían borrado su rastro. Eso solo podía significar una cosa: acababan de pulsar la tecla correcta. Un grupo de niños, de familias ricas asturianas, habían acudido durante varios años a un campamento organizado por Buenos Valores para recibir formación.

En el último año, cuatro de los niños que habían asistido a aquel campamento estaban muertos.

Los ojos de la subinspectora se clavaron en el texto de uno de los artículos.

«El profesor José Luis Galán invita a todos los miembros a participar en unas jornadas dedicadas a la difusión del cine en el Principado».

La entrada estaba fechada cinco años atrás.

El interés por el cine era uno de los nexos que unía a las víctimas, tal y como habían ratificado los familiares. Tecleó su nombre en el buscador. El organizador de las jornadas era José Luis Galán, profesor jubilado de la Escuela Universitaria de Artes en Madrid, que durante varios años había impartido cursos de Crítica Cinematográfica.

Tecleó de nuevo el nombre de José Luis Galán, esa vez en el metabuscador de datos del Ministerio del Interior. A Marina se le iluminó el rostro. Por una de esas casualidades de la vida, el tal Galán ahora vivía en Oviedo.

—Ya tenemos un nombre del que tirar —dijo, con una sonrisa de oreja a oreja.

A la subinspectora le faltó tiempo para enviar un mensaje de WhatsApp a su hermana.

«Acabamos de dar con una buena pista».

En ese momento, las pantallas de los móviles de Lino, Marina y Nora se iluminaron al mismo tiempo.

Bedia también había dado por buena la pista del campamento y acababa de enviarles un mensaje, donde verificaba que había llegado a la misma conclusión que ellos.

Todos pudieron leer un nombre:

«José Luis Galán».

20

Librería Cervantes

—¿En una librería? ¿Lo estás diciendo en serio?

Marina no salía de su asombro al enterarse del lugar en el que el inspector se había citado con el profesor de Cine.

—Condición *sine qua non* —respondió Bedia.

Había resultado inútil tratar de negociar con él. Al no tener cargos ni pruebas contra José Luis Galán, si querían interrogarlo, debían plegarse a sus condiciones. El contacto del profesor de Cine lo había conseguido Nora a través de un antiguo compañero de la Judicial. Mientras el inspector curioseaba por la ventana del cuartel general, antes de salir rumbo a Oviedo, observó un coche de color amarillo que en ese momento atravesaba la barrera de seguridad del aparcamiento de la comisaría. Uno igual al de Requejo. «¡Vaya casualidad! —pensó—. Pero ¿qué narices hace Arturo por aquí? ¿Por qué no me dijo nada?». Y, al momento, volvió a centrarse en el tema que los ocupaba.

La subinspectora conocía de sobra la librería Cervantes de Oviedo, en la confluencia de las calles ovetenses de Campoamor y Dr. Carvajal, porque acudía con frecuencia a los eventos literarios. Las sinuosas columnas negras que apuntalan la entrada de la centenaria librería evocaban las curvas del *art decó*. A veces se planteaba que las librerías que resisten más de cien años son como hormigueros, refugios donde descubrir, imaginar y acaparar para el invierno.

Los policías esperaron delante de uno de sus enormes escaparates, mientras Bedia relataba el currículo de Galán: licenciado en Cinematografía por la Escuela Superior de Cine de Cataluña, profesor de Historia del Cine, director y guionista de varios cortometrajes, jubilado cinco años atrás y, en la actualidad, colaborador en proyectos documentales.

Mientras Marina curioseaba el escaparate, salió un hombre de la librería. Pantalón de Scalpers y camisa Oxford de un blanco impoluto y sin una sola arruga. Para completar su correcta imagen de esnob, centraba la atención en el bastón que le servía de apoyo, tallado en madera lacada y con el pomo acabado en una cabeza de perdiz. Marina recordó una conversación con Elena en la que su hermana aseguraba que las perdices son animales muy listos, unas maestras en el arte del disimulo, porque desarrollan la habilidad de ocultarse entre los cultivos para proteger sus nidos.

Bedia salió al encuentro del profesor. Al estrechar su mano, la subinspectora sintió un inesperado rechazo, similar al que provoca una mirada lasciva. Galán daba la apariencia de señor culto, cargaba con una bolsa llena de libros; un hombre de buena planta, de los que se cuidan, de esos que pasan de los sesenta y cinco y aparentan cincuenta y ocho. Era feo. Los ojillos de topo, el rostro ametrallado de cicatrices de acné o de viruela, un gesto a medio camino entre el olor a leche cortada y el rastro quejumbroso que deja la resaca. Eso sí, el aroma que lo envolvía como un halo era de un perfume carísimo.

Galán propuso a los agentes reunirse en cualquiera de las cafeterías cercanas, cosa que estos rechazaron. Bedia comenzó el interrogatorio en plena calle y, durante media hora, el sujeto se dedicó a regatear las preguntas de los agentes, sin dar más información de la conocida por la policía.

Y a Bedia se le acabó la paciencia.

—Lo malo de los jubilados es que piensan que todo el mundo está en su misma situación. Déjese de rodeos y conteste a las preguntas —dijo, clavando la vista en el bastón—. Tengo entendido que, en Buenos Valores, todos lo conocen por el apodo de Perdiz. También sabemos que durante varios años colaboró con ellos en la organización de un campamento en León. ¿Conocía a Javier Rivero y a Carla Palacios?

—Voy a obviar sus modales, señor inspector —dijo Galán, apoyándose intencionadamente en el bastón—. Quiero que la policía tenga presente que voy a colaborar con ustedes en todo cuanto se me requiera. Dicho esto, sí, conocía a Javier y a Carla. Durante un tiempo fueron mis alumnos. Para ellos yo era su mentor, la fuente de su conocimiento. Puedo asegurarles que todo lo que sabían sobre cine, producción y dirección lo aprendieron de mí. Y eran buenos, unos expertos, diría yo.

—¿Desde cuándo los conocía? —intervino Marina, un tanto escamada por la pedantería del individuo.

—Háblenos del campamento de León. —Bedia interrumpió a Marina. Lo hizo sin intención, solo pretendía centrar las preguntas, pero a ella le molestó.

—Durante algunos años trabajé como coordinador de grupo en uno de los campamentos que Buenos Valores organiza por toda España. Como dice, ejercí como tal en el de León. Por desgracia, aquella etapa ya pasó. Era un proyecto lúdico e inocuo, realizábamos actividades deportivas que fomentaban en los jóvenes la disciplina y el orgullo de valerse por sí mismos. Fue allí donde conocí a mis discípulos.

—¿Discípulos? —Bedia necesitaba aclarar la relación entre ellos.

—¡Oh, sí! Eran mis perdigones —dijo con un regocijo propio del que se enorgullece de algo—. Así los llamaban. Era un grupo de chavales muy especial. Cuando llegaron al campamento eran unos críos indisciplinados y asalvajados, pero tras años de entrenamiento, se convirtieron en ejemplo de civismo y disciplina. En varios de ellos germinó el amor por el séptimo arte y yo me ofrecí a compartir con ellos mis conocimientos. Por ese motivo, lo que ha pasado con Carla y con Javier me desgarra el corazón.

—¿Y Martín Estrada? —La subinspectora observó con atención la reacción de Galán. En ningún momento perdió la compostura, parecía estar entrenado para ello.

—Martín era un chico muy especial. Poseía un alma sensible y una inteligencia aguda y precoz. Podría haber sido un magnífico director de cine, pero era demasiado… blando, un tanto pusilánime.

—¿Conocía su homosexualidad?

—Por supuesto. Era *vox populi*.

—Tengo entendido que en Buenos Valores practican la tolerancia cero con la diversidad sexual.

—¡Qué tontería!¡Por quién nos toman! Deberían investigar antes de lanzar esa acusación con tanta contundencia. ¡Esto es inaudito!

Ahora sí que parecía que los agentes habían sacado de quicio a Galán. Habían dado en el blanco.

—¿No le parece sospechoso que cuatro de los chavales de su grupo de campamento estén muertos? —apretó Bedia—. Uno de ellos se quitó la vida, pero ¿qué le parece que a dos de ellos los mutilaran después de matarlos como corderos y que el otro falleciera en un incendio, con indicios de haber sido provocado? Dígame, señor Galán, sabemos que Carla y Javier andaban metidos en líos con la policía, ¿quién puede tener un motivo para hacerles algo así?

—No tengo ni idea. —Galán respondió antes de que el inspector acabase de plantear la pregunta. Los agentes notaron su incomodidad. El hombre no paraba de mirar de un lado a otro de la calle, temeroso de la gente que transitaba cerca de ellos.

Empezó a sudar con profusión, incluso cambió varias veces de mano la bolsa llena de libros—. Les pido que me disculpen, soy diabético y debo estar sufriendo una bajada de glucosa. La verdad es que no me encuentro bien. Será mejor que me vaya a casa. Seguro que encontramos cualquier otro momento para continuar esta conversación.

Un apretón de manos bastó para zanjar el encuentro con José Luis Galán.

Bedia se limpió la mano con la que había despedido a Perdiz sobre el pantalón y a Marina le dieron ganas de imitarlo. El hombre resultaba desagradable, antes, durante y después de la conversación. Y, total, no les había dicho nada que no supieran. Lo único cierto era que ocultaba información, los nervios lo delataban. Para la subinspectora, Galán sabía algo, conocía a las víctimas y se incomodaba al recordarlas, pero de ahí a considerarlo un asesino…

Andaba en esas disquisiciones cuando escuchó la voz de Bedia.

—Este tío miente. —El gigante detuvo la marcha frente a la escultura en honor de Luis Riera Posada, primer alcalde de la democracia en el Ayuntamiento de Oviedo. Una señora muy arreglada miró al inspector con descaro y, por el gesto que hizo, a Marina le pareció que le gustaba lo que veía. En el fondo, la planta del coloso no estaba mal, tenía estatura y prestancia, la barba rasurada y el pelo cortado a cepillo. La buena forma física y la dieta acrecentaba su aspecto juvenil. «Si no fuera por esa personalidad tan voluble, esa facilidad para pasar de cero a cien en cuestión de segundos, el bueno de Salvador sería el hombre perfecto», pensó Marina y, al momento, dudó de sus propias reflexiones—. Es un toca huevos —continuó Bedia como si hablara con la estatua—. Viste qué forma de hablar, como si masticara merengue. Me dio un repelús que para qué.

—En eso estamos de acuerdo, pero no debiste interrumpirme. Yo también sé encauzar un interrogatorio —dijo Marina, todavía dolida.

—Tienes razón, te debo una disculpa. Sabes que me gusta hacer las cosas a mi manera, pero en ningún momento pensé en desacreditarte. —Antes de cruzar la calle Melquiades Álvarez, Bedia la sujetó por el brazo—. Marina, haz la maleta. Te vas a Madrid. Quiero que remuevas Roma con Santiago hasta que descubras qué nos está ocultando este tío. Ya me conoces, quiero saber hasta la marca de calzoncillos que usa y por qué narices lo llaman Perdiz. Averigua si tiene pareja o si encontró a alguien con el estómago suficiente para engendrar a su descendencia. Quiero saber hasta el nombre de su dentista y, por supuesto, si de verdad es diabético. A mí me da que miente más que habla. Desde este momento, es nuestro principal sospechoso.

El inspector infló los pulmones de aire y lo retuvo unos segundos. Con la exhalación le brotó una sonrisa.

—¡Hace un calor de mil demonios! —dijo, dándole una palmada en la espalda—. Para que me perdones, te voy a invitar al mejor helado de turrón que comerás en tu vida.

21

Galerna

EL ÚLTIMO ALVIA hacia Madrid tenía prevista la salida a las 23.00 horas de la estación de tren de Gijón. La subinspectora Roldán disponía de cuatro horas para reunirse de nuevo con Óscar Galguera. En principio debería ser tiempo suficiente. Había conseguido convencer al L'Esperteyu para hablar de José Luis Galán. Necesitaba el testimonio de alguien que conociera desde dentro la situación del campamento. Introdujo el equipaje en una de las taquillas de la terminal y calculó mentalmente el tiempo que tardaría en llegar hasta el faro de Cabo Peñas, donde se había citado con él.

Conducía de mal humor, últimamente todo el mundo daba órdenes a diestro y siniestro, y el papeleo oficial para interrogar a los testigos se eternizaba sobre la mesa del Jefe Gris. Y, para colmo, alguien había decidido abrir las puertas del infierno. Desde hacía dos días, una capa de nubes plomizas flotaba inmóvil sobre los cielos asturianos. La calima sahariana se adentraba en el norte y, con ella, una asfixiante sensación de bochorno que traía de cabeza a los meteorólogos. Marina se sentía atrapada bajo un cielo hermético, del que solo le salvaba el aire acondicionado.

Para distraerse decidió encender la radio.

«En los avisos de la AEMET, destacamos los 37°C, 35°C en la cordillera y 34°C en el centro. A partir de las 19.00 horas, se espera un cambio brusco en la dirección del viento, con rachas que pueden alcanzar los 70 kilómetros por hora. Pedimos especial precaución a los bañistas, porque la alerta coincide con la finalización del Servicio de Salvamento Marítimo en nuestras playas. Se recuerda a la población que es peligroso entrar o permanecer en el agua. Se recomienda alejarse de las rocas, espigones o muelles, y de las zonas en las que pueda verse arrastrado por el mar. Ante los avisos de galerna, todos debemos incrementar la precaución».

La tertulia posterior abría con la presencia de una famosa meteoróloga de RTPA. El tema que el locutor había puesto sobre la mesa no era otro que las galernas. La comunicadora incidía en que son muy difíciles de predecir, pero que los profesionales también tienen sus truquillos para detectarlas; para ello debían prestar atención a los cambios bruscos de temperatura o de presión atmosférica. «Si estos factores suben en Asturias y bajan en Euskadi, la tenemos formada en media hora», afirmaba con rotundidad. Los tertulianos entraron a debatir la conveniencia o no de que la flota pesquera saliera a faenar y recordaban antiguas catástrofes, como la ocurrida en julio de 1961. Una terrible galerna durante la que fallecieron ochenta y tres marineros, entre ellos treinta y cuatro gallegos y veintitrés asturianos.

Pese a los funestos presagios, Marina recordaba, de otras ocasiones, el entorno salvaje y liberador de Cabo Peñas. La primera vez que visitó el lugar la impactó sobremanera. La reserva natural es una ventana abierta al abismo. Rocas, mar y una sensación de salto al vacío difícil de olvidar.

La segunda vez fue demasiado triste. La Policía Nacional había recibido el aviso de la desaparición de un octogenario. «¿Cómo se llamaba?», se preguntó molesta por haber olvidado su nombre. El rastro del anciano se perdía en el entorno del faro. Había conducido su coche, un destartalado Peugeot 405, hasta el aparcamiento y lo había abandonado allí. El vehículo abierto y las llaves en el contacto indujeron a la policía a pensar en lo peor. Pero la realidad los golpeó de la forma más dolorosa. El hombre había decido quitarse la vida una semana después del fallecimiento de su mujer, arrojándose al vacío desde el lugar más abrupto del acantilado. Era un día gris, envuelto en niebla. Los familiares explicaron después que la mujer había fallecido a causa de un infarto y que, desde entonces, el hombre se había dejado morir: dejó de comer y de dormir, andaba solo y hablaba en voz alta repitiendo palabras ininteligibles. Con la muerte de su compañera, algo se rompió en su cabeza y el dolor le hizo la vida insoportable. Cuando los buzos recuperaron el cuerpo, encontraron una fotografía de ella en el bolsillo de su camisa, cerca de su corazón.

Una muerte por amor.

O por miedo a la soledad.

Marina estacionó el coche en el único hueco libre que encontró. Padres empujando cochecitos de bebé, grupos de jubilados ataviados con camisas hawaianas, críos correteando entre las piernas de los adultos, padres fotografiando a sus hijos adolescentes al borde de los acantilados, gente comiéndose el bocadillo o tirando piedras al mar. La concentración era tal, que apenas se distinguían los tablones de madera del recorrido habilitado, precisamente, para evitar dañar el entorno. Entre el golpe de calor y el bullicio de la gente, lo único que deseaba la subinspectora era salir corriendo de allí.

Una mano en alto se agitó a lo lejos para llamar su atención. Era Óscar. Marina sorteó a la gente hasta más allá de la pasarela de madera.

—Has elegido el lugar perfecto para pasar desapercibido —dijo la subinspectora a modo de saludo.

—Cauto que es uno.

L'Esperteyu continuó trotando entre los brezos morados, sorteando piedras y rodeando a los grupos de turistas. Después de una buena caminata consiguieron apartarse lo suficiente como para mantener una conversación privada.

—Tengo poco tiempo —dijo Marina, pendiente del reloj—. Mi tren sale en algo más de tres horas y, además, hay aviso de galerna.

—Lo sé, pero todavía aguantará un rato —respondió Óscar, olfateando el aire como un ratón.

El calor llegaba por oleadas. Los dos sudaban tanto que sus rostros parecían bañados en aceite. Con el rabillo del ojo, Marina percibió un fulgor en los ojos chispeantes de Óscar y le pareció que, de pronto, se oscurecían. Miedo. Sin duda acababa de presenciar el destello del miedo. Y dedujo al instante que el motivo por el que había elegido un lugar tan concurrido para el encuentro se debía al instinto de protección.

—Iré al grano. —Marina comenzó apretándose la coleta—. Mi equipo ha estado investigando la pista del campamento y sabemos que lo organizaba una entidad llamada Buenos Valores. Por alguna extraña razón, quizá porque hemos metido las narices en el sitio correcto, han borrado el rastro de su página web. Corrígeme si me equivoco, pero intuyo que en ese campamento la disciplina se inculcaba a base de violencia y represión. Estoy convencida de que algo oscuro tuvo que pasar allí. Algo que desencadenó una especie de *vendetta*. Porque, si no, no me explico cómo es posible que cuatro de los componentes de aquel grupo hayan muerto. Entiendo que tengas miedo, yo también lo tendría si me enfrentase a ellos.

—Lo que siento es algo más que miedo. —Óscar miraba de frente a Marina. El viento caliente agitaba sus rizos y evaporaba algunas gotas de sudor de su frente—. ¿Sabías que mi nombre deriva del nórdico antiguo y que significa «lanza de dios»? Es un nombre poderoso, a ellos les gustaba. A otros decidieron cambiárselo. Ellos decidían qué nombre era válido y cuál no. Yo tuve suerte. Pero vas bien encaminada, las heridas que sufrimos

163

no solo fueron físicas. Aunque las peores llegaron durante la adolescencia. Los de Buenos Valores llevaban muy a gala eso de distinguirse, nos inculcaron un elevado concepto de la familia, la honra al padre y a la madre. Cuando me refiero a la familia, solo es válida la formada por un hombre y una mujer, con el único objetivo de procrear hijos para la causa. La homosexualidad estaba prohibida. Las normas se imponían con violencia y los objetivos se alcanzaban de igual manera. No tengo pruebas, pero estoy seguro de que alguien de la organización sabía que algunos rompieron esas reglas.

—¿Te refieres a su orientación sexual?

—Digamos mejor, a su libertad sexual. Algunos del grupo del campamento mantenían relaciones sexuales entre ellos.

—Tenemos pruebas de eso. Existe un vídeo de alto contenido sexual, un trío en el que participaban Javier Rivero, Carla Palacios y Martín Estrada.

—Javier llevaba la voz cantante, siempre fue un salvaje, y Carla y Martín unos pringaos.

—Óscar, no tengo todo el día. Si sabes algo de ese vídeo, podrías estar encubriendo a un asesino. Háblame de José Luis Galán.

—Perdiz era el jefe del campamento, de hecho, sigue siéndolo. ¿Sabías que era profesor de Cine y que le encantaba grabarnos? Al principio solo grababa durante la instrucción, luego amplió el territorio, vestuarios, dormitorios, cualquier lugar era bueno para meter una cámara.

—¿Vuestros padres lo sabían?

—¡Claro! Lo llamaban «medidas de seguridad»; una manera eficaz de estar pendiente de nosotros y evitar que nos desviásemos. Cualquier método era bueno para corregir conductas incorrectas.

—¿Abusó de alguno de los niños?

—Nunca nos puso una mano encima de esa manera, pero no hacía falta. Todos sabíamos que él lo veía todo. Era como tener dos sombras. No podías hacer nada sin que lo supiera. Te sentías vulnerable hasta en el baño. Era una forma sibilina de tortura.

—¿Qué más sabes de Perdiz?

—Por él nos llamaban «perdigones», pero no sé por qué lo apodaban así. Dicen que la perdiz es una maestra en el arte del camuflaje. Galán es un loco del cine, por algo era profesor. Es un tipo carismático, autoritario y muy culto. Cuando crecimos, algunos empezaron a sentir curiosidad por el mundo del cine, y no es de extrañar, porque resultaba fácil dejarse embaucar por sus conocimientos. Así atrajo a Javier, a Carla y a Martín. Los tres decidieron estudiar en la Escuela de Artes Escénicas, en la que Galán impartía clases.

—Lo sabemos. Dime una cosa, ¿crees que puede ser él el asesino? Quizá acabó con ellos por su orientación sexual.

Los gritos de la gente los sacaron de la conversación. El cielo se había oscurecido de repente y el viento soplaba cada vez con más fuerza, levantando remolinos de polvo.

—¡Galerna! ¡Ya está aquí! —dijo Óscar, señalando hacia el oeste.

Las olas del mar crecían por momentos, empujadas por una nube de espuma y polvo que rizaba la superficie del Cantábrico. A lo lejos se escuchó un potente trueno amortiguado por las voces de la gente que corría a refugiarse en los coches. En menos de cinco minutos, la concentración de personas y vehículos en el área de estacionamiento era tal, que se formó un atasco tremendo. El viento rugía entre los claxonazos de los coches mientras el polvo giraba en espirales endemoniadas. Óscar agarró a Marina de la mano y corrió en dirección opuesta. Medio ciegos por el polvo, alcanzaron el cogollo de árboles donde había estacionado la furgoneta.

—Aquí estaremos bien. Esto se pasa en un rato —dijo Óscar al cerrar la puerta del vehículo. Observaron atónitos la entrada de la galerna a través de la ventanilla. El entorno del faro de

Cabo Peñas se vació de gente y la hilera de coches se perdió en la distancia. Lo único que se escuchaba era la potencia del mar al golpear contra la costa y los bandazos de las poderosísimas ráfagas de viento contra la furgoneta. Durante un rato, los dos observaron cómo cambiaba el entorno. La potencia desatada de la naturaleza activaba todos los sentidos y despertaba la alerta.

—Mientras esperamos a que pase —dijo Marina sin desviar la vista de la ventanilla—, háblame de ese grupo, los perdigones. ¿Erais buenos amigos?

—La mayoría, sí. Javier era el líder, el capo, el más fuerte. Carla siempre lo seguía. Los demás, Martín, Tristán, Valentina y yo, hacíamos lo que podíamos.

—¿Has dicho Valentina? ¿Te refieres a Valentina Santianes? —puntualizó la subinspectora—. ¿Qué sabes de ella?

La actitud de Óscar cambió por completo. Marina observó que la sola mención de la chica hacía brotar en su cara una sonrisa.

—Sí, Valentina Santianes es la persona más fuerte que conozco. ¡Ah!, Valentina. Tiene el esmalte de los dientes desgastado de tanto apretar la mandíbula. Es la sobrina de la abuela de Martín y se criaron juntos como si fueran primos, porque se quedó huérfana muy pequeña. Si tuviera que elegir a alguien con quien pasar el resto de mi vida, sin duda, la elegiría a ella.

—Eso se llama amor.

—Amor. No conozco esa palabra y ella tampoco. Ninguno de nosotros sabe su significado y me temo que ya sea tarde.

—Nunca es tarde.

—Una bonita frase hecha. —Óscar bajó la mirada y se replegó en sí mismo, empequeñeciéndose—. La mayoría de las veces llegamos tarde a las cosas que de verdad importan. ¿Quieres un consejo? Investiga a Jesús Estrada y descubrirás los malos tratos a los que sometía a su mujer, a Martín y a Valentina. Dile que te muestre el agujero donde los encerraba o que te explique cómo se cebaba con ella por no llevar su apellido. El día que supo de la bisexualidad de Martín, lo atacó con el atizador de la chimenea y Valentina se interpuso. Estrada la golpeó hasta dejarla inconsciente. Además de la paliza que le dio a Martín, lo echó de casa y lo sacó del testamento. Estoy seguro de que alguien filtró con intención el vídeo del que hablas. Alguien con un propósito oscuro.

—No puedo creerlo —acertó a decir Marina.

—Para disimular las cicatrices, Martín y Valentina se tatuaron un talismán protector. Uno como este. —Óscar señaló un tatuaje sobre el brazo izquierdo. El símbolo ocultaba parte de la cicatriz que había dejado una enorme quemadura—. Es una flor de agua. Ellos se juraron fidelidad hasta la muerte y se volvieron inseparables.

—¿Qué significa esa flor de agua?

—Es un símbolo de protección, nada más. Pero si me preguntas por qué la llevo tatuada, lo hice por Valentina. Ella cree que la flor de agua contiene el poder de los antiguos dioses y la fuerza de los valientes guerreros. Dice que es un grito de guerra.

«Un grito de guerra», se repitió mentalmente Marina. El grito que alguien acorralado proferiría antes de atacar.

—Continúa, por favor —le pidió a Óscar.

—Durante un tiempo, Martín durmió en casa de algunos amigos. Pero la muerte inesperada de la abuela Delina lo cambió todo. Días antes de que la abuela falleciera, Valentina consiguió colarlo en la casa aprovechando una salida de Estrada. Martín habló con Delina y ella le confesó algo que le cambió la vida. Recuperó las ganas de vivir, era un hombre nuevo. Hasta que ocurrió el incendio y Tristán falleció. Martín no pudo soportar que lo culpasen de su muerte y decidió acabar con aquel sufrimiento. Desde que él y la abuela murieron, Valentina vive sola con un monstruo.

A la memoria de Marina regresó la imagen apocada y sumisa de Valentina, un disfraz para protegerse y ocultar a la motera aficionada a las clases de boxeo.

—¿Qué fue lo que Delina le confesó a Martín?

—No lo sé.

—¿Qué tiene que ver Jesús Estrada en la muerte de Javier y de Carla? —preguntó Marina, pendiente de la lluvia que arreciaba en ese momento. Óscar tenía el rostro congestionado y apretaba la mandíbula con rabia.

—No tengo pruebas y sin embargo estoy seguro de que fue Perdiz quien le informó de las relaciones prohibidas que Martín mantenía con Javier y con Carla. Y te diré algo más: el viejo financia con donaciones generosas los proyectos de Buenos Valores, como la mayoría de las familias de los chicos que íbamos a esos campamentos.

—¿Incluida tu familia?

—Así es. Y lo siguiente que vas a preguntarme es por qué no los denuncié. La respuesta es fácil: son mi familia. Aunque ya no tengo relación con ellos, me resulta muy difícil acusar a mis padres.

—Óscar, si estoy aquí es porque quiero ayudarte —dijo Marina con un tono de súplica en su voz. Algo le decía que el chico tenía la clave para esclarecer los malditos asesinatos, claro que quizá, solo estaba dejándose arrastrar por la necesidad de encontrar una pista fiable... Sea como fuere, la subinspectora había apostado por él desde el primer momento—. Sabemos que Carla y Javier estaban muy vinculados a Buenos Valores y estamos al tanto de sus métodos violentos, pero no por eso dejan de ser víctimas. A ellos también los repudiaron sus familias y también se encargaron de eliminar cualquier cargo en su contra. Óscar, tienes que ayudarnos. Dime por qué los han asesinado.

El chico permanecía atento al vendaval y se dejó arrastrar por él. Escuchaba a Marina sin mirarla, con el cuerpo en tensión y la rabia trepando como una cucaracha por su espalda. Apretó los puños. Necesitaba tiempo para pensar. En su interior se estaba librando una batalla: confiar en Marina, es decir, convertirse en el chivato de la policía y traicionar a Valentina, a la que apoyaba en su cruzada por encontrar al culpable de la muerte de Martín, o callar, lo que daría alas al asesino. La policía y Valentina compartían un mismo objetivo, encontrar al culpable. Él solo deseaba dejar de huir, de andar mirando siempre a su espalda para comprobar que nadie lo seguía; deseaba poder acampar en lugares solitarios, sin temor a que el asesino lo encontrase; deseaba, sobre todo, poder vivir tranquilo. Valentina estaba arriesgando demasiado. Nunca fue una buena idea continuar en Buenos Valores. Pensaba que, si confiaban en ella, conseguiría las pruebas suficientes para denunciarlos. Pero había pasado más de un año desde la muerte de Martín y seguían igual. Y ahora, un asesino despiadado estaba acabando uno por uno con los perdigones.

Óscar miró de frente a Marina y vio en ella a la única persona con posibilidades de llegar al fondo del asunto. En ese momento tomó la decisión de colaborar con la policía.

—Durante años, muchos empresarios financiaron a Buenos Valores a cambio de que se ocuparan de la educación de sus hijos. Perdiz nos entrenó como si fuéramos un comando. En cuanto cumplíamos los dieciocho, nos obligaban a acudir a las jornadas que Buenos Valores organizaba en algunas provincias. En principio, nosotros nos encargábamos de hacer ruido y de atraer a los medios de comunicación. Cuando el ambiente era hostil, usaban la fuerza, nos utilizaban para escarmentar a los que hablaban mal de la organización.

»Poco a poco los más violentos tomaron el mando y nos forzaban a participar en sus peleas. La policía nos detuvo varias veces, pero los abogados de nuestras familias siempre nos libraban. Algunos recibimos el castigo de nuestros padres, pero no nos castigaban porque hiciéramos algo malo, nos castigaban por imbéciles, por dejarnos atrapar por la policía. Ya ves, ¡preferían vernos muertos a tener hijos débiles! —A Óscar le hervía la sangre, parecía que la galerna había entrado en su cuerpo y lo arrastraba en una espiral peligrosa—. Cuando ocurrió el incendio, se descubrió la relación entre Martín y Tristán y todo saltó por los aires; los vídeos sexuales, los encuentros en mi local, las citas clandestinas. Nuestros padres se sintieron humillados. Ahora, Valentina y yo estamos solos y tenemos miedo. Quizá esta sea la última vez que me ves con vida.

—No digas eso, Óscar. No estás solo —dijo, apretándole la mano con fuerza. Marina derribó la barrera. Nadie mejor que ella conocía el efecto balsámico de tener a alguien en quien confiar.

Poco a poco, *L'Esperteyu* fue recuperando la calma, la galerna amainó y el cielo se abrió mostrando un azul metálico. Desde el interior de la furgoneta observaron cómo las nubes avanzaban mar adentro, apresuradas por la potencia del viento.

—Dentro de un rato viajo a Madrid —retomó ella consultando el reloj. Era hora de regresar o perdería el tren—. No puedo prometerte nada, pero quiero que sepas que estamos empeñados en detener al asesino. Voy a rastrear el pasado de José Luis Galán. No sé lo que voy a encontrarme, pero espero regresar con respuestas. Personalmente, agradezco tu colaboración. Sé lo que te ha costado.

El chico reaccionó como si despertase de una pesadilla. Tomó la mano de Marina y la besó varias veces. Ella lo dejó hacer, reconfortada y sorprendida por aquella muestra de afecto.

—Ten mucho cuidado —le dijo antes de que ella saliera de furgoneta.

Durante el viaje en tren a Madrid, Marina fue incapaz de quitarse a Óscar del pensamiento. Ella también había conocido el miedo y la aterrorizaba tanto como a él.

22

En las noches claras,
resuelvo el problema de la soledad del ser.
Invito a la luna y con mi sombra somos tres.

Gloria Fuertes. *Historia de Gloria (amor, humor y desacuerdo);*
Cátedra, Madrid, 1980.

Marina descendió del tren en Gijón procedente de Madrid. El viaje de vuelta lo hizo entre nieblas, aquejada por un fuerte dolor de cabeza. Tuvo que permanecer en el andén varios minutos porque era incapaz de recordar dónde había estacionado el coche. Los continuos lapsos de memoria la tenían preocupada.

Envuelta en oleadas de sudor, empezó a encontrarse realmente enferma. En medio del vestíbulo fue consciente de que tenía la vista fija en sus zapatos. Sucios. Llevaba los zapatos muy sucios. Empezó a limpiarlos con la mano presa de la desesperación; frotaba desde la puntera al tacón con insistencia, pero la suciedad no se iba, solo conseguía embarrarlos más. El recuerdo de Castro, el compañero fallecido durante un operativo en Madrid tantos años atrás, se materializó junto a ella. Marina frotó entonces con más fuerza hasta que la sensación desapareció. ¿Qué le estaba pasando?

La angustia crecía desbocada en forma de oleadas de pánico y todo se volvió hostil. Marcar el número de Lino fue una reacción automática. Perdida y agobiada, empezó a deambular por la estación, siguiendo a los transeúntes que se precipitaban hacia la salida.

Ya era de noche en Gijón.

Había perdido la noción del tiempo.

Entre las nieblas de su mente reconoció a su compañero. Sin soltar la maleta de mano, tuvo el tiempo justo de aferrarse al cuello de Lino antes de perder el conocimiento.

MARINA DESPERTÓ EN su casa. Reconoció las cortinas blancas y vaporosas de su habitación y el olor a narciso en el ambiente, el contorno del armario y el perfil del espejo de pie que había comprado pocas semanas atrás en un mercadillo. La habitación en penumbra, envuelta en la tenue luz de la lámpara de noche. Estaba a salvo.

La cabeza le daba vueltas. Los párpados le pesaban y le costaba abrir los ojos. A duras penas distinguía la cara de Lino, que se desplazaba inquieto de un lado a otro de la cama. Un golpe de soledad la arrolló como una apisonadora y las imágenes se volcaron en su cabeza en una sucesión endiablada. Recordó la Escuela de Artes Escénicas, un rostro femenino que le hablaba sin voz y luego un rostro masculino y otro más. Con esfuerzo logró identificarlos como los compañeros de José Luis Galán. Ubicar los recuerdos le dio confianza y permitió que llegaran por sí mismos. Así, revivió la llegada a Madrid y el calor sofocante. El trasiego de escaleras de un lugar a otro. Rostros desconocidos a quienes saludaba con cortesía.

Una ráfaga de aire fresco la besó en la cara. El rostro de Elena apareció con nitidez. El paseo por el parque de El Retiro, desde la estatua del Ángel Caído atravesando el bosque de castaños y el recorrido en claroscuro bajo las ramas de los árboles que se prolongaban hasta el infinito. Sentada en un banco junto a su hermana, recuperó la complicidad que sentía cuando era una niña. La compañía de Elena era un bálsamo liviano que le aportaba bienestar.

Marina regresó en sueños a su casa de la infancia, a las risas nerviosas, a las largas siestas del verano, a los olores de la cocina de su madre, al ruido nocturno del camión de la basura, a la charla entretenida de las vecinas en el descansillo de la escalera, al olor amaderado de la colonia de su padre, a la claraboya del patio de luces, a las confidencias hasta altas horas de la madrugada. Se regodeaba en el recuerdo de su hermana hasta que el sudor frío regresó. Empezaron a temblarle las manos y la barbilla, el corazón se aceleró hasta notar su tamborileo en la garganta. La habitación se llenó de puntitos iridiscentes. La opresión en el pecho llegó poco después y el terror se apoderó de ella.

Quería gritar.

Necesitaba gritar, pero de su garganta no salía ni un solo sonido.

Buscó con desesperación a Lino. Su sombra oscilaba de un lado a otro, cerca y lejos.

¿Es que no me ve? ¿Es que no ve que necesito ayuda?

¿Qué me está pasando?

Lino salió de la habitación y regresó con un vaso de agua y una pastilla.

—Tómatela. Enseguida notarás el efecto.

Marina obedeció y se la tragó. Era la primera vez que se fijaba en él y le asustó la impotencia que vio en sus ojos.

—Volvió a pasar, Marina —le dijo su compañero en un susurro.

Ella llenó los pulmones de aire. Necesitaba reunir todo el oxígeno que era capaz de abarcar y se preparó para lo peor.

—Esta vez vas a pedir ayuda en serio. No voy a consentir que esto te destruya. Necesitas a un profesional. Ya lo hablamos y está decidido.

—Lino, por favor… —suplicó Marina.

—Vas a ir a terapia. Porque, si no lo haces, yo mismo me voy a encargar de hablar con el comisario.

—¡No lo hagas! ¡Acabarán con mi carrera! —gimió desesperada.

—¡No estás bien! ¿Es que no lo ves? —Lino apretó los labios. Entonces rememoró la primera crisis. El psiquiatra al que acudieron de urgencia consiguió contener el ataque de pánico y la sensación de muerte inminente. El daño infringido por la negación del trauma había hecho estragos en la psique de la policía. La magnitud del impacto emocional la había dejado devastada.

Lino temía que llegara ese momento. Tanto como lo había temido las veces anteriores. El paso del tiempo había espaciado la frecuencia de las crisis y, por un tiempo, llegó a pensar que ya no volverían, por eso decidió callar y ocultar la enfermedad que devoraba a su compañera. Pero la responsabilidad que recaía sobre él había llegado a un punto peligroso. Sabía lo que debía hacer. El psiquiatra había sido tajante: ante una crisis, solo la verdad. Por mucho que duela.

A Lino se le rompía el corazón cada vez que debía recordarle a Marina lo que había ocurrido. Ella había borrado el momento de su memoria y era necesario revivir el trauma para devolverla a la realidad.

Con la decisión tomada, se sentó al borde de su cama y la agarró de la mano, que ella apretó con fuerza.

—Escúchame con atención. Tienes que poner todo tu empeño en salir de esta. Te necesito. —Lino tragó saliva y se permitió un segundo antes de continuar. Ese era uno de los trances más difíciles por los que había pasado en su vida—. Hace cuatro años, Elena sufrió un accidente de tráfico. Estuvo ingresada en el hospital con un fuerte traumatismo en la cabeza y fuiste a visitarla. Aquella fue la última vez que la viste con vida. Elena falleció al día siguiente. No pudo superar las heridas que le ocasionó el accidente. El golpe en la cabeza le provocó un coágulo y este, un infarto cerebral. Elena ya no está contigo. Elena está muerta.

Marina abrió los ojos y ahogó un grito.

—¡No! ¡Estás equivocado! Era ella. He estado hablando con ella por teléfono todos estos días. —Marina se mordió el labio, incrédula, aunque en el fondo sabía que Lino le estaba diciendo la verdad.

—Compruébalo tú misma. —Lino le acercó el teléfono móvil a Marina—. Mira en el historial de llamadas. Lo único que vas a encontrar son los mensajes de voz que enviabas a su número de móvil.

—Está muerta… —musitó, intentando convencerse.

—No puedes recordar su entierro ni su funeral porque estabas ingresada. Ahora vas a hacerme caso. Esto es un ultimátum. O buscas ayuda o mañana mismo voy a hablar con Gris. Necesitas superar el trauma y continuar con tu vida. Necesitas la ayuda de un profesional. Imagina que tienes una crisis durante un operativo; además de poner en riesgo tu vida, te juegas la de tus compañeros. Somos un equipo, Marina.

—Por favor, Lino —suplicó entre lágrimas—. No quiero renunciar a mi carrera. Sabes que mi objetivo es llegar a ser inspectora. Nadie quiere a una policía trastornada. No tengo familia. Estoy sola.

—No digas eso. Yo sé quién puede ayudarte.

La subinspectora clavó la mirada en su compañero. En sus ojos se abrió paso un rayo de esperanza entre la nebulosa.

—Conozco a un psiquiatra estupendo. Acaba de regresar de Estados Unidos. Voy a llamarlo ahora mismo y a concertar una cita. Es el mejor.

La subinspectora se abrazó a su compañero como el que se aferra a un tablón en medio del océano y poco a poco fue perdiendo fuerza hasta sumergirse en un sueño químico.

Cuando la soledad desata lo peor que llevas dentro, el dolor arrasa con todo.

Marina llevaba cuatro años luchando contra la soledad.

Capítulo 23

La noche más oscura

La noche en que Marina regresó de Madrid, todavía se notaba la bajada brusca de la temperatura que la galerna había provocado. Gijón volvía a ser un lugar habitable. Lino echó un vistazo a su compañera antes de marcharse. Ella dormía tranquila, el rostro relajado y lejos del problema que atormentaba su mente, o eso al menos deseó.

Eran las dos de la madrugada y, pese a que su casa estaba a tan solo dos calles, la noche apuntaba fría. Reparó en la sudadera gris que colgaba en el perchero. La subinspectora la utilizaba para salir a correr por las mañanas y decidió tomarla prestada.

Lino agradeció la soledad que encontró en la calle. La mayoría de los vecinos dormía. Como había pronosticado, hacía frío y, mientras se ajustaba la capucha, dio gracias a su compañera por la sudadera. Un gato perezoso inspeccionaba un cartón de galletas y lo lamía junto a los cubos de la basura. La calma nocturna invitaba al paseo. El agente dejó a un lado la preocupación que le había provocado el ver a Marina tocar fondo y decidió caminar sin prisa hasta su portal. Un coche atravesaba la vía y se perdía a lo lejos iluminado por el color verde de los semáforos. El viento arrastraba un sutil olor a mar.

A menos de cincuenta metros del portal de Marina, sintió una presencia a su espalda. Un escalofrío lo puso en alerta. Pero no le dio tiempo a girarse antes de que alguien le diera un empujón que consiguió derribarlo. Lino se revolvió, extrañado por el ataque, y enfrentó al agresor. De pronto, el hombre que lo había atacado se detuvo. Llevaba un pañuelo que le cubría casi todo el rostro, insuficiente para ocultar en sus ojos un brillo extraño, a medio camino entre la sorpresa y el fastidio.

Lino no lo pensó y se lanzó como un ariete contra él, sin darse cuenta de que el agresor empuñaba un cuchillo.

El hombre aguantó el impacto, estaba en buena forma física y se movía con ligereza. Durante el forcejeo, el agente sintió un puñetazo sordo en el costado, justo antes de caer al suelo derribado por un nuevo empujón.

El atacante salió corriendo y huyó en una motocicleta de gran cilindrada. Lino trató de incorporarse y descubrió una mancha de sangre sobre la acera. Lo había herido. Sin tiempo de reacción, rebuscó en el bolsillo del pantalón, alcanzó el móvil, accionó la cámara de fotos y enfocó en la dirección en la que había escapado el motorista. Lanzó una ráfaga de fotos con la esperanza de captar la imagen del agresor y después llamó a Emergencias.

Lo último que vio fue el parpadeo de la luz ámbar del semáforo.

UN INSTANTE ANTES de amanecer, Marina escuchó entre brumas el timbre insistente del teléfono. Pensó que solo era un sueño, pero el sonido aumentaba de volumen, hasta que tomó conciencia de que llevaba sonando varios minutos. Descolgó, todavía aturdida y con un sabor metálico en la boca.

—Dígame.

—¿Por qué coño no respondes? —escuchó la voz desquiciada de Bedia, varios tonos por encima de lo normal—. Atacaron a Lino. Está en el hospital.

Una oleada de angustia la sacó de la cama y, sin saber dónde estaba y ni qué era lo que hacía, se vistió a toda prisa y salió hacia el hospital.

«Lino. Lino. Lino —repetía como un mantra mientras conducía—. Por favor, que esté bien, por favor, que esté bien. ¿Qué hago yo sin él? ¿Cómo salgo de esta?».

Marina era incapaz de pensar con claridad. La preocupación que había escuchado en la voz del inspector se le había colado hasta las entrañas con negros presagios. Poco le importó la aglomeración de gente que esperaba su turno frente al mostrador de información a la entrada del hospital. Enseñó la placa y obtuvo una escueta respuesta.

—Ala derecha. Habitación 101.

«Está en planta, está en planta, está en planta —repetía mientras subía a toda prisa las escaleras—. Al menos no está en la UCI. Al menos no está muerto».

La habitación de Lino era la última de un pasillo muy largo y perfilado con puertas numeradas. El olor a desinfectante le golpeó en la nariz. Durante el recorrido, las sensaciones de la noche anterior y cómo su compañero se había volcado en cuidarla la llenaban de angustia. El miedo le apretaba las entrañas con su fétido olor a sangre y lejía. A su mente acudieron imágenes pasadas en el cuartel general; Lino enfrascado en sus papeles sobre la mesa, Lino bajo el chorro del aire acondicionado, Lino en el parque de Isabel la Católica. «¡Maldita sea! ¡No quiero estar sola!». Empezaba a pensar que era un peligro para todo el que se acercaba a ella. Cada adiós era una herida, un golpe, un muro que superar. ¡Estaba harta! Se juró que, si le había pasado algo grave a Lino, abandonaría el Cuerpo de Policía y se perdería en medio de las montañas. Así no haría daño a nadie más.

Golpeó con decisión la puerta de la habitación 101. Contuvo la respiración y entró.

Luisa acababa de subir la persiana y se giró para ver quién entraba. Lino descansaba en una cama atiborrado de calmantes. A su lado había un hombre desconocido. Al ver a su compañero pálido e inconsciente, la subinspectora se derrumbó como una montaña de arena. Su rostro perdió la tensión y las lágrimas corrieron por sus mejillas.

El hombre desconocido sintió una punzada de envidia. Nadie en su vida había reaccionado de aquella manera al verlo y menos una mujer como la que tenía enfrente. Ninguna palabra de su vocabulario era capaz de expresar las emociones que experimentó en aquella fracción de segundo. Incapaz de quitarle los ojos de encima a Marina, su cabeza reaccionaba como si acabase de asistir a un encuentro prodigioso.

Ella clavó su mirada en él.

Un segundo.

Un segundo en el que él experimentó algo único.

Y, como si alguien hubiera encendido un equipo de música, comenzó a escuchar en su cabeza la voz de Kim Carnes interpretando *Bette Davis Eyes*.

Marina corrió a abrazar a Luisa y luego acarició la mejilla de Lino.

—¿Cómo está? —acertó a decir, enjugándose las lágrimas.

—Los médicos dicen que está fuera de peligro. *¡Probín!* Tuvo mucha suerte. La herida apenas tocó el hígado.

—¿Cómo ocurrió? ¿Cuándo? —preguntó Marina.

—Me llamó ya tarde, cuando iba a buscarte a la estación. Lo encontraron cerca de tu portal. Lo atacaron con un cuchillo que entró por el costado derecho. Enseguida lo trajeron al hospital, lo cosieron en urgencias y acaban de chutarle una bolsa de sangre —dijo, Luisa tratando de esbozar una sonrisa y mirándola con ternura—. Ahora está dormido. ¡Menudo susto nos dio, *fía!*

—¿Sabemos quién lo atacó?

Luisa negó con la cabeza.

Entonces Marina cayó en la cuenta del hombre desconocido que la miraba arrebatado.

—Te presento a Eloi —dijo Luisa, acercándose a él—. Es el hermano de Lino. Eloi, esta es la subinspectora Marina Roldán.

Eloi abrió mucho los ojos, enarcó las cejas y sonrió. Era una de esas personas que despiden un halo magnético, realzado por sus rasgos faciales, pómulos marcados, nariz recta y una barbilla pronunciada que le confería un aire distante. Sin embargo, esa sensación se diluía como por encanto en cuanto uno conectaba con sus ojos grises. «Merece la pena conocerme», parecían decir. En cuanto a aspecto físico, el parecido con Lino coincidía solo en la estatura. Eloi lucía el cabello alborotado, ni rastro de la raya trazada a escuadra de su hermano. Irradiaba una seguridad sin complejos, natural hasta resultar intimidante. Era uno de esos tipos que caen bien a la primera y a los que, segundos después de conocerlos, les confiarías tu cuenta bancaria.

Marina se descubrió turbada y un tanto acogotada ante aquel despliegue de testosterona. Se sintió cohibida, desprevenida, casi desnuda y, contra todo pronóstico, reaccionó de manera poco habitual en ella.

Eloi ofreció su mano y Marina le plantó dos besos en las mejillas.

—No tenía ni idea de que Lino tuviera un hermano —dijo, dejándolo sin habla. Era la segunda vez en tan poco tiempo que se sentía atraída por un hombre.

En ese momento, Bedia entró en la habitación cargado con una bandeja.

—¡Café para todos! —dijo, depositándola sobre la mesita auxiliar—. Veo que nuestra bella durmiente continua en brazos de Morfeo. Eso está bien. El sueño lo cura todo.

—¿Has averiguado algo? —Marina seleccionó uno de los recipientes de plástico, retiró la tapa y olisqueó el contenido. El aroma a café de máquina la echó para atrás y, aun así, decidió probarlo. Al fin y al cabo, no quería hacerle un feo a su jefe.

El inspector repartió los vasos de café, primero a Luisa y después a Eloi. Estiraba la contestación con intención. Marina interpretó entonces que algo sabía, pero que no era el lugar adecuado para compartirlo. La subinspectora se interesó una vez más por Lino y, con una excusa peregrina, consiguió sacar al jefe de la habitación. La curiosidad podía con ella.

Bedia y Marina atravesaron el largo pasillo hasta alcanzar las escaleras y entonces repitió la pregunta.

—¿Qué has averiguado?

—Ven conmigo.

Ella lo siguió hasta la sala de enfermeras. Bedia mostró la placa y entraron. En el minúsculo cuarto, una auxiliar mordisqueaba con pereza un sándwich mientras hundía la cabeza en un libro. Debía ser muy interesante la lectura, porque ni siquiera se molestó en saludar. Salvador rescató una bolsa de plástico de la estantería y, enfundado en unos guantes de látex, procedió a abrirla. De ella sacó una sudadera de color gris con una gran mancha de sangre.

—¿La reconoces?

—Yo tengo una igual…

—Lino la llevaba puesta cuando lo atacaron.

No hacía falta ser un lince para interpretar el chispazo que apareció en el rostro del inspector. Demandaba a gritos una explicación.

—Estaba conmigo. Cenamos juntos —mintió Marina—. Debatíamos sobre el caso. Se hizo tarde y se puso mi sudadera porque hacía frío.

Entonces cayó en la cuenta.

—Lo confundieron conmigo. El agresor se equivocó de objetivo. El tipo que lo atacó iba a por mí.

Bedia se ajustó el pantalón y se acomodó de manera imaginaria el cuello de la camisa, mientras pensaba lo que iba a decir. En realidad, solo llevaba puesta una camiseta de algodón, pero el gesto parecía ayudarlo a tomar aliento.

—Lino hizo varias fotografías con su móvil.

—¿Y?

—Estaba muy oscuro. Pero en las primeras se intuye la parte trasera de una moto. Las envié a la Científica y pronto tendremos los resultados. Mientras tanto, tengo a toda la comisaría en pie de guerra. Además, estoy trabajando en una teoría, pero aún me faltan un par de cabos por atar.

—Uno de los cabos se llama José Luis Galán —explicó Marina—. Creo que le hemos tocado las narices y él reacciona atacando al punto que cree más débil, es decir, yo. Pero Galán no puede haber sido el agresor. Es una persona mayor y cojea, acuérdate del bastón. Esto lo ha hecho un sicario.

—Quizá. Vamos a esperar a la Científica y ya veremos. Por el momento, te encierras en casa.

—¡Ja! Yo no me muevo del hospital hasta que Lino vuelva a estar operativo.

—Me vale. Pero como me entere de que asomas el hocico fuera de esa habitación sin decírmelo, la tenemos. ¿Estamos?

—Estamos.

Cuando Marina regresó a la habitación 101, Lino acababa de despertar y, aunque estaba pálido, sonreía. Luisa le sujetaba la mano y lo miraba con dulzura. Marina aprovechó para darle un beso en la mejilla. Habría preferido abrazarlo, pero lo haría más adelante, cuando las heridas se lo permitieran. Así podría trasmitir con un gesto la enorme gratitud que sentía hacia su compañero, al que consideraba un hermano.

—Marina —dijo Lino, mirando hacia Eloi—. Te presento a tu psiquiatra.

Roja y Blanca

EL HOMBRE DE la camisa roja y el hombre de la camisa blanca habían perdido la noción del tiempo. Lo mismo podían llevar allí encerrados varios días que unas cuantas horas. La oscuridad y el silencio contribuían a estirar su paso, transformándolo en un sustancia gomosa y moldeable. Hay a quien se le duermen las piernas después de pasar un rato tirado sobre el duro suelo; otros se duelen de la espalda, de las caderas y hasta de la rabadilla, y, los menos, resisten durante horas en la postura del loto. Pero aquellos dos hombres no eran activistas ni deportistas ni ancianos, y mucho menos deseaban el destino que les había tocado. A los dos, el encierro les parecía una eternidad.

El hombre de la camisa blanca se palpó una vez más la herida de la cabeza. La sangre reseca había formado una costra todavía blanda. La sed lo ponía de mal humor y su imaginación jugaba a torturarlo con imágenes de jarras heladas de cerveza y rebosantes de espuma.

El hombre de la camisa roja se recostó sobre la pared, muy cerca del hombre de la camisa blanca, y le preguntó si le apetecía que continuara con la historia.

—Me siento como Sherezade en *Las mil y una noches* —dijo casi en un susurro.

—Puedes estar tranquilo, yo no voy a matarte cuando esta noche termine. Eso si conseguimos salir de aquí.

El hombre de la camisa roja sonrió en la oscuridad y continuó con el relato:

—La hermana de Delina Santianes falleció de cáncer muy joven y dejó una niña de corta edad. La pequeña Valentina se quedó huérfana y a su tía le costó sangre, sudor y lágrimas convencer a su marido, Jesús Estrada, para que la acogieran en su casa. Él accedió a cambio de que su mujer firmase un documento por el que la niña quedaba fuera del testamento familiar. No era una Estrada. Eso lo dejó claro desde el primer momento.

Valentina llegó a la casa de su tía como una intrusa. Jesús Estrada se encargó pronto de establecer un trato preferente hacia su verdadero nieto. Al principio, la adaptación de la niña fue traumática. Los celos por el favoritismo que recibía Martín la consumían. Pese al esfuerzo de Delina para que se integrase en la familia, nunca lo consiguió. Él era un niño tranquilo y reservado, de los que no te das cuenta de que existen. Valentina, de carácter rebelde e inquieto, enseguida comprendió que la invisibilidad de Martín solo era una forma de adaptación, de supervivencia, nacida de la necesidad de pasar desapercibido. La actitud sumisa del niño era una táctica para esquivar al abuelo. Una condición que se extendía a los demás miembros de la casa.

»Pronto supo del carácter violento y déspota de Jesús Estrada. No solo con Delina, no solo con el chófer, la asistenta o la cocinera, no solo con aquella sobrina postiza que le había impuesto su mujer: el hombre también se cebaba con su nieto. Las palizas, los insultos y los reproches alcanzaban cotas tan desproporcionadas que, a menudo, Delina se veía obligada a pedir ayuda al jardinero para aplacar la cólera del empresario.

»La actitud de Valentina hacia Martín cambió cuando una mañana lo descubrió escondido entre las hortensias. Apretujado entre sus tallos, el niño se abrazaba las piernas hecho un ovillo mientras convulsionaba entre sollozos. Feos cardenales salpicaban sus piernecitas al descubierto y un hilillo de sangre pintaba su boca infantil. Valentina intentó limpiárselo y él la rechazó. Temblaba de miedo. Bastaron un par de caricias y un fuerte abrazo de la niña para conseguir el cambio.

»Una oleada de empatía los unió para siempre cuando ella descubrió las marcas en el cuello de Martín. Para castigarlo, Jesús lo ataba a una cadena y lo encerraba en el sótano. Ella se llevó los dedos a la boca, los empapó en saliva y la untó con cuidado sobre la cicatriz. Él se dejó hacer, sorprendido ante aquella muestra inesperada de cariño. Dicen que del amor al odio va un paso, quizá dos del odio al amor, pero lo cierto es que Valentina asumió el rol de protectora de Martín y así lo mantuvo durante toda su vida.

»La situación para ambos se agravó cuando el empresario los envió a un campamento de verano. Cuando Delina les dio la noticia, los niños se alegraron mucho, pensaban que aquella estancia fuera del hogar del maltratador era lo más parecido a la libertad.

»Pero se equivocaban.

»Nada más llegar, los separaron en diferentes barracones, los niños a un lado, las niñas a otro. La vigilancia por parte de los monitores era constante. Todos debían aprender y cumplir a rajatabla un montón de normas. Todo desplazamiento se llevaba a cabo siguiendo una férrea disciplina militar, desde acudir al comedor y pasar por los ejercicios gimnásticos, hasta las largas caminatas que los dejaban exhaustos.

»Durante el segundo año de campamento, Valentina ya se había convertido en la guardiana de Martín. Tenían once y nueve años respectivamente. Fue entonces cuando descubrieron las cámaras en los barracones donde dormían, en el área de entrenamiento, en la piscina y en los aseos. Una vigilancia de veinticuatro horas. El tercer año se integraron en un grupo formado por los hijos de las amistades del empresario, algunos eran compañeros de colegio. Un nuevo coordinador se hizo cargo de ellos;

un instructor al que apodaban Perdiz. Desde entonces, a su grupo los conocían como los «perdigones». Cuando llegaron a la adolescencia, supieron del patrocinio de aquellos campamentos. La actividad estaba financiada por Buenos Valores.

»Ya era demasiado tarde para escapar.

La voz del hombre de la camisa roja quedó amortiguada por un grito. El sonido provenía de algún lugar muy cerca de donde estaban encerrados. Los hombres se levantaron del suelo a la vez, sobresaltados y alentados por la esperanza de que alguien los escuchase. Con esa idea, empezaron a aporrear las paredes y gritaron hasta perder la voz.

El sonido se fue aclarando a la vez que se acercaba y pudieron distinguir las voces de varias personas. Estaban cantando. Escucharon ruido de cristales al romperse, lo que les hizo pensar en un grupo de chavales de fiesta. Las voces se alejaban y se aproximaban una y otra vez. Lanzaban objetos, cuyos impactos resonaban en el interior del cubículo y los dejaban desorientados. Habían saltado la valla, iban borrachos y ajenos totalmente a ellos.

Al cabo de unos minutos, las voces se alejaron del agujero, dejándolos sumidos en un silencio mortal.

24

Vieja compañera de viaje

El bar estaba lleno, tan concurrido como el paseo de Begoña. Las calles del centro de Gijón bullían con la actividad de un día laborable. Bedia esperaba en una de las cafeterías frente al Teatro Jovellanos. Nora y Marina llegaron juntas. El inspector las había citado a primera hora.

Nora odiaba los bares. El ruido de fondo cargado de murmullos absurdos, palabras indescifrables y onomatopeyas variadas le resultaba tan molesto como una indigestión. Por otra parte, la agresión que había llevado a Lino al hospital la tenía especialmente preocupada. Pese a que el compañero se estaba recuperando a buen ritmo, Nora no podía sacarse de la cabeza el factor suerte. «Un poco más y no lo cuenta», pensaba mientras avanzaba entre los clientes de la atestada cafetería.

Por suerte, Bedia esperaba en una mesa situada al fondo del local. El trasiego de los camareros mientras servían las mesas con cara de circunstancia añadía un plus al bullicio ambiental que flotaba sobre sus cabezas. Las policías localizaron al inspector absorto en el teléfono móvil.

—¿Qué averiguaste en Madrid? —le preguntó Bedia a Marina sin despegar la vista de la pantalla. El día había empezado mal. Apenas había descansado y en el cuartel general lo esperaba un montón ingente de papeleo. El caso se había convertido en un auténtico quebradero de cabeza y, para colmo, habían herido a uno de los suyos. No sabía qué le dolía más, el orgullo o la sensación de que le estaban tomando el pelo.

Marina rodeó la taza de café con las manos y relató palabra por palabra el testimonio que había obtenido de los compañeros de José Luis Galán. En la Escuela de Artes Escénicas lo recordaban como un hombre reservado y altanero, de ideas conservadoras y un tanto radicales. Una de las profesoras lo calificó de «anticuado y dinosaurio». El profesor se había jubilado y había cambiado de residencia de Madrid a Oviedo. El compañero que mejor lo conocía, o al menos eso le había parecido a Marina, declaró que era un hombre con un elevado nivel de vida, de gustos refinados y amante del cine y la literatura. Los últimos años, antes de jubilarse, compaginaba sus obligaciones de docente con la formación extracurricular de un grupo de alumnos muy motivados que seguían sus clases magistrales de Dirección de Cine. Al mostrarle unas fotografías, identificó sin dudar a Javier, a Carla y a Martín.

Bedia tamborileó los dedos sobre el teléfono y enfrentó a las agentes.

—Ayer cursé una orden de registro para entrar en el domicilio de José Luis Galán que ha llegado esta mañana. Los de la Judicial acaban de llamarme para decirme que el domicilio está vacío y el susodicho ilocalizable. Se escapó delante de nuestras narices.

—¿Seguro que no está de viaje? Algunos jubilados son unos trotamundos —sugirió Nora.

Pero Bedia ni siquiera se molestó en escuchar la pregunta, que se perdió en el barullo de la cafetería. Se levantó de la mesa y abandonó el bar sin despedirse de ellas.

—Cuando se pone así, no lo soporto —dijo Nora, bebiéndose el café y saliendo detrás de Marina—. Primero nos cita aquí y luego nos deja plantadas.

—No se lo tengas en cuenta. Hemos estado a punto de perder a Lino. Bedia se siente responsable. Estoy convencida de que ha estado toda la noche trabajando.

En la misma puerta de la cafetería, una notificación saltó en los teléfonos de las dos agentes. Una serie de fotografías oscuras y borrosas. Tanto Nora como Marina tardaron un tiempo en reaccionar. En una de ellas, a duras penas se distinguían los números de lo que parecía la matrícula de una moto. Recordaron entonces que Lino había intentado captar la imagen de su agresor. En otra, lo único que se apreciaba era el perfil del vehículo.

«¿Dónde he visto esa moto?», se preguntó la subinspectora.

Marina recordó con nitidez el cartel de Talleres Barrunto y todo cobró forma en su cabeza.

BEDIA ENCENDIÓ DE nuevo el móvil para asegurarse de que la localización que le habían enviado desde comisaría correspondía con el lugar en el que acababa de estacionar su vehículo. Los compañeros de tráfico habían identificado la matrícula de la moto, que figuraba a nombre de Javier Rivero. Pero él sabía quién era el custodio de la máquina y dónde se escondía. Durante la visita al taller mecánico, habían localizado una motocicleta de gran cilindrada que desentonaba en la cochambre de taller del Chotas.

Cuando le notificaron la desaparición de Galán, el inspector intentó localizar al soplón y ¡vaya casualidad!, también se había evaporado, dejando abandonado su bonito taller. El inspector estaba convencido de que el soplón era el responsable de la agresión a Lino. Bedia sabía que el agente llevaba puesta la sudadera de Marina la noche del ataque. Estaba claro que el objetivo era la subinspectora.

Los años de oficio le habían enseñado que los imbéciles siempre se ocultan en las casas de sus mujeres, ya sean madres, esposas, hermanas o amantes, perpetuando la creencia de que ellas los defenderán con su vida si fuera necesario. «A falta de hermana y de madre, buena es la novia», pensó Bedia.

La dirección de la novia del Chotas lo llevó hasta el cuarto piso de un bloque de viviendas en el barrio de Contrueces, en Gijón. El portal estaba tan destartalado que dudó que aquellos pisos tuvieran cédula de habitabilidad. El ascensor no funcionaba y la escalera estaba llena de desperdicios. La mala leche de Bedia iba *in crescendo* a medida que subía cada escalón. A punto de echar la bilis por la boca, llamó al timbre. Una chica joven, de veintipocos, abrió la puerta enfundada en una camiseta XXL llena de lamparones.

—Dile al Chotas que su amigo viene a verle —dijo Bedia con cara de perro.

—¿Quién eres?

El inspector apartó a un lado a la chica, que empezó a gritar como una histérica, y entró en la vivienda. Al oír los chillidos, un Chotas desorientado apareció al final del pasillo, desnudo y envuelto en una sábana.

—Líbrame del espectáculo. Te doy un minuto para vestirte. Y dile a tu amiga que se calle o me la llevo arrestada.

El Chotas salió al poco abrochándose la bragueta de un pantalón vaquero.

—¿Qué hice ahora, *ho?* —dijo, con gesto compungido.

—Mira, chaval, a veces no sé si eres un *fatu* o te lo haces —Bedia arremetió contra él y le dio un empujón—. Te equivocaste, ¿verdad? ¡Ibas a por mi compañera!

—¡Qué dices! ¡Lárgate de aquí o te denuncio!

—¡*Cagonlamadrequeteparió!* —gritó a la vez que le propinaba un segundo empujón que lo tiró al suelo. El inspector se puso a horcajadas sobre él. El peso del titán aplastaba los pulmones del mecánico—. Canta o me acomodo.

El rostro del Chotas se tornó rojo como la grana mientras pataleaba para tratar de liberarse. La novia corrió escalera abajo a pedir ayuda; entretanto, el hombre forcejeaba con rabia debajo de Bedia, hasta que comprobó la inutilidad del esfuerzo.

—¡*Quiés quitate, ho*! ¡*Vas afogame*! —gritaba.

Bedia liberó al mecánico, que se arrastró por el suelo hasta alcanzar la pared.

—Juro que solo quería asustarlo —dijo entre toses—, pero *echóseme* encima. No quería clavarle el cuchillo.

—¿Quién te contrató?

—No me pidas eso —sollozó el Chotas cariacontecido—. ¡Joder! ¡Vas *meteme* en un lío!

—¿Un lío? Un lío te voy a montar aquí mismo como no empieces a cantar de inmediato —gritó hasta hacer retumbar los cristales de las ventanas. Bedia lo agarró por el pelo y el hombre comenzó a hipar.

—No me busques, Chotas, no me busques.

La amenaza surtió efecto.

—El profesor de Javi.

—¿Perdiz? —preguntó Bedia, permitiendo que el soplón se sentase en un sillón con la tapicería roída.

El chico afirmó con la cabeza.

—José Luis Galán, alias Perdiz. ¿Desde cuándo te encarga estos trabajitos?

—Desde hace años. —El Chotas apretó los puños y resopló. Exudaba frustración en cada vaharada—. Todavía éramos unos *guajes*. Javi *metióme* en la organización. Perdiz era el jefe. *Ye* el que ordenaba las movidas.

—Concreta. ¿De qué movidas me estás hablando?

—De vez en cuando nos encargaba algunos trabajos.

—¿Extorsiones?, ¿amenazas?, ¿palizas? —El inspector no dejaba de observar sus reacciones, el retorcimiento de manos, el tamborileo de los pies sobre el piso y la pátina de sudor que bruñía su

192

torso desnudo. Reconocía en aquel rostro, todavía joven, las cicatrices de la marginación; desencanto, ira y violencia. Una personalidad débil que busca encajar en el grupo a cualquier precio. El Chotas cumplía todos los requisitos para resultar atractivo a esa clase de organizaciones: era pobre, sumiso y con una enorme capacidad de endiosar a cualquiera que le prestase un poco de atención. El esclavo perfecto.

El Chotas asintió de nuevo y sin decir una palabra. Para entonces, la novia había regresado en compañía de un par de vecinas alborotadas.

—Guapa, trae un papel y un boli al chaval para apuntar los nombres de los *amiguinos* de la cuadrilla.

Las mujeres no dejaban de protestar y el Chotas las hizo callar con solo mirarlas.

—Inspector, *va meteme* en un marrón. Perdiz *ye* un cabrón de los gordos.

—¿Por qué la tomó con mi compañera?

—Porque le tocaste las narices. ¡Pasa ya del tema! —exclamó, encarándose con el inspector—. Esa gente tiene negocios muy chungos.

—¿Qué sabes de Buenos Valores?

El Chotas levantó la vista de la libreta y apretó el bolígrafo contra el papel. Sabía de sobra que cuando Bedia quería algo, nada lo detenía. Negarse a hablar era una mala decisión. El hombre hizo un gesto de fastidio, despidió a las mujeres y soltó una bocanada de aire para darse ánimo.

—Perdiz *ye* uno de los jefazos.

—Apunta, apunta en el *papelín* todos los nombres que conozcas —lo animó Bedia—. Y con letra *clarina*, ¡eh!

—Inspector, ¡que estoy jugándomela!

—Ya te la jugaste, mandril. Te recuerdo que estás con la condicional. Solo tengo que mover un dedo y vuelves al trullo. ¿Quién los financia?

—¡*Meca!* Javi decía que su padre donaba mucha pasta a la organización porque así evadía impuestos.

—¿Y Carla?

—Carla *ye* una *muyer*. ¡Ya sabes pa´ qué valen *les muyeres!* —dijo, guiñándole un ojo.

Bedia se tragó la machada y le arreó un pescozón. A continuación, le arrancó el papel de las manos y avisó a la patrulla, que esperaba sus órdenes en el portal para que lo arrestasen.

Ahora sabía que la agresión a Lino había sido un encargo de José Luis Galán, que la advertencia iba para Marina, que un tipo aborrecible había entrenado a hijos de grandes empresarios y que los utilizaba como matones, que Galán marcaba los objetivos y que ellos obedecían. Pero ninguna evidencia que justificase los dos asesinatos.

«¿Se salieron del redil? —se dijo pensando en Javier Rivero y en Carla Palacios—. ¿Plantaron cara al jefe y se los quitó de en medio? ¿Mutiló sus cadáveres como escarmiento? ¿O como advertencia para los demás?». La torpeza del Chotas lo había delatado, pero todavía quedaban cabos sueltos. ¿Quién protegía a Galán? ¿Dónde encajaba dentro de Buenos Valores? ¿Cuántos empresarios colaboraban con ellos? Y, ¿a cuántos extorsionaban?

La ansiedad hizo notar su presencia en forma de pellizco en la boca del estómago. Con gesto resignado, contuvo un momento de tensión luchando contra el miedo a ser arrastrado de nuevo al borde del abismo.

Bedia acababa de desatar antiguos demonios.

«¡Dónde nos estamos metiendo!».

25

Ajena al peligro

EL DESPACHO DE la casa de Jesús Estrada permanecía envuelto en la penumbra. La persiana, casi bajada, permitía el paso justo a los rayos de sol. Las partículas de polvo en suspensión bailaban entre los haces de luz y rebotaban contra el escritorio; un *Partner* con pedestal de caoba y dotado con unas gruesas y poderosas patas que habrían podido sustentar el peso del Coloso de Rodas. El resto del mobiliario clásico, de madera oscura, se empotraba contra las paredes y abría paso a un butacón tapizado en cuero y raído por el uso. Era el único elemento indicador de las cicatrices del paso del tiempo. Los demás muebles, estanterías, lámparas y varias sillas, parecían inmunes a la decadencia que se respiraba en aquella habitación prohibida. Un retrato del empresario de ojos inquisidores vigilaba la puerta. El autor del cuadro había demostrado con creces su pericia con los pinceles al captar el halo negro que desprendía. Era imposible mirarlo sin sentir un escalofrío.

Valentina cerró la puerta y las motas de polvo volaron en todas direcciones. Esperó a que sus ojos se adaptaran a la penumbra. No se atrevía a encender la luz y, mucho menos, a subir la persiana. Apenas disponía de la media hora que el tío empleaba en regar las hortensias, un trabajo que no delegaba ni siquiera en el jardinero.

Lo había planeado bien. Por eso, aquella mañana esperó hasta que la criada saliera a hacer los recados al pueblo para colarse en la habitación prohibida.

El corazón latía en la garganta de Valentina. En su pensamiento un solo objetivo: la caja fuerte. El cajón acorazado descansaba en los bajos de una estantería, detrás de una puerta disimulada con libros. La chica no dudó y pulsó las teclas con la combinación que había aprendido de memoria. Se permitió una sonrisa al recordar cómo la había conseguido; la senectud de su tío lo convertía en un ser vulnerable. El anciano había bajado la guardia y anotaba todo lo que necesitaba recordar en una libreta escondida en el bolsillo interior de una horterísima americana de cuadros.

La puerta de la caja fuerte se abrió sin problemas. En su interior se apilaban varios mazos de documentos atados con finos cordeles rojos junto a la cajita de marfil donde la abuela Delina guardaba las joyas. Valentina la acarició con ternura. La echaba de menos. La mujer había sido para ella como una segunda madre. Pensó que a ella le gustaría que sus joyas fueran testigos del valor que su sobrina estaba demostrando. De alguna manera, violentar la caja fuerte significaba la victoria sobre el monstruo. Era su manera de devolver los golpes, de vengar parte de las humillaciones y los malos tratos que todos los miembros de aquella familia habían silenciado durante años. Si conseguía su objetivo, Martín y Delina estarían orgullosos.

Había llegado el momento de acabar con la bestia.

Un breve temblor de mano casi hizo caer los documentos. Con sumo cuidado, los introdujo en una mochila y los sustituyó por papeles en blanco. Sabía que arriesgaba demasiado, en cualquier momento Jesús Estrada podría descubrir el engaño y, entonces, la mataría. Estaba segura de ello.

Salió del despacho y la luz en el pasillo la sorprendió. Antes de lo previsto, su tío subía las escaleras aquejado por un golpe de tos. Valentina experimentó un sudor frío. Dudó un momento y miró en todas direcciones hasta reparar en la puerta del aseo. Entró con rapidez, escondió la mochila en la bañera y llenó un vaso de agua. Con él en la mano, salió al encuentro de Jesús Estrada.

—Parece que te enfriaste. —Le ofreció el vaso que el anciano apuró de buena gana.

—Voy a echarme un rato. No hagas ruido —dijo, caminando hacia el dormitorio. Ella esperó hasta que oyó cerrarse la puerta de la habitación.

El peligro había pasado.

De momento.

«Ahora queda lo más difícil», pensó Valentina mientras rescataba la bolsa con los documentos. Confiaba encontrar en ellos pruebas suficientes para denunciar a Jesús Estrada y, para eso, contaba con la ayuda de alguien muy especial: *L´Esperteyu*.

ERA UN JUEVES soleado. Luz brillante, olor a mar y a bosta de vaca. Valentina y Óscar habían quedado a las afueras de Llanes. El chico estacionó su furgoneta en el aparcamiento habilitado para las caravanas. Óscar aprovechaba para estirar las piernas cuando vio llegar a Valentina. La chica se bajó del coche con una enorme sonrisa que iluminaba su rostro. Un rostro que él adoraba. Pero al acercarse a ella, comprobó en su voz que estaba muerta de miedo.

Durante un buen rato y ocultos en la trasera de la furgoneta, revisaron los documentos sustraídos de la caja fuerte. Encontraron facturas, anticipos de proyectos inmobiliarios, extractos de la compra y venta de vehículos a nombre de Estrada Luxury Cars. Pero lo más interesante fue un documento escrito a mano en el que Estrada registraba los pagos reiterados a la entidad Buenos Valores.

El hombre donaba con regularidad cantidades considerables de dinero en conceptos tan variopintos como la instalación de aire acondicionado en una de sus sedes, la compra de banderines y *merchandising* para repartir entre los adeptos o el caché de un ilustre ponente, contratado para dar una conferencia en uno de sus congresos. Ahora tenían pruebas del trato estrecho que mantenía con ellos.

«¡Por fin!», pensó Valentina.

Emocionados por lo que acababan de descubrir, habían pasado por alto un pequeño cuaderno de tapas negras que Óscar recuperó del interior de la mochila. Al ojear el contenido, le temblaron las manos. Supuestamente, Jesús Estrada había confeccionado una lista de personas con nombres y apellidos, a los que añadía una categoría: morosos, prescindibles o desviados. En las últimas páginas figuraban varios nombres, anotados junto a lugares concretos: Rivero, Chotas, Carla. Concesionario Renault de Mieres.

—Yo estuve allí —dijo, señalando con el dedo la anotación—. Nunca pensé que mi tío estuviera al tanto de lo que hicimos. Estábamos borrachos. Los fines de semana salíamos de marcha y aquella noche, Javier sacó del maletero un bate de béisbol y destrozó las cristaleras del concesionario. Te juro que no tenía ni idea de que fuera una orden de Perdiz.

—Lo recuerdo, se armó una gorda, el dueño acababa de inaugurarlo por todo lo alto. Está claro que Estrada no quiere competidores.

El empresario había ampliado la lista a lo largo de los años. Ataques nocturnos, pintadas, incendio de vehículos y contenedores, vídeos sexuales, bulos y mil formas de coacción. Adjuntaba la fecha, el tipo que recibía el encargo y quién lo ordenaba. Estrada llevaba la cuenta de los delitos con un fin concreto, probablemente exculparse en caso de que alguien lo denunciara. Aquel material sería muy valioso en manos de los investigadores de la policía. Una manera muy inteligente de quitarse de encima a los dóberman de Buenos Valores.

—Necesito un poco de aire. —Valentina devolvió los documentos a la mochila y salieron de la furgoneta.

La proximidad al paseo de San Pedro de Llanes fue proverbial. Necesitaban un espacio abierto donde liberar la adrenalina que habían acumulado.

—Ahora sí que van a tener que andarse con cuidado —dijo Óscar, rodeándola por los hombros mientras recorrían el paseo. Los dos sabían que la decisión de Valentina de permanecer en el grupo de Javier Rivero para tratar de averiguar quién había ordenado el incendio del local de L´Esperteyu era muy peligrosa. Sobre todo, desde que habían detenido al Chotas por el intento de asesinato de un policía. Ahora disponían de pruebas para demostrar que tanto Galán como Estrada dirigían a sus matones contra todo el que no acatase sus normas. En el caso de Estrada, incluidos los de su propia sangre.

—Acuérdate de que todo cambió cuando Javi compartió aquel vídeo —recordó Óscar. La pareja se había sentado en el murete de piedra que bordea el paseo. Balanceaban los pies en el vacío, al filo de los acantilados, ante la presencia magnífica del Cantábrico—. Perdiz los expulsó de su clase durante un trimestre. Creo que nunca los perdonó.

—Es posible. Y, aun así, continuaron en el grupo. De hecho, Javier me confesó que estaba seguro de que lo iban a ascender. Decía que estaban negociando un nuevo destino para él en un grupo de Toledo. Los jefes de B.V. estaban contentos con las últimas actuaciones. Además, era un buen reclutador, fíjate en el Chotas.

—¿Crees que el ataque al policía fue un encargo?

—Sí. Ya te dije que la policía estuvo en mi casa. Están investigando las muertes de Javier y de Carla. Creo que están cerca de dar con el asesino. Lo mismo tocaron un palo que no debían y ahora alguien está ejecutando a los verdugos.

—Ahora tenemos pruebas, Valentina. —Óscar quería impedir a toda costa poner en riesgo a la mujer de la que estaba enamorado—. Podríamos pedir ayuda a la subinspectora Roldán.

—Todavía no —dijo ella, y sacó de la mochila el cuaderno de tapas negras. La sensación de tenerlo entre las manos le daba confianza, pero también le hacía sentir culpable. Si lo hubiera descubierto antes, Martín no habría tomado la fatal decisión de quitarse la vida. La policía habría detenido a Javier, el incendio no se habría producido y quizá Tristán y él habrían podido vivir una bonita historia de amor.

—La subinspectora Roldán es de fiar —insistió Óscar. La duda y el miedo flotaban sobre sus cabezas como pájaros de mal agüero. Estaban poniendo su vida en peligro.

—No vamos a decir nada hasta que podamos demostrar que el incendio de tu local fue provocado. Estoy segura de que mi tío o Perdiz se lo encargaron a Javier. Vamos a estudiar con calma los documentos y tomaremos la decisión más adecuada.

Antes de despedirse, decidieron que Óscar escondería la mochila y Valentina el cuaderno negro. Por nada del mundo podían arriesgarse a ser descubiertos. Valentina cedió a la tentación de echar un vistazo a este último.

—¡Dios mío! ¡La conozco! ¡Conozco a esta mujer! —La chica señaló en la lista y Óscar leyó un nombre: Begoña Salinas. Desviada.

26

Los engaños de la mente

—¿Cómo te encuentras? —Marina hablaba por el móvil mientras cruzaba la calle en la que acababa de estacionar su coche. Al otro lado de la línea estaba Lino, todavía convaleciente en el hospital.

—Mejor, mucho mejor. Acaba de pasar el médico y me dijo que en un par de días me quitan el drenaje. Justo a tiempo para el cumpleaños del jefe.

—Gracias por ocuparte de todo.

—Ya contacté con la mayoría de los invitados y reservé en su merendero favorito. Anda, cuéntame en qué andas ahora. El hospital es aburridísimo. ¿Averiguaste algo de Galán?

—Nada concluyente. Un tipo soltero, sin hijos y sin pareja conocida. Sus compañeros lo recuerdan como un tipo reservado, con dinero y que daba clases magistrales a un grupo de alumnos escogidos por él.

—Eso ya lo sabíamos —dijo Lino, intentando cambiar la posición de la almohada y conteniendo un gesto de dolor.

—¿Y tú? ¿Has avanzado con tus listas?

—Avanzar, avanzar no sé yo, pero el tema de las películas me tiene entretenido. ¿Sabías que la peli *Volver a empezar* se rodó en Gijón? Ferrandis es un exiliado que vuelve a España tras la restauración de la democracia y se lía con su antigua novia. No sé por qué esta película le interesaba tanto a Martín como para colgar el cartel en su habitación. Cuando la estrenaron, la acogida fue pésima. ¡Menos mal que nos dieron un Oscar! ¿Y la de *El portero?* Esa estaba en la habitación de Carla. La estuve viendo anoche. ¡No veas qué grande está la Verdú!

—No te sigo, Lino —dijo Marina, deteniéndose extrañada.

—Tienes razón, te debo una explicación y una disculpa. Antes de que el malnacido ese me trinchase como a un pollo, me dediqué a cotejar las fotografías de las habitaciones de Javier, Carla y Martín, y encontré varias coincidencias. Algunos de los carteles de las películas se repetían en las tres. Lo mismo es casualidad. Por lo pronto, estoy visionando las cintas y recordando las más antiguas. Me temo que tengo demasiado tiempo libre. Te envío el archivo, a ver si encuentras alguna relación.

—También yo te he ocultado información —dijo Marina, sin apartar la vista del escaparate de una mercería—. Valentina Santianes lleva una doble vida. Cuando estuvimos en casa de los Estrada parecía una mosquita muerta, pero la seguí hasta un gimnasio que entrena a boxeadores. Estaba con el Chotas.

—¡Eso tiene que saberlo Bedia!

—Acabo de comunicárselo. Y hablando del Chotas, gracias a las fotografías que sacaste con tu móvil, han conseguido identificarlo como el tipo que conducía la moto la noche de la agresión. Después del ataque decidió esconderse, pero Bedia sabía dónde encontrarlo, fue a hacerle una visita y confesó. ¡Vaya si confesó! Por lo visto cumplía órdenes de José Luis Galán. —La subinspectora se guardó para sí el hecho de que el objetivo del Chotas era ella—. Y aunque Salvador quiere investigar a Valentina, el principal sospechoso sigue siendo Galán, que continúa en paradero desconocido. Un vecino dice que lo vio salir de su casa hace un par de días. No hemos detectado movimiento en sus cuentas ni rastro de que haya comprado un billete de tren, autobús o avión.

—¡Y yo atado a esta cama! —Lino descargó su frustración contra el colchón y a punto estuvo de lanzar el portátil al suelo—. Esto se complica, Marina. Ten mucho cuidado.

—Lo siento, Lino, tengo que dejarte, me espera el psiquiatra —dijo ella, tratando de esconder la zozobra que sentía.

LA SUBINSPECTORA RECORDÓ la dirección que había anotado en el teléfono. La consulta del doctor Cueto estaba situada en el último edificio de la zona residencial que rodea el hospital de Cabueñes.

Desde que había tomado la decisión de pedir ayuda profesional, avanzaba impulsada por dos fuerzas opuestas: el rechazo, personalizado en la figura ajena y fría del psiquiatra, como un extraño al que confesar las bajezas, y la obligación de aceptar la terapia como la única forma de curarse. La salida del pozo en el que se encontraba pasaba por ponerse en manos de un desconocido. Así, imaginó la clínica del psiquiatra como un edificio de tres o cuatro plantas, con la fachada desnuda y gris de un manicomio de lujo, en el que el arquitecto no había derrochado demasiada creatividad. Las credenciales del doctor Cueto impresionaban: doctor en Medicina y Psiquiatría por la Universidad Autónoma de Barcelona, se trasladó a Nueva York con una beca de estudios y trabajó en un hospital perteneciente a la Asociación Americana de Salud Pública, en los servicios de salud mental, al tiempo que estudiaba un máster en Terapia de Conducta. Su intervención estaba orientada al tratamiento de la ansiedad, la inestabilidad afectiva y los procesos de duelo. El perfil parecía estar hecho a su medida, pero Marina era incapaz de obviar dos verdades incuestionables: que sentía una fuerte atracción sexual por él y ¡que era el hermano de Lino!

La cotidianeidad del trasiego de los vecinos por la calle le insufló seguridad. La primera dosis de confianza la obtuvo nada más llegar a la consulta, un local en los bajos de un moderno edificio de viviendas. La segunda hizo desaparecer sus reticencias; el trato correcto y profesional de Eloi la convenció.

Lo que Marina ignoraba era la charla previa que Lino y Eloi habían mantenido en el hospital. Su compañero había desgranado la vida de la subinspectora, desde su llegada a Gijón, huyendo del acoso de un superior, pasando por la pérdida de sus compañeros, su divorcio, la visión de la niña Bricial y, finalmente, la muerte de su hermana Elena.

Los traumas de Marina se resumían en un «¡Sálvese quien pueda!», por eso se aferró a la idea de mantener viva a su hermana en su memoria. De ahí las llamadas a un número de teléfono que nadie atendía. El dolor desembocó en un trastorno disociativo, de desconexión, de estar fuera de uno mismo.

Lino informó a su hermano de que el psiquiatra al que había acudido Marina tras la primera crisis la había ayudado con pastillas, pero había sido incapaz de profundizar en ella. Ni siquiera arañó la primera capa y la terapia falló. Desde entonces, Marina sufría amnesia selectiva y no recordaba la muerte de su hermana hasta que superaba la crisis. Más tarde apareció el insomnio. Justo antes de sufrir una crisis, Marina avisaba con un cambio en su comportamiento acompañado de desproporcionados accesos de ira.

Gracias a Lino, Eloi conoció a Marina desde dentro al mismo tiempo que desde fuera y entendió que el desencadenante de la última crisis había sido el viaje a Madrid.

—Siéntate donde prefieras —dijo Eloi al recibirla en la consulta.

Marina eligió una silla enfrentada a la mesa de trabajo del psiquiatra. Era un espacio luminoso, austero y diáfano y, al mismo tiempo, la distribución de los cuadros en la pared, las estanterías alineadas y el sofá de dos plazas del que colgaba una mantita de cuadros proporcionaban al espacio una sensación de calidez hogareña.

—Antes de empezar —Eloi se acomodó en la silla y proyectó todo su cuerpo hacia adelante, concentrando toda la atención en ella—, me gustaría que entre los dos establezcamos ciertas normas. La primera es que no estás comprometida a hablar de algo que no quieras. La segunda implica obligatoriamente que, mientras dura la sesión de terapia, obviemos el hecho de que Lino es mi hermano.

—Va a ser complicado.

—Si va a suponer un obstáculo, lo dejamos aquí.

Marina necesitó pensarlo. Su mayor aspiración en ese momento era alcanzar el puesto de inspectora y la última crisis le había hecho sentirse vulnerable. ¿Y si a Salvador le daba por sonsacar a Lino? ¿Callaría este o sucumbiría ante la insistencia patológica del gigante? Un solo comentario daría al traste con su carrera. ¿Qué iba a hacer si Bedia se enteraba de que hablaba por teléfono con una muerta? ¿La creería cuando le explicase que la voz de Elena era real? Es lo malo de mentir. Cuando uno miente, la huida hacia adelante es el único camino. Huir. Otra vez. Sola. ¿Cuánto tiempo guardaría Lino su secreto? ¿Cuánto aguantaría el inspector sin confesar su trauma a un superior? «Pero ¡qué estás diciendo, Marina!», escuchó en su interior. Tanto Bedia como Lino eran unos policías excelentes, no podía pedirles que pusieran en riesgo sus carreras por ignorar el desequilibrio emocional de una compañera. Si tenía que afrontar una baja temporal para salir del pozo, lo haría. Avergonzada por tan negros pensamientos, aceptó las condiciones de Eloi. Lo único que necesitaba era superar el trauma, costase lo que costase.

—¡Genial! —exclamó el psiquiatra, que por un momento había dudado de la decisión de la subinspectora—. Y, ahora, para empezar, me gustaría saber a cuántas personas echas de menos y a quién devolverías la vida, si pudieses.

Marina abrió los ojos sorprendida y al momento desaparecieron todas sus reticencias. Aquel hombre había acertado en el centro de la diana o, mejor dicho, en la fuente del dolor. Las palabras fluyeron del corazón a sus labios. Brotaban con una potencia similar a la de abrir la espita de una olla exprés. Durante todo el tiempo que Marina necesitó para abrirse en canal, él la escuchó con atención y en silencio. La subinspectora se sentía como Dorita caminando por el sendero de baldosas amarillas. Por fin alguien había abierto un camino en medio de la selva y apartado los obstáculos que la impedían orientarse. Había encendido una lámpara de gas, suficiente para empequeñecer la oscuridad. Había conseguido dar el primer paso.

Cuando ella se fue, Eloi permaneció en un silencio agitado. Consciente de que al aceptar a Marina como paciente estaba cometiendo una grave negligencia profesional, por tratar a alguien al que le unía un lazo afectivo. Acababa de emprender un camino sin retorno hacia un lugar peligroso. No podía mentirse a sí mismo: desde la primera vez que la vio, en aquella habitación de hospital, era incapaz de sacársela de la cabeza.

27

El cumpleaños de Bedia

«Espero que no falte ninguno de los que avisé», deseó Lino con la impaciencia de un niño. Acababan de darle el alta en el hospital, pero todavía estaría de baja durante algunos días. Agradecía estar solo. Los mimos constantes de Luisa lo estaban agobiando. La herida del costado cicatrizaba bien y su cabeza andaba ya en varios frentes, a los que se había añadido uno más: Bedia cumplía cincuenta y cinco años. Número impar. Su favorito.

Entre Marina, Nora y él habían organizado en secreto una reunión de amigos. Si se hubiera enterado de lo que estaban tramando, el mosqueo del jefe sería tal que los tendría completando informes durante meses.

Lo tenían todo pensado. Marina era la encargada de llevarlo hasta su merendero favorito a las afueras de Gijón. El cómo había conseguido convencerlo para que la acompañase a cenar era un misterio. Lo cierto es que Bedia había accedido sin mucho entusiasmo.

—La verdad es que no esperaba que un *babayu* como el Chotas nos tomara el pelo y que el estirado de Galán aprovechase para desaparecer. No dejo de revisar una y otra vez los expedientes por si algo se nos hubiera escapado.

Durante el trayecto, el inspector lamentaba cómo todo se había complicado, y a eso se le añadía la reunión que había mantenido con el comisario aquella misma mañana. Gris le había informado de que Requejo había estado en comisaría. El forense había solicitado un acceso preferente a la documentación del caso, con la excusa de cotejar unos resultados que acababan de llegar del laboratorio. «Luego el coche amarillo que vi desde la ventana del cuartel general era el de Arturo», cavilaba Salvador. ¿Por qué no había acudido a él? Se suponía que eran amigos. El malestar que le produjo el saber que Requejo se había saltado la cadena de mando lo tenía abatido, preocupado y frustrado y, cuando eso sucedía, se comportaba como un león enjaulado, con la selva en los ojos y la rabia en el corazón.

—Deja ya de machacarte —le aconsejó la subinspectora—. Ahora lo tenemos todo más claro. Perdiz entrenó a un grupo de chavales: Javier, Martín, Carla, Valentina, Óscar y Tristán. Javier y Carla se pasaron al lado oscuro junto con el Chotas. En el otro bando están los demás. Por el momento y de cara a la investigación, todos son víctimas. Las piezas claves son Perdiz y Jesús Estrada. En cuanto aparezca el uno y consigamos pruebas contra el otro, estaremos a esto —juntó los dedos índice y pulgar— de enchironarlos.

—¡Qué optimista eres! Yo creo que la clave de este caso es el maldito símbolo. Si supiéramos qué significa para el asesino, tú y yo iríamos a ese merendero a comernos media docena de *tortos* sin pestañear y no como ahora, que no me entra ni un *culín* de sidra. El dichoso talismán me quita el sueño. Me escama todo este secretismo, los símbolos de oscuro significado o el bastón con la cabeza de una perdiz. La flor de agua debe ser algo más que una señal de protección.

—La gente le atribuye poderes curativos y creen que decide entre la vida y la muerte. ¿Y si ese poder le fuera dado a alguien que no lo ha pedido?

—¿Qué quieres decir? —preguntó Bedia poniendo ojos de topillo.

—Imagínate que alguien te da una estampita de un santo y tú te la guardas en el bolsillo confiado de su valor y, al cabo de un tiempo, te curas de una enfermedad mortal. Entonces proclamarías a los cuatro vientos que la estampita ha cumplido su función. Pero imagínate que eres ajeno a los poderes de la estampita y te concede algo que no has pedido, por ejemplo, un marido, se me ocurre. Eso es algo que no entraba en tus planes.

—No sé a dónde quieres llegar.

—Yo tampoco —dijo Marina, encogiéndose de hombros—. Olvídalo.

Pero la idea se quedó botando en su cabeza.

—Tengo que preguntarte algo —dijo el inspector nada más abandonar el vehículo—. ¿A santo de qué llevas dándome la paliza toda la mañana para venir a cenar? Que si lo ricos que están los *tortos*, que si hace mucho tiempo que no socializamos, que si nos vendría bien salir del cuartel general...

Marina lo miró y sonrió sin decir nada.

UN MERENDERO ES un lugar de encuentro, de distensión. Este en cuestión estaba ubicado en un espacio abierto de grandes dimensiones. El césped cortado a cepillo parecía obra de un barbero experto. La tarde caía bajo un calor plomizo y azulado. Pequeñas bombillas, colgadas como farolillos encendidos, iluminaban los bancos de madera. A Bedia no le extrañó encontrar lleno el aparcamiento del merendero, pese a ser un día laborable, ni reparó en los dos policías de paisano a los que conocía de sobra, que ejercían de vigilantes para avisar al resto. Por eso no supo reaccionar cuando descubrió a Rosa junto a una marabunta de policías de paisano que se le echaron encima aplaudiendo y cantando el Cumpleaños feliz.

El inspector se encogió como una magdalena a falta de levadura y los ojos se le llenaron de lágrimas, mientras uno tras otro le apretaban la mano y le daban palmaditas en la espalda.

—Felices cincuenta y cinco, mi amor. —Inmediatamente después, Rosa le plantó un beso de tornillo que acabó de desarmarlo. A partir de ahí, todo fueron felicitaciones, risas y un ir y venir de botellas de sidra.

La velada se prolongó durante un par de horas y, cuando estaban llegando a los licores, un último invitado hizo su aparición. El Jefe Gris se acercó hasta la mesa en la que el inspector daba buena cuenta de las viandas, mientras relataba un operativo en el que un delincuente había huido por las alcantarillas. Bedia reparó en él y en el enorme ramo de girasoles que portaba. El comisario le entregó las flores junto con un abrazo que se prolongó más allá de la simple cortesía.

—Gracias por venir —dijo Bedia, intentando disimular la emoción que sentía—. Así vestido no hay quién te conozca.

—Solo de paisano podía entregarte este ramo de flores, *compañeru*. ¡Que tengo una reputación!

La carcajada fue general.

Sin perder el ambiente festivo en ningún momento, el cumpleaños llegó a su fin y, uno tras otro, los invitados se fueron despidiendo. Nada más abandonar el merendero, el móvil vibró en el bolsillo de Bedia.

—Inspector Salvador Bedia.

—Felicidades. Lamento haberme perdido la fiesta. Mis horarios son cambiantes, ya sabes.

—Muchas gracias, señorita Salinas. Los cincuenta y cinco son una buena cifra para cumplir y a mí me gustan los números impares.

El silencio posterior al saludo de la periodista lo escamó.

—¿Qué pasa, Begoña?

—De verdad que siento fastidiarte la fiesta, pero ocurrió algo y estoy preocupada. Hace una media hora recibí una llamada de un número desconocido. Era una voz de mujer que no conseguí identificar. Me advirtió de que estoy en la lista negra de alguien muy peligroso.

—¿Te amenazó?

—No, no. Todo lo contrario. Estaba advirtiéndome. Por lo visto estoy incluida en la lista de alguien muy oscuro a causa de mi condición sexual. ¡Vamos, que saben que soy bollera! Bedia, estoy acojonada. No sabía a quién acudir.

—Hiciste bien. Lo primero que vas a hacer es presentarte en comisaría. Dices que vas de mi parte, a ver si podemos localizar la llamada. Seguro que se trata de una broma.

—No me lo pareció, Bedia.

—¿Recibiste antes amenazas por tu orientación sexual?

—¡Y qué homosexual no las recibió! —dijo en un tono amargo—. Pero esa vez me pareció diferente. Iba en serio. Trataba de prevenirme.

—En estos días procura que alguien te acompañe hasta en el baño y, si la llamada se repite, nos planteamos ponerte escolta.

—Muchas gracias, Salvador. Y feliz cumpleaños.

Begoña colgó el teléfono y se mordió el labio inferior. Si la policía verificaba la llamada como intimidante es que había que tomársela en serio.

VALENTINA SANTIANES CALLEJEABA esa noche cerca de la Plaza Mayor. Se detuvo junto a una papelera para comprobar que nadie se fijaba en ella. Con disimulo sacó el móvil, extrajo una tarjeta de prepago y la arrojó a la papelera, antes de perderse por una de las calles más concurridas.

Uno por uno, había llamado a todos los integrantes de la lista maldita.

Había pasado toda su vida defendiéndose para sobrevivir. Ahora, su estrategia iba a ser el ataque. La abuela Delina y Martín estarían orgullosos.

28

El palacio de *Partarríu*

24 de agosto

MARINA SE QUEDÓ embobada contemplando el andamio que ceñía como un corsé la villa del siglo XIX. A las afueras de Llanes, una empresa especializada en restauración de fachadas trabajaba sobre el Palacio de *Partarríu* con la diligencia de una operación de cirugía estética. Un solar desprovisto de árboles rodeaba el edificio y un enorme cartel publicitario ocultaba parcialmente la construcción de un complejo residencial de lujo. Ventanales panorámicos y materiales de primera calidad contrastaban con el aspecto añoso y en franco deterioro en el que se encontraba el magnífico ejemplar de la arquitectura indiana. El sabor grandilocuente y excesivo de la fortuna venida del mar se proyectaba en las numerosas ventanas, terrazas y galerías con cuerpos añadidos, como una suerte de *horror vacui*, muy del gusto del indiano.

La casona, antes misteriosa y oscura por el abandono, movía a la subinspectora a la conmiseración por la falta de atención sobre aquel tipo de joyas históricas. Pero Marina no estaba allí para deleitarse con el proyecto de viviendas para ricos, ni siquiera para descubrir una zona de Llanes que desconocía; el hecho de llevar inmóvil varios minutos frente al edificio respondía a la turbación que le había provocado la visión del cadáver mutilado de José Luis Galán.

Una señal de Bedia pidiéndole que se acercase la sacó del ensimismamiento. Arturo Requejo y Greta Hoffman acababan de llegar al escenario del crimen. La presencia de los forenses había provocado el revuelo de los agentes allí apostados y las exclamaciones de los vecinos que esperaban con expectación tras el cordón policial.

Solo hizo falta un vistazo rápido para que Requejo se ajustase la montura de las gafas a la nariz en un incómodo movimiento.

—Mismo *modus operandi* —dijo, comprobando que a Perdiz lo habían castrado como a Javier Rivero. Greta le ofreció unas pinzas y él procedió a abrirle la boca. Como todos sospechaban, encontró el amuleto con el símbolo de la flor de agua.

La desolación entre los policías era evidente. Acaban de perder al principal sospechoso. El caso estaba patas arriba y al inspector Bedia lo atacaban sin piedad oleadas de ácidos estomacales.

Frau Hoffman se acercó a él.

—Las muestras de Javier y de Carla que envié al laboratorio confirman que las evisceraciones fueron hechas con el mismo instrumento. No han encontrado restos de sangre que no fuera de las víctimas ni de semen o de cualquier otro fluido que pueda señalar al culpable. La madera en la que el asesino dibuja la hexapétala pertenece a un árbol local, un roble.

—El *Carbayu* —murmuró Bedia, como si la palabra carvayo, roble, fuera a responder a la pregunta que todos se hacían: ¿por qué el asesino deja su firma debajo de la lengua?

Una vez que el juez dio el visto bueno, los agentes de la Científica introdujeron el bastón con cabeza de perdiz en una bolsa de plástico y procedieron a enfundar el cadáver, a tiempo para que los agentes del Servicio Anatómico lo introdujeran en el furgón del forense.

—Te llamo en cuanto tenga los resultados de la autopsia —dijo Requejo con una palmada sobre la espalda del inspector antes de subir al furgón donde esperaba Greta.

Marina y Salvador regresaron a Gijón en silencio y perdidos en una especie de nebulosa en la que habían caído nada más enterarse del suceso.

UNA REUNIÓN DE urgencia convocó a todos los miembros de la Brigada del Oriente en el cuartel general bajo un ventilador recién estrenado que funcionaba a toda máquina, porque el obsoleto aparato de aire acondicionado había vuelto a estropearse. Bedia entró recién duchado, venía del gimnasio, de una clase extrema de *kick boxing*.

—Encontraron la documentación en el bolsillo del pantalón, cerca de donde apareció el cadáver —dijo antes de soltar la mochila sobre la mesa y situarse frente al ventilador—. El guardia de seguridad de la obra estaba de baja y, esa noche, el sustituto llegó por la mañana y se encontró el pastel. El hombre apareció desnudo de cintura para abajo y presentaba mutilación genital. Una vez más, no hay testigos.

—Una vez más, el asesino mata la madrugada del 24. Javier Rivero, 24 de junio, Carla Palacios, 24 de julio, José Luis Galán, 24 de agosto. Tres veces no es casualidad, es un patrón —recordó Marina.

—¿Y ahora, qué? Se cargó al principal sospechoso —dijo Lino, recién incorporado al trabajo.

—El vínculo entre ellos hay que establecerlo en el grupo de los perdigones, directamente relacionado con Buenos Valores —apuntó Nora.

—Dinos algo que no sepamos, Nora —soltó Bedia con un rictus de preocupación que le tensaba la mandíbula.

El cuartel general se quedó en silencio hasta que escucharon de nuevo la voz de su jefe hablando por teléfono con el Jefe Gris.

—¡Pues métele prisa al juez! —elevó el tono hasta resultar desesperado. El equipo llevaba varios días esperando para entrar en la casa de los Estrada—. De verdad, comisario, necesitamos cuanto antes esa orden de registro.

—Inspector. —Lino se dirigió a Bedia con un mazo de papeles en la mano. Se acercó hasta su mesa mientras Marina y Nora lo apoyaban con la mirada—. Estuve investigando a los de Buenos Valores. Sabemos que Perdiz era uno de los jefecillos, pero no muy importante. La raíz del grupo está en Suiza y se extiende por otros países europeos. La INTERPOL me informó de que son un grupo poco numeroso y que se dedican sobre todo al adoctrinamiento. Los tienen en el punto de mira desde hace años por algunos altercados, pero la falta de pruebas y la pericia de sus abogados consiguen que salgan impunes. Pueden ser peligrosos.

—¿Y qué sugieres? —apuntó Bedia, muy atento a la exposición de Lino.

—Sugiero una orden de registro para el domicilio de todas las víctimas, no solo de Galán. La INTERPOL tiene constancia de que estos individuos manejan armas sin licencia.

—La verdad es que no imagino a Carla o a Valentina con una pistola —interrumpió Marina, sin querer sacar conclusiones precipitadas, aunque se estaba dejando arrastrar por el relato de L´Esperteyu. La tenencia ilícita de armas está incluida en el Código Penal como un delito contra el orden público.

—Bien pensado. Vamos a extender la orden de registro a los domicilios de las víctimas —dijo Bedia y, a continuación, se le escapó una sonrisilla—. Sé que esto no le va a gustar al juez. Vamos a darle trabajo extra. ¡Que se jo…!

El inspector miró a Marina, enfrentó su cara de reprobación y se tragó el taco dando por terminada la reunión. Antes de abandonar la comisaría, la subinspectora llamó la atención de su compañero.

—Lino, ¿tienes un momento?

Los agentes entraron en la sala de usos múltiples y Marina cerró la puerta con pestillo.

—Quiero enseñarte algo. —Abrió la mochila, sacó su tableta y mostró a Lino la pantalla—. Llevo varios días dándole vueltas y creo que he encontrado un nexo. A ver qué te parece. La película *El orfanato,* de Alejandro Amenábar, se rodó en el Palacio de *Partarríu*, ¿verdad? Recuerdo que Belén Rueda consiguió ponerme los pelos de punta.

—Debo de estar un poco espeso, porque no te sigo —confesó Lino, rascándose la cabeza y sin apartar la vista de la pantalla.

—*El orfanato* era una de las películas favoritas de Martín Estrada y el cadáver de José Luis Galán aparece precisamente allí.

—¿Estás diciendo que las películas tienen algo que ver en esta locura?

—Tienen que ver... ¡todo! ¡Cómo no nos hemos dado cuenta! Atiende. —Marina sacó un cuaderno de la mochila y se lo mostró—. Aquí he dibujado un mapa del oriente asturiano, es un poco burdo, lo sé. He señalizado las localizaciones donde aparecieron los tres cadáveres. Si no recuerdo mal, dijiste que *Volver a empezar* estaba rodada en Gijón. Anoche estuve viéndola de nuevo y una de las escenas más emotivas trascurre en el antiguo cine Robledo, en plena calle Corrida. Y el local donde apareció el cadáver de Javier Rivero está situado en el edificio que albergaba el cine. Amigo, creo que hemos encontrado el patrón del asesino.

—Espera un momento. —Lino sacó el móvil, rescató la lista que había confeccionado y buscó información sobre la película de *El abuelo*—. ¡No te lo vas a creer! —dijo, mostrando a Marina el artículo con los datos comerciales de la cinta. En ellos constaba que uno de los exteriores en los que se había rodado era el pueblo de Puertas de Vidiago.

—¡Allí mató a Carla Palacios! —exclamó Marina con tanta excitación que apenas creía lo que acababan de descubrir—. ¡Es un patrón, Lino! ¡Es un patrón! ¡Hemos descubierto el patrón del asesino!

Marina se abrazó eufórica a su compañero.

—¡Joder! Los ejecuta en los escenarios de las películas rodadas en el oriente asturiano. Luego tiene que ser un experto en cine o tener algún tipo de relación con el séptimo arte. ¿Cuántas películas había en la lista que me enviaste?

—Que coincidieran en las habitaciones de las tres víctimas, cinco —contó Lino.

—¿Cinco? Eso significa que…

—Que el plan no acabó, Marina. El asesino tiene previsto matar a dos víctimas más.

29

El asesino de la flor de agua

LA NOCHE SE preveía larga en el cuartel general y pidieron unas pizzas. Lino comió con apetito, la convalecencia le había restado fuerzas y parecía empeñado en recuperarlas. Nora y Marina masticaban mientras leían y releían las primeras conclusiones de los forenses y el testimonio del guardia de seguridad que vigilaba los terrenos del Palacio de *Partarríu*. Ninguno de ellos podía creer lo que habían descubierto. Una vez que Lino y Marina cotejaron una por una las localizaciones donde habían encontrado los cadáveres y comprobaron que coincidían con los carteles de las películas, avisaron a Bedia y a Nora para compartir su teoría.

El inspector esperó tranquilamente a que todos hubieran terminado, apiló las cajas de cartón al lado de la papelera y rompió el precinto de una barrita energética que desapareció en dos bocados. Observaba con atención la foto del cadáver de Perdiz colgada junto a la de Javier y la de Carla. Ahora sabían que todavía podían sumarse al menos dos víctimas más.

Y, ahora, ¿qué?

La pregunta brincaba en la cabeza del inspector. El nudo en el estómago no se desataba. Bedia recorría en bucle el cuartel general con la aprensión del que espera un pronóstico médico. Estaba seguro de que iban a golpearlos, pero ignoraba cómo esquivar el golpe.

El hallazgo del cadáver de José Luis Galán había desatado la cólera de los dioses de la información. Desde todos los puntos del Principado, acudieron a la comisaría periodistas, cámaras y equipos de televisión. Hasta la prensa nacional se había hecho eco de lo que estaba sucediendo en Asturias. Habían perdido la esperanza de que la noticia escapase al escarnio público. A partir de aquella noche, los telediarios se ocuparían de ellos y desde el día siguiente, todos los detalles estarían en prensa. La mayoría de la población exigiría saber si la policía estaba haciendo todo cuanto tenía en su mano para detener al asesino, si debían tomar precauciones y cuáles eran las consignas.

La noche avanzaba floja y oscura, a medio camino entre la realidad y las cábalas.

Eran un equipo a la deriva.

El inspector echó un nuevo vistazo a lo que habían publicado nada más conocer el suceso. Su rostro demudado proyectaba la impotencia ante una sentencia esperada. Cerró la edición digital de *El Comercio* y se derrumbó en la silla.

El asesino de la flor de agua ataca de nuevo.

A primera hora de la mañana, el cadáver de José Luis Galán, un profesor jubilado y afincado en Oviedo, apareció en los terrenos del Palacio de *Partarríu*, en Llanes. Es la tercera víctima del asesino que mutila los genitales de sus víctimas. Antes de él, Javier Rivero y Carla Palacios, de Oviedo e Infiesto respectivamente, perdían la vida a manos de un asesino frío y despiadado, que, además de proceder a la castración y la mutilación de los pechos en la mujer, deja su firma en la boca de las víctimas. Se trata de un trozo de madera marcada con el símbolo ancestral de la flor de agua.

Fuentes consultadas de la Universidad de Oviedo nos remiten a un símbolo celta, muy extendido entre los pueblos del norte, desde Galicia hasta el País Vasco, pasando por Asturias y Cantabria. La flor galana, la estela o la flor de agua, como se conoce en los diferentes lugares a esta representación del astro rey, tiene un significado de protección. Y, en el Principado, uno muy particular. Recordemos que la flor de agua es el primer rayo que se refleja en las fuentes enramadas la mañana de San Juan. Su poder curativo, de prosperidad y fecundidad hace que sea objeto de deseo de muchas jóvenes que buscan quedarse embarazadas. Una tradición popular muy arraigada que el asesino convierte en una macabra sentencia.

—¿Alguno sabe quién filtró la información?

Bedia soltó la pregunta al aire con el rostro contraído. Hasta entonces, el equipo había procedido con suma cautela para evitar lo que acababa de ocurrir. Las redes sociales se habían llenado de comentarios y fotos con el símbolo en cuestión. Decenas de expertos rescataban documentos antiguos para exponer toda clase de teorías rocambolescas.

—De nosotros no salió y lo sabes —dijo Lino con voz firme.

Hecho una furia, Bedia alcanzó el teléfono y marcó el número de Begoña Salinas.

—Es la última vez que me pides un favor —gritó, con una voz tan oscura que parecía salida de una caverna.

—Son las cinco de la madrugada, Salvador —descolgó ella con voz somnolienta. Al escuchar el tono de voz del inspector, los cinco sentidos de Begoña se despertaron a un tiempo y entendió de dónde venía el reproche. Casi sin mirar, conectó el ordenador y el titular le saltó a los ojos—. Te juro que no sé de dónde salió esta mierda. ¿Cómo puedes pensar que fui yo? No soy tan imbécil como para tirar piedras contra mi propio tejado. Tengo tus informes a buen recaudo. Yo cumplí. Nada de escribir sobre el caso y así lo hice. Perdí trabajo y dinero por respetar el tuyo. Y, ahora, según veo, alguien se me adelantó y ya no tengo la exclusiva. Creo que eres tú el que me debe una explicación, ¿no te parece?

La respuesta de la periodista sonó como una bofetada.

Y, por segunda vez, Bedia se derrumbó sobre la silla. A ninguno de los agentes les gustó la indefensión que vieron en él.

—Jefe… —La voz de Nora no le llegaba al cuello de la camisa, sudaba con profusión y se repasaba una y otra vez el contorno de los labios con la lengua, muy nerviosa—. Fui yo.

Los tres la miraron como si un marciano hubiera entrado en el cuartel general.

—Hace unos días salí por Cimavilla y, bueno, me enrollé con un tío. Estaba un poco entonada, ya sabes, creo que bebí y hablé de más. Él se fijó en mi tatuaje porque tenía uno igual. Una cosa llevó a la otra. Confieso que le conté algunos detalles de la investigación. El tío era inteligente, mucho más que yo, por eso me tiró de la lengua y solo tuvo que atar cabos. Seguro que tiene un amigo periodista. Pero te juro que, si lo hizo él, ¡lo voy a crujir!

El inspector la miraba sin verla. A Marina y a Lino les espantó aquel momento. Ni por veinte días libres le habrían cambiado el puesto a Nora.

—Vamos, vamos —dijo Marina al rescate de su compañera—. Tres asesinatos son demasiados para pretender esconderlos. A lo mejor hoy no, pero mañana podríamos tener encima a la prensa. A ver si ahora nos vamos a achantar. ¡Con lo que hemos trabajado! Propongo volver al principio. Nos vamos a dividir la investigación por víctimas y vamos a revisar uno por uno los informes, las pistas y los testimonios, y volveremos sobre cualquier indicio que hayamos pasado por alto. Y cuando digo todos, es todos. ¡Hasta los más descabellados!

Bedia asintió sin ganas, se levantó de la silla y recogió sus pertenencias de la mesa. Antes de abandonar el cuartel general, se detuvo con la mano aferrada al tirador de la puerta y así permaneció casi un minuto. Parecía que le había dado un aire.

—¿Estás bien? —le preguntó Nora al verlo inmóvil.

El coloso se giró hacia ellos con una nueva energía que irradiaba desde dentro, como si alguien hubiera encendido un enorme foco en un cuarto oscuro.

—Sí. Ahora estoy bien. Iros a dormir.

Los tres intercambiaron miradas de extrañeza, sin embargo, decidieron apartar la desazón que les había producido la enigmática salida del inspector.

Reunidos en torno al ordenador de Lino, revisaron una vez más las imágenes del cadáver de José Luis Galán. Buscaban alguna diferencia con los anteriores, pero salvo el escenario del crimen, el patrón era el mismo. Dieron por hecho que el asesino seguía una pauta muy estudiada. En espera de los resultados de la autopsia, Nora lanzó su teoría.

—A estas alturas ya tenemos claro que el asesino tiene un motivo personal para acabar con ellos, tal vez una deuda pendiente, o le mueve un sentimiento de rabia, envidia o frustración y lo canaliza hacia sus víctimas. La fecha en la que mata es importante. El número 24 tiene un significado personal. Tres víctimas en tres meses.

—Ya le expliqué a Nora nuestra teoría —dijo Lino, que abrió un nuevo fichero en la pantalla con la lista de la correlación películas—. En las habitaciones de Martín, Javier y Carla coinciden cinco películas. *Volver a empezar,* en la habitación de Martín, *El orfanato* en las de Javier y Martín, *El abuelo,* en las de Martín y Carla, *El secreto de Marrowbone* y *El portero* solo en la de Martín. Sabemos que los tres acudían a uno de los campamentos financiados por Buenos Valores y que Galán era su director. Todos estaban relacionados con el grupo.

—Los perdigones.

—¿Quiénes quedan?

—Veamos —continuó Lino—, Javier, Carla y José Luis están muertos, Martín y Tristán, también. Así que, del grupo de los perdigones, solo quedan Óscar y Valentina.

Marina recordó a *L´Esperteyu* cantando despreocupado entre las mesas del chiringuito de la playa de Verdicio y se estremeció.

—Vamos a centrarnos en ellos —propuso Lino.

Nora aceptó de inmediato, pero a Marina, una vocecilla interior le sugirió que mantuviera la boca cerrada. La subinspectora seguía dándole vueltas a la idea de que, si juegas con la magia, tienes que aceptar que esta puede cumplirse. Estaba convencida de que la flor de agua estaba directamente relacionada con la ira del asesino.

30

Flechazo

Las calles nocturnas de Gijón no se parecen en nada a las diurnas. Las almas navegan por itinerarios opuestos, cada una ocupada en su propio interés. Marina aquella noche era un alma náufraga, desconcertada y a la deriva. El último crimen del asesino de la flor de agua había abierto la puerta del lado más oscuro del corazón humano.

A veces no existe una explicación para nuestros actos y tampoco es importante encontrar una justificación para todo. Por ese motivo, de manera inconsciente o no, Marina buscó en Eloi un refugio para calmar la ansiedad. Y se encontró frente a su casa cuando todavía no había amanecido.

El psiquiatra abrió la puerta con el sobresalto del que está acostumbrado a la urgencia.

—Marina… —Era la última persona a quien esperaba. Solo tuvo que fijarse en su rostro desencajado para darse cuenta de que se trataba de algo grave.

—Perdóname, pero no sabía a dónde ir. Necesito ayuda —dijo ella tragándose las lágrimas—. Tengo que hablarte de Elena.

—Pasa. Te escucho.

Durante más de una hora, Marina dejó salir de su interior el dolor que había bloqueado durante años. Así el psiquiatra supo de lo unidas que estaban las hermanas, de la deuda de gratitud que Marina sentía hacia Elena por haberla apoyado en su empeño de ser policía, de los años que estuvieron separadas y de la negativa a afrontar su muerte. Le habló de la última vez que la vio con vida. Su hermana estaba ingresada en el hospital porque había sufrido un terrible accidente de tráfico. El reencuentro fue muy emocionante. Tanto, que enseguida volvieron a conectar y se confesaron hasta los más íntimos secretos, incluida la visión que ambas habían tenido de la niña Bricial. Cuando Marina se despidió de Elena quedaron en que pasarían juntas aquellas Navidades. Pero a los pocos días, su cuñado la avisó de que había fallecido. Al parecer tenía un coágulo en el cerebro a causa del impacto que recibió en la cabeza durante el accidente. Estaba en un lugar poco accesible y los médicos no pudieron extraerlo para salvarla. De eso hacía ya cuatro años.

La vida de Marina quedó anclada en ese momento. El dolor fue tan grande, que su mente borró la muerte de su hermana como mecanismo de defensa.

Después de la última crisis y del ultimátum de Lino estaba decidida a curarse y a admitir que nunca más volvería a ver a su hermana con vida. El duelo es un proceso duro y natural que nos ayuda a entender que la persona que hemos perdido era alguien importante en nuestra vida.

Cuando se produce una muerte inesperada o traumática, o la persona que sufre el duelo tiene sentimientos de ambivalencia hacia el difunto, es más probable que el duelo se complique. Marina necesitaba liberarse del dolor, sin embargo, contar sus miserias a un extraño podía resultar un trance incómodo, sobre todo, porque la subinspectora sentía una atracción muy fuerte hacia su psiquiatra y ese era un factor que podía complicar, y mucho, la terapia.

Durante el tiempo que Marina necesitó, Eloi la escuchó con atención. Y mientras lo hacía, se convencía de que no era una paciente cualquiera, la subinspectora iba a necesitar una larga terapia. Pero lo que le daba más miedo era que había algo en ella que la hacía diferente. Una fuerza extraña lo arrastraba con una intensidad que nunca había sentido. Eloi experimentó cómo se rompían sus defensas y fue consciente de que era incapaz de abordar el caso como un buen profesional. Sabía que se estaba implicando emocionalmente y eso, como psiquiatra, no era bueno ni para él ni para su paciente.

—Necesitamos café —dijo, con una sonrisa cálida.

La luz de la farola indicaba que todavía no había amanecido. Bebieron en silencio el líquido amargo. No hacían falta palabras. Los dos sabían dónde y con quién estaban, y no habrían estado mejor con nadie más ni en el más idílico lugar del planeta. El silencio se prolongó durante el tiempo que duró la bebida y Marina fue la primera en romperlo.

—Tengo que irme —dijo, buscando las palabras para disculparse. Había utilizado a Eloi como un cubo en el que verter sus miserias y sentía vergüenza.

—No tienes por qué marcharte.

—Hay algo más que deberías saber antes de volver a abrirme tu puerta. —Marina bajó la mirada y se dio fuerza. Si había llegado hasta allí, ahora era el momento de enfrentar lo que sentía. El corazón le latía deprisa y le brillaban los ojos. Era consciente de que no solo había acudido al domicilio de Eloi en busca de terapia, pero su vida estaba patas arriba y no quería añadir una incógnita más. Esa vez necesitaba expresar sus sentimientos—. Me gustas. Es la primera vez que he sentido un flechazo por alguien. Confieso que me he dejado llevar por esta atracción y me sorprende a mí misma. No sabes cuánto agradezco tu profesionalidad porque, gracias a ti, siento que puedo superar esta crisis, pero es que también me afecta en lo personal. No debo seguir acudiendo a terapia con alguien que me atrae tanto. No funcionaría. Y a estas alturas, mi prioridad es recuperar el equilibrio. Están en juego mi vida y mi trabajo.

—Repito. No tienes por qué marcharte. —La seguridad de Eloi no dejaba lugar a dudas. Él sentía lo mismo por ella.

—No estoy segura. Quiero y no quiero o, mejor, quiero quedarme, pero no debo.

—Déjame decirte que, decidas lo que decidas, me parecerá bien. Mi prioridad como psiquiatra es ocuparme de ti como paciente y, como hombre, también eres tú, Marina.

Marina resbaló la mirada a través de la ventana y la clavó en el círculo amarillento que proyectaba la luz de la farola sobre la acera.

—No quiero estar sola esta noche. Pero no quiero sexo.

—No esperaba que lo quisieras.

—Lo único que me apetece es dormir abrazada a ti.

—Así será, si decides quedarte.

Roja y Blanca

EL RUIDO DEL agua al correr por la alcantarilla era ensordecedor. El hombre de la camisa blanca había empeorado de repente. Las continuas náuseas le habían hecho vomitar. El hombre de la camisa roja intentaba ayudarlo, pero debía luchar contra el desconcierto que le provocaba su pérdida de coordinación muscular.

Estaban asustados.

Iban a morir intoxicados y encerrados en un agujero.

El tiempo corría en su contra y la esperanza de un rescate se alejaba por momentos. El hombre de la camisa roja sostenía sobre las piernas al hombre de la camisa blanca. Elevó la mirada y murmuró una súplica. Algo en su interior se removió y despertó en él el instinto de supervivencia que había permanecido embotado por las emanaciones que los asfixiaban. Acomodó en el suelo al hombre de la camisa blanca con gran esfuerzo y, tras forcejear durante un rato, consiguió desprenderse de la camisa. Desgarró la tela y obtuvo dos largas tiras con las que cubrió su boca y la de su compañero, aun sabiendo que el veneno que flotaba en el aire no iba a detenerlo un trozo de tela.

La angustia crecía.

El tiempo se acababa.

Sostuvo de nuevo la cabeza del compañero que, a ratos, entraba y salía de la inconsciencia.

—Aguanta, aguanta —murmuró.

El hecho de escuchar su propia voz le infundió ánimos. En un momento crítico como aquel, el hombre de la camisa roja se aferró a la idea de sobrevivir, e, intentando no pensar en el final, decidió continuar con su relato.

—Martín se enamoró perdidamente de su amigo Tristán —dijo, sin saber si el otro lo escuchaba—. Durante años cultivó su interés por el cine y acudía a unos cursos en Madrid junto con Carla y Javier, sus compañeros de campamento. Las clases las impartía el director de ese mismo campamento, José Luis Galán. En ese momento, los chicos estaban descubriendo su sexualidad. Por fin, Martín admitió que era bisexual y acabó manteniendo relaciones tanto con Javier como con Carla. El chico pensaba que eran encuentros privados, pero ellos sabían lo que hacían. Grabaron escenas comprometidas y lo chantajearon para que participase en los actos que organizaban, sobre todo en las manifestaciones. Hasta llegaron a amenazarlo con compartir los vídeos en RRSS.

»Como te decía, cuando Martín se enamoró de Tristán, la presión externa era tal que los dos decidieron mantener en secreto su relación, no solo porque temían las represalias del grupo, sino también porque sus familias eran de un estatus social muy elevado, tradicionales y temerosas de cualquier escándalo.

»Tristán servía copas aquella noche en el bar de un amigo. Noche de San Juan, tibia y festiva. Las pandillas se reunían y celebraban la llegada del solsticio de verano. Martín acababa de salir del bar y estaba de mal humor, porque a él no lo habían contratado y necesitaba el dinero. La pareja había discutido acaloradamente ante la presencia de algunos clientes del local. Martín, muy enfadado, regresó a casa solo.

»Cuando Martín ya se había ido del bar, varios tipos, ataviados con camisetas negras con las letras B.V, se acercaron a la barra. Tristán los conocía. El chico disimuló el desasosiego como pudo e intentó comportarse de forma natural. El bar estaba a tope, con las mesas y la barra llenas. La música sonaba tan alta que impedía escuchar las comandas. En ese momento, lo llamaron desde la cocina y Tristán acudió.

»Pero alguien lo estaba esperando agazapado en el pasillo, lo atacó por la espalda, lo empujó al interior de uno de los privados y allí lo derribó de un puñetazo. El atacante se situó a horcajadas sobre él, atenazándole por el cuello. Tristán se revolvió, pero la fuerza con que el tipo presionaba acabó por dejarlo inconsciente. Una vez se aseguró de que el muchacho había perdido la consciencia, el agresor encendió un cigarro. Dio un par de caladas sin prisa y, antes de abandonar el local, lo dejó consumirse sobre un puf de polipiel. El fuego colapsó el cuarto en minutos y el humo se acumuló en el pasillo. La alarma se desató en la cocina y corrió por el bar como la pólvora. Los clientes salieron en desbandada, apartando mesas y taburetes a su paso. Liberado, el fuego arrasó el local en un abrir y cerrar de ojos.

»Cuentan que alguien intentó llegar hasta Tristán derribando la puerta del cuarto privado, pero una vaharada de llamas lo espantó y tuvo que salir sin conseguirlo.

»La noticia del incendio corrió de boca en boca por el pueblo. Un local de ambiente, frecuentado por homosexuales, con encuentros prohibidos y citas clandestinas. ¿Qué hacía Tristán en aquel cuarto? ¿Con quién estaba? ¿Por qué discutió con Martín? ¿Eran pareja?

»Tristán fue la primera víctima del incendio.

»La segunda llegó pocas horas después.

»Algunos señalaron a Martín como el culpable del incendio, aseguraban que lo había provocado en un ataque de celos. El bulo creció como una bola de nieve. Y, cómo no, la noticia invadió las redes sociales. La cuenta de Martín se llenó de insultos y amenazas. El chico acababa de perder al amor de su vida y fue incapaz de enfrentar las mentiras que inventaban y la saña con que lo atacaban.

»Pocos días después, antes del amanecer, Martín se quitó la vida.

»El hombre que agredió a Tristán y encendió aquel cigarro se llamaba Javier Rivero y acataba las órdenes de José Luis Galán.

Un golpe de tos interrumpió al hombre de la camisa roja. Entonces se percató de que su compañero había permanecido inmóvil durante el relato. Le tocó la frente e intentó despertarlo.

El corazón del hombre de la camisa blanca latía muy despacio.

El hombre de la camisa roja cerró los ojos y murmuró una oración. Si no los sacaban de allí, iban a morir muy pronto.

31

Valentina

La subinspectora Roldán se ajustó la gorra del uniforme de Policía Nacional debajo de un impresionante roble, situado frente a la casa de los Estrada. La sombra del árbol le proporcionaba un grato frescor bajo sus ramas, que aliviaba el sol de mediodía, y un poco de tiempo para prepararse, para enfrentarse a Valentina.

Dejó que el inspector Bedia disfrutase de su rol de *sheriff* entrando en la guarida del magnate. Custodiado por los agentes de la Judicial y con una orden del juez, se plantó en el domicilio de los Estrada, no sin antes asegurarse de que todo el pueblo supiera adónde se dirigía la comitiva de coches de la policía, para lo cual había ordenado que todos activaran las sirenas durante el trayecto.

Marina prefirió esperar en el exterior. Se recreaba en la fachada de la casa. Era incapaz de evitar la admiración ante semejante joya arquitectónica. Un viento suave empujaba las buganvillas y mecía las hortensias. «Desde luego, si algo le sobra a la familia Estrada es el buen gusto», pensó con un pinchazo de envidia. La subinspectora recorría con la vista el perímetro de la vivienda cuando el movimiento de una cortina en el piso superior la puso en alerta. Detrás del visillo descubrió a Valentina. La chica llamó su atención, señaló hacia el hórreo y desapareció. Dejándose llevar por la intriga, Marina decidió seguirle el juego. Quizá así podría descubrir qué se traían entre manos ella y Óscar.

Valentina no se hizo esperar. Salió muy apurada de la casona por una de las puertas que daban al jardín y llegó corriendo hasta donde esperaba Marina.

—Esto es una parte de lo que estás buscando —dijo, entregándole el cuaderno de tapas negras en el que Jesús Estrada había anotado y clasificado los nombres de aquellos cuya conducta reprobaba—. Óscar te va a enviar unos documentos que lo comprometen. Pensamos que es necesario que la policía conozca su contenido. Encontramos las pruebas de los delitos que comete mi tío.

Tomó la mano de Marina y la miró directamente a los ojos.

—Por favor, ayúdanos.

Sin dar a Marina la oportunidad de reaccionar, volvió a la casa muy apurada.

La subinspectora apenas tuvo tiempo de ojear el contenido del cuaderno. Aun así, lo que intuyó no pronosticaba nada bueno y, haciendo caso a su instinto, corrió hacia la casa. Las órdenes de Bedia se escuchaban hasta en el jardín. Nada más entrar, Marina se encontró en medio de un duelo entre titanes. El inspector bramaba como un Thor desatado y alentaba a los agentes desplegados por la vivienda. Quería un registro exhaustivo y amenazaba con la furia del Averno. Frente a él encontró a un Jesús Estrada a punto de ebullición.

Era la primera vez que Marina veía al empresario en persona. Pese a los años, todavía conservaba un porte impresionante. Era un hombre alto y enjuto. Con la expresión de aquellos que conocen el triunfo y están acostumbrados a mirar por encima del hombro. Su rostro encendido no hacía sino reflejar la ira que lo consumía, no tanto porque la policía había osado entrar en su casa, sino porque aquella inspección era un acto premeditado. Acababa de descubrir que alguien lo había traicionado.

Estrada permanecía plantado al pie de la escalera, en un intento vano por contener a los agentes. El empresario gritaba e insultaba a todos y cada uno de ellos. Detrás de él esperaba una Valentina empequeñecida y bloqueada por el miedo, con las manos entrelazadas sobre la falda plisada hasta los tobillos y la cabeza gacha, casi oculta entre los hombros. Una mujer frágil y sometida, lejos de la motera desinhibida que Marina había descubierto aquella noche. Valentina aparecía ahora ante sus ojos como una mujer anulada por la violencia, sobre todo, tras conocer por boca de Óscar el infierno por el que ella y Martín habían pasado. Y, sin embargo, la otra Valentina, la fuerte, la valiente, la que había decidido continuar en Buenos Valores para desenmascarar a los que destrozaron la vida de Martín, acababa de solicitar su ayuda, aun a riesgo de ser descubierta.

La subinspectora era testigo de la tenacidad que movía a aquella mujer con el único objetivo de obtener justicia.

—¡Llama al abogado! —gritó Estrada, empujando a Valentina para que obedeciera—. ¡Se van a enterar de quién soy yo! ¡Los voy a destrozar! ¡Menuda fiesta van a dar en la cárcel cuando los vean llegar!

Al cabo de media hora de insultos y otras lindezas, el abogado apareció en la casa de los Estrada. Lejos de apaciguar los ánimos, la tensión alcanzó cotas inauditas. Cómo sería que, concluido el registro, el mismo abogado tuvo que ayudar a Marina a convencer al jefe para que retirase a sus hombres y abandonase la casa.

Al menos el botín había dejado satisfecho al inspector. Habían confiscado varios ordenadores, una pistola, un puño americano y todo tipo de *merchandising* con el logo de Buenos Valores.

Bedia estaba satisfecho, sí, pero no lo suficiente como para concederle a la subinspectora un momento de atención para exponer su nueva teoría. A esas alturas, Marina estaba convencida del estrecho lazo que unía las películas y el cuaderno negro con los asesinatos.

Pero fue inútil.

De vuelta a la comisaría, Bedia andaba muy ocupado, del despacho de Gris a las dependencias de la Judicial sin reparar en nadie. Visto lo visto, a la subinspectora no le quedó más remedio que plantear su teoría a los compañeros. Entre los tres, Lino, Nora y ella, revisaron al detalle el contenido del cuaderno negro. Sobre un mapa del oriente asturiano marcaron las posibles ubicaciones en las que podría cometerse el siguiente asesinato y los posibles candidatos incluidos en aquella lista. Los tres sabían que daban palos de ciego, pero estaban decididos a adelantarse al peor criminal con el que se habían enfrentado.

LA TOZUDEZ DE Eloi consiguió arrancar a Marina del cuartel general a última hora de la noche. El psiquiatra se había torturado durante horas, sopesando los pros y los contras de embarcarse en una relación de futuro incierto y con pocas probabilidades de éxito. Al final había llegado a una conclusión sencilla e irrefutable: estaba enamorado. Irracional e irremediablemente. Pensar en ello le provocaba vértigo y, tal y como le sucede a todo aquel que se asoma al abismo, la mezcla de terror y curiosidad que sentía era más fuerte que él.

La mayoría de las veces se sucumbe sin ser consciente de ello y otras… resulta imposible resistirse. La atracción que Eloi sentía por Marina era una de esta últimas. Por una vez, relegó a un segundo plano la relación profesional que había entre ellos y tomó la decisión de arriesgarse.

Como suele pasar durante las noches de verano, Marina y Eloi encontraron las calles animadas y la gente arracimada en las proximidades de la estación del tren. Los taxis hacían cola frente a la puerta de salida de pasajeros. Eloi condujo el coche hasta su casa y cenaron entre risas, en un intento del psiquiatra por alejar la zozobra de la cabeza de la subinspectora.

Con el último sorbo de vino, sus rostros tropezaron frente a frente y la mirada de Eloi se perdió en la profundidad de los ojos de Marina. Tal y como había soñado tantas veces, se acercó a sus labios y, aunque antes de rozarlos fue consciente del infinito que los separaba, se arriesgó a besarla. Aspiró su aliento hasta perder el propio. Fue un beso suave, apenas un roce. Marina vio en su intensa mirada toda la entrega y todo el anhelo que el psiquiatra sentía. Esa vez fue ella quien lo besó, pero en aquella ocasión lo que empezó como una suave y lenta promesa, se convirtió en un beso dulce y apasionado. El aliento de Eloi ardía sobre el cuello de Marina y su cercanía encendió su deseo. La desvistió despacio, recreándose, y susurró algo en su oído que ella no llegó a entender, pero su piel reaccionó con la suavidad de su voz. Aspiró su perfume y lo deseó con una pasión solo contenida por la posibilidad de volver a equivocarse. Sintió los labios de él besándola en el cuello y notó cómo se erizaba el vello de su nuca. Marina se desprendió de sus propias barreras y se dejó arrastrar por el deseo que el cuerpo de Eloi le transmitía. Ahora se sentía bien consigo misma, deseada, divertida y satisfecha. Colmada de besos y caricias nuevas.

Una nueva ilusión, llena de posibilidades.

En aquellos momentos, el futuro no le importaba para nada.

32

Del que menos lo esperas

A LA HORA de comer, Bedia compartía impresiones con el comisario. Gris estaba muy serio, demasiado, aunque no le faltaban motivos. En las últimas horas, la prensa los atacaba de frente y los mandos superiores por la espalda. La presión era máxima.

Para rematar, el seguimiento de la llamada anónima que recibió Begoña Salinas no había arrojado resultado alguno. Bedia sabía por qué estaba incluida en aquella lista infausta y también cómo se las gastaban los de Buenos Valores. Avisarla de que tomara precauciones no fue fácil. La periodista agradeció el gesto del policía, pero el inspector detectó el miedo en los pliegues de su voz. Con el trato a lo largo de los años había terminado por cogerle cariño. ¡Cómo le gustaría enfrentarse cara a cara con el monstruo y que aquello acabase de una vez!

Cuando uno está desesperado, nada hay más reconfortante que el hombro de un amigo. Y, para Bedia, esa persona era Arturo Requejo. El rostro del forense se le vino a la cabeza, pero acompañado de una sensación amarga. Salvador era incapaz de encontrar el motivo por el que su amigo había preferido acudir a Gris en busca de ayuda antes que pedírsela a él. Había llegado el momento de exigirle una explicación. La actitud de Requejo lo escamaba. Por Gris sabía que había vuelto a comisaría aquella misma mañana a pedir información sobre Galán. También supo que le había pedido al comisario discreción absoluta, sobre todo con él, cosa que Gris se había saltado a la torera. Muy de agradecer por su parte. Pero la ofensa permanecía. Ahora necesitaba verlo y aclarar la situación cuanto antes.

Decidió asaltarlo en su puesto de trabajo. La mala suerte o los hados infaustos quisieron añadir un obstáculo más en la trayectoria de Bedia y el teléfono móvil cayó de su bolsillo antes de subir al coche y emprender el trayecto hasta Oviedo. La presión a la que el inspector estaba sometido era tanta, que las imágenes de bollos preñaos, *tortos* de picadillo y tartas de la abuela surgían en su cabeza con la potencia de una ametralladora.

Cuando Bedia llegó al IMLAS, se encontró con que el pasillo que conducía al despacho de Requejo estaba inusualmente desierto. Lo cierto es que en todo el edificio se respiraba una extraña calma. La puerta estaba abierta, pero lo encontró vacío. La ansiedad se elevaba por momentos hasta hacerlo sudar.

«¿Dónde estás, Arturo?», se preguntó en el interior de aquel despacho solitario, iluminado tan solo por la primera luz del atardecer. Se fijó entonces en el desorden sobre la mesa, tan poco habitual en el forense. Tomó asiento en su silla giratoria y revisó con calma el espacio mientras se preguntaba qué le estaba ocultando. ¿Acaso no confiaba ya en él? ¿A esas alturas? El ego de Bedia estaba resentido. Arturo había solicitado información al comisario alegando que no quería entorpecer la investigación hasta estar seguro de sus conclusiones. ¿Qué conclusiones? ¿Habría llegado a algún resultado importante de las muestras enviadas al laboratorio? Si era así, ¿por qué no lo había llamado como en otras ocasiones? Requejo era un tipo metódico y poco dado a plantear hipótesis sin pruebas. En los años que llevaban trabajando juntos, nunca se había inmiscuido en una investigación. Bedia experimentaba por primera vez los celos profesionales, que escocían más que el hambre.

Abrió la cajonera y encontró una bolsa de gominolas. Nunca antes lo había visto comer dulces. Si lo pensaba bien, desde que el forense salía con Greta había cambiado. No en grandes líneas, en eso seguía siendo un profesional que jamás se saltaba el protocolo, pero sí en los detalles. La doctora Hoffman le aportaba la frescura que él necesitaba. Era una mujer sociable y encantadora, abierta y comprensiva, y además una forense de primera. Una suerte para Arturo. Entonces, ¿por qué desconfiaba de él?

Abrió la bolsa de gominolas y sostuvo una entre los dedos. El olor a fresa, ácido y dulce activó sus glándulas salivares, pero la vista recayó una vez más sobre la mesa. Apartó las carpetas y reparó en una agenda abierta por el día anterior, 25 de agosto.

Y leyó: «Fábrica de armas de La Vega».

Springsteen lo miraba desde el póster colgado en la pared. La tarde avanzaba. Saludó al músico de New Jersey con un toque sobre la frente y abandonó el despacho. Sentía que estaba cediendo a la cólera, que lo invadía desde que visitó la casa de los Estrada, que lo había acompañado durante su conversación con el comisario y que ahora caminaba a su lado.

Salió al pasillo y comprobó que había luz en el despacho contiguo. Cuando abrió la puerta, Greta levantó la vista del documento que estaba consultando sobre la mesa. El foco del flexo iluminaba parte de su cara ovalada. Al ver a Bedia, la forense esbozó una sonrisa forzada.

—¡Qué sorpresa! ¿Cómo tú por aquí? —Su cara traslucía desconcierto. El inspector era la última persona que esperaba—. Requejo no está.

—Me leíste el pensamiento —dijo Bedia, conteniendo la ironía para no resultar grosero—. ¿Sabes a qué hora llegará?

—Es raro, debería estar ya aquí.

—¿No vino a trabajar? —En Requejo era algo muy extraño—. Necesito contactar con él.

—A lo mejor le falló la cobertura o se le acabó la batería del móvil.

El inspector fue incapaz de contener la carcajada.

—Arturo es un hombre de rutinas —dijo, escamado y empezando a perder la paciencia—. Lo último que hace antes de acostarse es cargar el móvil. ¿Que cómo lo sé?, porque vivimos juntos una buena temporada. Va a ser mejor que me digas de una vez qué os traéis entre manos. El Jefe Gris me informó de que Arturo estuvo indagando sobre el caso del asesino de la flor de agua. Acompáñame a su despacho.

Greta obedeció sin rechistar y, una vez dentro, Bedia señaló con el dedo sobre la agenda.

«Fábrica de armas de La Vega».

—¿Dónde está Arturo?

La forense leyó y se frotó las manos. A continuación, se retiró el pelo de la cara e incluso se entretuvo en estirar un pliegue de la bata.

—Es posible que haya ido hasta allí. —Greta apretó los labios en una mueca que trataba de contener una situación incómoda. Dudó unos instantes y, al final, claudicó—. Tienes razón, Salvador, Arturo estuvo en la comisaría. Prefirió evitaros las molestias al equipo hasta comprobar los resultados de los análisis. Las muestras que tomamos de los zapatos de Rivero y de Palacios coinciden con los de Galán. Lo extraño es que, según las conclusiones del laboratorio, en los tres encontraron restos de arenilla mezclada con diminutas astillas de madera y explosivo. Nos ha costado bastante acotar los lugares en los que podría haberse usado material explosivo de manera habitual.

»Arturo ha ido descartando una a una todas las opciones. El otro día me comentó algo sobre un solar, aquí, en Oviedo, en el que estaba situada la antigua Fábrica de armas de La Vega donde, hace años, existió un secadero de madera que se empleaba para construir las culatas de los fusiles.

—¿Por qué no me lo comunicasteis?

—Pensé que Arturo te había enviado una copia del informe.

Greta vacilaba y Bedia se dio perfecta cuenta de que el cerebro de la forense trabajaba a toda velocidad para elaborar una teoría creíble que la sacara del apuro. Estaba tensa. La sonrisa sempiterna había desaparecido de su rostro.

—Voy a acercarme a la fábrica de armas. Quizá esté allí porque averiguó algo importante.

—Espérame. —Greta se deshizo de la bata de trabajo, la arrojó sobre la silla y cerró la puerta—. Voy contigo.

Bedia y Hoffman salieron del IMLAS.

—¿Cómo está Rosa? —preguntó la forense durante el trayecto, con el fin de distraer la atención del inspector.

—Bien. —Él conducía atrapado en sus pensamientos.

—Es una mujer encantadora. Hacéis buena pareja.

—Greta es un nombre bonito —dijo Bedia, cambiando de tema y esquivando a un taxista que se les había cruzado en un semáforo—. Margarita en alemán, si no me equivoco. ¿Cómo es que mantienes el apellido de tu marido? Ya pasaron muchos años desde que falleció.

El rostro de Greta se tensó.

—Lo hago para mantener su recuerdo.

El resto del recorrido lo hicieron en silencio.

EL INSPECTOR ESTACIONÓ el coche frente al solar del antiguo complejo fabril. Los terrenos de la fábrica estaban incrustados en medio de un barrio de viviendas y rodeados por una verja metálica. La puerta de acceso estaba cerrada. Recordó los tiempos en los que había vivido en Oviedo y los largos paseos alrededor del recinto. Estaba a punto de anochecer cuando Greta y Bedia rodearon el perímetro a pie. El estado de abandono del solar era evidente. La vegetación campaba a sus anchas, un panorama que habría disuadido a cualquiera, pero no a Salvador, que estaba dispuesto a localizar a su amigo.

Un agujero en la verja metálica tentó a Bedia. Sopesó la idea durante una fracción de segundo y trepó por el murete con agilidad inesperada, sin dar más opción a Greta que seguirlo. Pese a que avanzaba detrás de él, a Bedia le pareció que no era la primera vez que la forense entraba en el recinto. Visualizaron el perfil de varios edificios, entre ellos, la nave de talleres y la Escuela de Artes y Oficios. La mayoría de ellos estaban abandonados. Después de inspeccionar los alrededores, regresaron al punto de partida. Greta se agachó y recogió una muestra de tierra.

—Me la llevo para cotejarla con los restos de los zapatos de las víctimas.

Bedia permanecía en silencio, cada vez más tenso. No podía sacarse de la cabeza por qué la forense no había echado de menos a Arturo.

Los últimos rayos de sol incidían sobre los árboles más altos. Al otro lado de la valla, el ruido del tráfico era el único indicador de que estaban en medio de una ciudad. A punto de tirar la toalla, su atención se fijó en un perro que olisqueaba cerca de una de las edificaciones. El animal se había colado por el mismo agujero por el que lo habían hecho ellos minutos antes y su dueño lo estaba llamando a gritos. A pie de calle podían distinguirse los chalés de la avenida de la Tenderina, destinados a altos mandos de la fábrica. La forense se detuvo ante una de ellas y se asomó por la ventana. El inspector reparó en que los matojos que crecían sin control estaban chafados justo al pie de una puerta metálica que conducía hasta un sótano. Alguien había estado allí recientemente.

Bedia se abalanzó sobre la puerta y empujó con ganas hasta que esta cedió. Un olor similar al del gas lo golpeó en la nariz. Humedad, hierbas fermentadas, barro y un pútrido tufo a cloaca flotaban en la oscuridad. Giró la cabeza hacia Greta, que lo seguía en silencio. Avanzaron por un pasillo oscuro y estrecho que obligaba al inspector a palpar con cuidado las paredes para evitar tropiezos. El corazón le latía con fuerza en el pecho y empezó a sudar. Al fondo del pasadizo distinguió una puerta metálica con una cerradura reforzada por una barra de hierro. Forcejeó con ella varias veces mientras llamaba a gritos a Arturo, hasta que escuchó un clic metálico. Se detuvo y llamó la atención de Greta. La forense se situó detrás de él. Bedia repasó sus bolsillos en busca del móvil para activar la linterna, pero comprobó que no lo llevaba consigo y maldijo en voz alta. Un último esfuerzo y la barra que atrancaba la puerta cedió.

Lo que ocurrió después fue tan rápido que ni siquiera lo vio venir.

Escuchó pasos rápidos que se precipitaban hacia él justo antes de sentir un golpe seco en la cabeza. Su cuerpo se balanceó hacia adelante. La puerta cedió y, aunque buscó el apoyo del cerco, fue incapaz de sostenerse y cayó a plomo.

En la lejanía, como proveniente de otro mundo, Salvador escuchó la voz desgarrada de Arturo.

33

Ni rastro

25 de agosto de 2023

DESPUÉS DE CENAR con Eloi, Marina regresó al cuartel general, donde Lino y Nora continuaban enfrascados en la investigación. El abogado de Estrada había conseguido la libertad bajo fianza del Chotas y a todos les había invadido una maldita sensación de impunidad. Por otro lado, la teoría de la correlación de los asesinatos con las localizaciones de los carteles de las películas cobraba fuerza. La primera víctima, Javier Rivero, había sido asesinado en la calle Corrida, uno de los escenarios de la película *Volver a empezar;* a la segunda, Carla Palacios, la habían encontrado en Puertas de Vidiago, justo en el lugar en el que habían rodado varias escenas de *El abuelo,* y la tercera, José Luis Galán, había aparecido en el Palacio de *Partarríu,* la casona indiana que protagonizó la película *El orfanato.*

Faltaban dos.

Contra todo pronóstico, desde que encontraron a la primera víctima, el equipo estaba convencido de que seguían la pista correcta. Enfrascados en revisar la documentación que Óscar les había proporcionado, se habían olvidado hasta de comer. En un receso en el que Nora aprovechó para sacar unos sándwiches de la máquina expendedora, Lino dejó escapar un silbido.

—Con esto ya podemos relacionar a Estrada con Buenos Valores —dijo con una sonrisa de satisfacción—. Tenemos pruebas suficientes para imputarlo por sostener económicamente a la organización. Está metido hasta las cejas.

—Aquí está la clave —observó Marina, señalando varios de los documentos—. Todos estos pagarés van dirigidos a nombre de José Luis Galán, lo que demuestra una estrecha relación entre ellos. A ver qué os parece mi teoría: tanto Estrada como Galán marcaban los objetivos, y Javier y los suyos se encargaban del trabajo sucio. El asesino es alguien de dentro, alguien relacionado con ellos.

—¿Estrada, quizá? —Lino desconfiaba del empresario.

—Vamos a buscar entre los afines a Buenos Valores, y también entre los empresarios amigos de los padres de Carla y de Javier y próximos a Estrada. Podemos cotejar los movimientos bancarios, por si hubiera coincidencias. Además, necesitamos conocer las fechas en las que Estrada viajaba al extranjero y si en alguna ocasión se reunió allí con los de Buenos Valores. Si apretamos al Chotas seguro que canta, pero eso mejor se lo dejamos a Bedia, que es experto en acogotar —apuntó Nora.

Los tres rieron a la vez.

—Por cierto —continuó Marina—. ¿Habéis visto a Bedia? No lo veo desde ayer.

—Por aquí no ha pasado —contestó Lino.

—Es raro, ¿no? ¿Sabéis si tenía algún compromiso fuera de comisaría? —insistió Marina.

—Ni idea. Imagino que la presión de la prensa puede tener algo que ver. El asesino de la flor de agua está en boca de todos —aventuró Nora.

—Voy a llamarlo.

Marina marcó el número en su móvil, pero no obtuvo respuesta. Hizo un mohín de extrañeza e inmediatamente su atención se centró en el sándwich que Nora acababa de depositar sobre su mesa.

Continuaron trabajando durante toda la jornada y, a eso de las siete de la tarde, Marina marcó de nuevo el número de Bedia. Nada.

—¡Qué raro! —exclamó, sin explicarse el silencio del inspector—. ¿Dónde se habrá metido?

Lino y Nora enarcaron las cejas a un tiempo.

La ausencia de Bedia planteaba un escenario poco común, ya que siempre avisaba cuando salía solo o, al menos, dejaba caer algún comentario sobre su paradero. Quizá estuviera indispuesto o Rosa lo había llamado por algo urgente. «No, no, si le hubiera surgido un imprevisto habría avisado», pensó Marina.

Un nuevo vistazo sobre el panel en el que habían desplegado el mapa del oriente con los lugares en los que habían ocurrido los asesinatos, le provocó un escalofrío molesto, muy diferente del frío físico. La luz menguada de la tarde oscurecía el cuartel general. Fuera, el calor había hecho crecer nubes que evolucionaban desde las montañas y avanzaban hacia la costa. Incluso habían escuchado algún trueno lejano. La tarde amenazaba tormenta.

Un mal presentimiento levantó a Marina de la silla.

—Llámalo otra vez —sugirió Lino al ver la preocupación en su rostro.

Ella obedeció. Una vez más, Bedia no atendió al teléfono.

—Llama a Rosa —recomendó Nora—. Seguro que ella sabe dónde está.

Marina dudó un instante, pero al final pensó que sería la forma más rápida de acabar con la incertidumbre. Sin embargo, lejos de tranquilizarla, Rosa acrecentó las dudas. Su mujer ignoraba dónde estaba Bedia. Por lo visto, habían quedado para comer y no había aparecido. Conforme avanzaba la conversación con Rosa, Marina se arrepentía de haberla llamado. Ahora tenían a otra persona preocupada por el paradero del inspector.

—Esto no me gusta —dijo al colgar.

Lino chasqueó la lengua.

—Voy a preguntar al comisario —decidió Marina, y abandonó el cuartel general.

Al cabo de pocos minutos regresó con el rostro desencajado.

—Gris acaba de confirmar que se reunió con él por la mañana. Dice que Bedia estaba molesto porque, al parecer, Requejo estuvo hace días en comisaría para recabar información sobre el caso, pero en vez de acudir a nosotros, se citó antes con el comisario. Según Gris, el forense andaba tras una pista importante y necesitaba el acceso directo al expediente. Por lo visto, en el laboratorio han encontrado tierra mezclada con explosivos en el calzado de las tres víctimas y el comisario accedió a darle prioridad. Requejo le dijo que no quería molestar a Bedia hasta que no obtuviera resultados concluyentes.

—¿Explosivos? —apuntó Nora.

—El comisario cree que Salvador ha ido a pedir explicaciones a Requejo. Voy a contactar con él.

Nadie atendió el móvil del forense.

—Esto me da mal rollo —musitó la subinspectora.

—¿Es el *Nuberu* o el *Pesadiellu?* —bromeó Lino, para deshacer la tensión que flotaba entre los tres.

Marina torció el gesto.

—Si os digo la verdad, esto es tan alucinante que ya no sé qué creer. La idea que me ronda por la cabeza es una locura.

—Suéltalo de una vez o no te vas a quedar tranquila —pidió Nora.

—Después de hablar con el comisario, no dejo de pensar en Requejo. Que sabe algo que nosotros ignoramos es obvio, pero ¿por qué no conseguimos localizar a ninguno de los dos? Parece que se los haya tragado la tierra. Nora, ¿crees que habría alguna posibilidad de que tus amigos de Delitos Informáticos geolocalizasen el móvil de Bedia?

—Marina, creo que te estás precipitando —observó Lino.

Pero Nora ya contactaba con ellos.

—Tal vez estoy equivocada —dijo Marina mirando a Lino—. De momento, lo único que sabemos es que los dos están desaparecidos y eso, tratándose de Salvador, es algo insólito. Mientras intentáis localizarlo, me voy a Oviedo a ver si en el IMLAS alguien sabe algo. No puedo estar aquí cruzada de brazos.

YA ERA DE noche cuando Marina llegó a Oviedo. El viaje lo hizo entre chaparrones intermitentes, debido a las tormentas de verano que descargaron durante el trayecto. Conocía el despacho de Requejo de otras ocasiones. Encontró la puerta abierta y entró. Encendió la luz y echó un vistazo rápido. Rebuscó entre los documentos que encontró sobre la mesa y revolvió todos los cajones sin encontrar respuestas. Llenó los pulmones de aire y dejó escapar un rápido suspiro. El viaje había resultado inútil. Resignada a volver a Gijón, se permitió una última ojeada y sus ojos se clavaron en la agenda: «Fábrica de armas de La Vega».

En ese momento entró un guardia de seguridad.

—¿Qué está haciendo aquí? ¡Identifíquese! —exclamó tan alto que su voz retumbó por el pasillo.

Marina dio un respingo.

—Perdóneme. Estoy buscando al doctor Requejo. Soy la subinspectora Roldán —dijo, mostrando su placa—. No consigo localizarlo.

El guardia relajó la postura.

—Hoy no lo vi por aquí. Pero vi salir a la doctora Hoffman con el inspector Bedia.

—¿Está seguro de que era Bedia?

—Un hombretón alto, fuerte… ¡Joder! Era Bedia.

—¿Sabe a dónde han ido?

—Pues no. ¿Cómo se me va a ocurrir preguntar? —dijo, negando con la cabeza en un gesto que expresaba lo inadecuado de la pregunta.

—¿Conoce la fábrica de armas de La Vega?

—Claro. Pero no se puede entrar, está abandonada. Una pena. A veces usan la nave grande para exposiciones y tal, pero vamos, que aquello es un estercolero.

Marina salió a toda prisa del despacho, presa de una gran angustia. Condujo hasta el centro de la ciudad sin saber muy bien por qué y aparcó en el primer hueco que encontró en una de las calles aledañas a la catedral.

Avanzaba como perdida de camino hacia la plaza de la Escandalera. La desazón dirigía sus pasos de manera errática.

«Ahora no —pensó al recordar la angustia que le había provocado la última de sus crisis—. ¡Ahora no!». Respiró hondo varias veces en un intento por serenarse y pensó en Eloi.

A pocos metros del parque San Francisco, la tormenta descargó sobre ella. Los transeúntes corrían a refugiarse bajo los aleros de los tejados. La subinspectora avanzó bajo la lluvia hasta la calle Uría. El chaparrón fue breve, pero tan intenso que enseguida se formaron regueros de agua que corrían calle abajo. Alzó la vista hacia el monte Naranco. Las nubes de vapor se derramaban por la ladera a causa del calor acumulado, como un presagio de la llegada de los Caminantes Blancos. Marina se estremeció y la congoja hizo que las lágrimas brotaran de sus ojos. En un acto reflejo, alcanzó el móvil y marcó el teléfono de su hermana. Su nombre en la pantalla la sacó de la catarsis. «¿Qué estás haciendo, Marina? ¡Elena está muerta! ¡Maldita sea!».

Tardó unos minutos en recomponerse y regresar al coche.

DURANTE TODO EL recorrido, fue incapaz de sacarse de la cabeza un pensamiento recurrente: la vida de Salvador Bedia podía estar en peligro. Sentía algo parecido a cuando uno abre una puerta en un lugar desconocido. La mayoría de las veces conduce a una estancia de paso; en algunas ocasiones, a un lugar confortable, sin embargo, hay veces en que uno se arrepiente al instante de haber abierto esa puerta.

El sonido del móvil la empujó de nuevo a la realidad.

—Localizaron el móvil de Bedia en el aparcamiento de la comisaría —informó Lino—. Se le debió caer al subir al coche.

—Bedia estuvo en el despacho de Requejo, pero no lo encontró. El guardia de seguridad lo vio marcharse con la doctora Hoffman —dijo Marina, pendiente del tráfico. La lluvia había complicado la circulación en las calles más céntricas de Oviedo.

—Pongo el manos libres. Nora está conmigo. Tenemos algo que contarte.

—¿Qué sabéis de la fábrica de armas de La Vega? —soltó a bocajarro.

—Es una antigua fábrica que ahora está abandonada y es de lo que te queremos hablar… —escuchó la voz de Lino.

—Tengo la mala sensación de que el inspector está en un apuro —interrumpió Marina—. ¿No os habéis dado cuenta de que desde su cumpleaños es inaccesible, que imparte órdenes a diestro y siniestro y que parece que nos evita?

—Escúchame. Tenemos algo importante que contarte —insistió Lino.

—¿Y si Bedia ha descubierto algo? ¿Y si Requejo tiene algo que ver con los asesinatos? —continuó Marina, cada vez más tensa.

—¡Calla un momento! —ordenó Nora, a quien se le había acabado la paciencia—. Lo siento, Marina, pero lo nuestro es prioritario. La fábrica de armas de La Vega es una de las localizaciones en las que se rodó *El secreto de Marrowbone*.

Marina soltó un taco.

—¿Estás segura? ¿Y la otra película? ¿Cuál era?

—*El portero*. Las localizaciones se sitúan en… —Lino consultó sus apuntes—, en Cué y en la playa de Toró.

—¿Toró? Esa playa está en Llanes.

—Eso es. Creo que los tres estamos pensando lo mismo —interrumpió Nora—. Algo va mal. ¿Y si Bedia y Requejo se acercaron demasiado al asesino? Si hacemos caso a la hipótesis de los carteles de las películas, esta bestia está siguiendo un plan y debe terminar lo que empezó. Que sepamos, aún faltan dos víctimas. Óscar y Valentina podrían ser los siguientes.

—O tal vez Bedia y Requejo —apuntó Marina.

—Un momento. No nos angustiemos tan pronto. Vamos a mantener la cabeza fría. El asesino no tiene nada contra ellos —explicó Lino tratando de detener la escalada de pánico que crecía entre sus compañeras.

—Es más que probable que Salvador descubriera algo importante. Lo cierto es que tanto él como Requejo están en paradero desconocido. Quizá desbarataron los planes del asesino y la ha emprendido con ellos. Sabemos que el tipo mata en los escenarios de las películas y que sus ataques tienen un componente personal. Por eso firma sus crímenes con la flor de agua. Si los tiene en su poder, nos tienen a todos atados de pies y manos. El asesino sabe que sin Salvador estamos heridos de muerte.

La voz de la subinspectora a través del teléfono reverberaba en la sala. La emoción y el miedo se podían masticar.

Era algo físico.

El rugido del trueno estalló con las últimas palabras de Marina y en el cuartel general se hizo un silencio que presagiaba muerte.

Lino tragó saliva y se aclaró la garganta.

—Marina. Ahora estás al mando. Dinos qué tenemos que hacer.

Un chispazo voló sobre el monte Naranco y el fogonazo de un rayo cruzó de punta a punta sobre la cima.

Antes de escuchar el sonido del trueno, Marina ya había tomado una decisión.

—Avisa a Gris. Ponlo al corriente de todo lo que hemos averiguado. Necesitamos a todas las unidades disponibles. Hay que montar un dispositivo en las inmediaciones de la playa de Toró. Lino, tú te encargas. Ah, y dile que envíe refuerzos a la fábrica de armas de La Vega. Hay que movilizar a la unidad canina y el helicóptero. Quiero que Gris ponga protección a Óscar Galguera y a Valentina Santianes, porque también están en peligro. Tenemos poco tiempo. Sabemos que el asesino ataca de madrugada. Hay que localizarlos antes de que...

—Y tú, ¿qué vas a hacer? —preguntó Nora antes de salir del despacho en busca del comisario Gris.

—Voy a la fábrica de armas. Deseadme suerte.

Y los tres cruzaron los dedos.

Roja y Blanca

25 de agosto de 2023

EL HOMBRE DE la camisa roja se tocó la cara con la mano izquierda y dejó resbalar por ella su mano de cuatro dedos hasta la garganta. A Requejo le costaba respirar. En su regazo descansaba el hombre de la camisa blanca. Era incapaz de calcular cuánto tiempo llevaba inconsciente. Situó los dedos índice y corazón sobre la carótida de Bedia y comprobó que tenía latido, lento; el corazón de su mejor amigo todavía latía.

De sus ojos comenzaron a brotar lágrimas sin control. Él era el culpable. Por un error suyo habían acabado de aquella infausta manera. Si el amor no lo hubiera cegado, si aquella mujer no hubiera despertado ese sentimiento tan poderoso, ahora no estarían encerrados en aquel sótano. Lo más triste es que era tarde para arrepentirse. El tiempo se acababa. Los dos morirían asfixiados, envenenados por las emanaciones de la cloaca. La única esperanza que Requejo mantenía intacta era la fe en el equipo de policías. Estaba seguro de que estarían buscándolos.

Con la cabeza embotada y respirando a pequeñas bocanadas, se frotó los ojos enrojecidos. Notaba la piel tirante en los brazos y había perdido agilidad mental. Ajustó la tela de la camisa en su boca e hizo lo mismo con la del compañero. Era un tipo fuerte. Otro ya habría muerto, pero él no. Él era Salvador Bedia, su mejor amigo. El hombre más obstinado que conocía. Acomodó la cabeza herida del compañero sobre sus rodillas y, con el movimiento, el gigante despertó.

—¡Ay, amigo! ¡Dónde te metí! —exclamó Requejo y, al momento, su voz se ahogó con un golpe de tos—. Escucha. Escúchame con atención. Antes de acabar mi historia tengo que pedirte perdón. En mi descargo debo decirte que no lo vi venir. Cuando descubrí quién era el asesino, ya era tarde y, aun así, me dejé engañar. Maldigo el momento en que encontraste esta dirección en mi agenda, porque ahora no estarías aquí. Aunque debo confesar que, cuando te vi entrar por esa puerta, me alegré. Tu equipo nos encontrará, de eso estoy seguro.

—Termina la historia, anda. —Bedia se incorporó hasta apoyar la espalda contra la pared y descargó su peso en el hombro de Requejo—. No quiero morir sin conocer el final.

El doctor Arturo Requejo asintió y recuperó su mejor tono de voz.

—La Noche de San Juan de 1997, Suso y Julia acudieron a celebrar la festividad a la playa de Toró con su grupo de amigos. Avanzada la noche, se alejaron de la playa porque querían estar solos. Suso condujo el coche hasta un lugar apartado e hicieron el amor por primera vez. Después, se quedaron dormidos. Julia despertó horas más tarde, antes del amanecer, y salió del coche acuciada por la sed.

»Caminó por el bosque, un tanto aturdida. Venus iluminaba el cielo nocturno. Era la noche perfecta. Sin embargo, algo la inquietaba. Algo parecido a un sentimiento de culpa en la boca del estómago. Julia era consciente de que pronto iban a separarse. En su fuero interno se arrepentía de haberse acostado con él. Ella sabía que Suso era la persona de la que podría llegar a enamorarse, si no lo estaba ya, pero tenía claro que su prioridad era salir de Asturias y estudiar una carrera que le proporcionara dinero y la sacara de la precariedad en la que había vivido durante toda su vida.

»Fue entonces cuando descubrió una fuente a un lado del camino. El agua corría con fuerza y remansaba sobre una piedra de grandes dimensiones. La chica se acercó al caño y, al hacerlo, la luz del alba, la primera del amanecer, incidió sobre el agua. Destellos de colores bailaron en la superficie hasta formar el dibujo de una bellísima flor. Julia se sintió como hipnotizada, pero tenía sed y bebió hasta saciarse.

»El día 24 de junio de 1997, durante un instante, una fuerza poderosa se cruzó en su camino.

»Por el sendero del bosque escuchó voces juveniles. Dos chicas del pueblo se detuvieron justo antes de llegar a la fuente. Una de ellas portaba un cántaro de barro entre las manos. Se acercaron y se quedaron mirando a Julia, con la decepción pintada en sus rostros. Ante el desconcierto de ella, las chicas se apresuraron a explicarle que la luz de la mañana de San Juan, al incidir sobre el agua de una fuente, adquiere propiedades mágicas. "El que bebe el agua de la fuente el amanecer del día San Juan tiene suerte todo el año".

»La gente solía recogerla en cántaros de barro y almacenarla en sus casas por sus virtudes curativas, le explicaron. Una de las chicas le confesó el origen de una antigua leyenda: la mujer que bebe la flor de agua en la mañana de San Juan, quedará embarazada. Ella llevaba casi dos años casada y todavía no lo había conseguido, por eso buscaban el momento mágico aquella mañana. Las chicas se lamentaron de tener que buscar otra fuente y, antes de continuar su camino, le hicieron una advertencia: Julia debía depositar un ramo de flores en la fuente, como una señal para los que venían detrás; así sabrían que ya no contenía la flor de agua.

»Julia esperó sobrecogida hasta que desaparecieron en el bosque. En ese momento se dio cuenta de que acababa de beberse la flor de agua.

»El silencio se adueñó del entorno y un frío extraño ascendió desde el suelo hasta tocar sus pies.

»Julia comenzó a temblar. Se llevó los dedos a los labios y al vientre.

»Advirtió un poderoso escalofrío que la recorrió de arriba abajo y, con la certeza de la verdad absoluta, supo que estaba embarazada.

»Había concebido en la Noche de San Juan.

»En un segundo, todos los proyectos de futuro se esfumaron ante sus ojos.

»A veces, amigo mío, la magia beneficia a quienes la solicitan, pero otras, puede transformar tu vida en un infierno.

»La Noche de San Juan de 1997, Julia y Suso, una pareja de jóvenes enamorados, experimentaron en sus propias carnes las consecuencias de un poderoso sortilegio. El ritual que otorga poderes curativos al agua de la primera luz de la mañana de San Juan se cumplió. Ellos no lo buscaron. Julia no deseaba quedarse embarazada. El poder del rito pagano, cuyos beneficios buscaron muchas mujeres a lo largo de los siglos, tuvo efecto en ella, sin pedirlo. Bebió el agua de la fuente con la primera luz y concibió a Martín Estrada.

»Poco después, Suso falleció en un terrible accidente. ¿Recuerdas el salto desde los acantilados? Julia se quedó sola y sola tomó la decisión más importante de su vida. Bajo amenazas, tuvo a su hijo y lo entregó a los padres de Suso para que lo cuidaran, a cambio de un futuro. Una brillante carrera profesional. Eso sí, lejos de su hijo y de sus recuerdos. Julia estudió y se casó con un buen hombre. Su vida fue relativamente feliz, hasta que su marido falleció.

—Julia Margarita Morán, *Frau* Hoffman, Greta, para los amigos —dijo Bedia con un hilo de voz.

—Sabía que ibas por delante de mí, amigo. ¿Cuándo lo supiste?

—Pasamos demasiado tiempo juntos, *raitán*. Eres incapaz de traicionarme. Supuse que algo muy gordo te estaba pasando para que actuases a mis espaldas. Te investigué e investigué a la doctora y lo primero que descubrí es que no era alemana. Greta es la traducción al alemán de Margarita, el segundo nombre de Julia.

—¿Me espiabas?

—Si buscas, encuentras —dijo, pensando en el momento en el que empezó a sospechar de él—. Las cámaras de comisaría me dieron la pista. La próxima vez deberías comprarte un coche de un color más discreto. También investigué el laboratorio y me encontré con que nunca les llegaron las muestras. Pero, dime, ¿cómo supiste que Greta era la asesina? —dijo, sintiendo que el sopor le cerraba los ojos.

—Paciencia, amigo, tienes que escuchar el final de esta historia. Años después, el destino que le rompió el corazón siendo una joven inexperta, le concedió otra oportunidad. Antes de morir, la abuela de Martín confesó al chico que su madre estaba viva y le proporcionó la última dirección que tenía de ella, y madre e hijo se reencontraron. Por él, Greta, Julia, se instaló en Asturias.

»Los dos decidieron mantenerlo en secreto. Nadie, especialmente Jesús Estrada, debía conocer que se habían vuelto a reunir. Durante ese tiempo, Greta desarrolló un apego casi enfermizo por su hijo. Compartían la mayor afición de Martín: el cine, en especial, las películas rodadas en Asturias. En ese tiempo, visitaron juntos los espacios donde habían sido filmadas. La playa de Toró y sus acantilados eran su lugar preferido.

»El chico llegó a confesar a su madre su homosexualidad; por entonces, ya estaba enamorado de Tristán. La relación madre e hijo era tan buena que Martín decidió compartir con ella las terribles circunstancias en las que había vivido. El rechazo del abuelo, los chantajes, los golpes, las humillaciones a las que lo sometían algunos compañeros como Javier Rivero o Carla Palacios. Por boca de Martín, Greta supo que Estrada lo había echado de casa antes de desheredarlo. Ella le propuso que vivieran juntos en

257

Alemania. El amor por Martín era tan grande que incluso llegó a tatuarse la flor de agua. Él creía en su poder de protección y ella necesitaba protegerlo.

»Pero los planes del destino eran otros. Pocos meses después, ocurrió el incendio. Algunos testigos señalaron a Martín como principal sospechoso de la muerte de Tristán. Greta había intentado ayudarlo por todos los medios, pero a Martín, la vida se le revolvió.

»Los sortilegios a veces se cumplen, amigo mío, tanto si lo deseas, como si no.

»Cuando su hijo falleció, Greta, rota de dolor y al borde de la locura, regresó a Alemania. Imagino que fue allí donde urdió la venganza y meses después decidió volver a España. Gracias a los contactos que hizo en la oficina de investigación de Berlín, pudo optar a un puesto de colaboración en el IMLAS. Por aquellos días, ya estábamos liados. Creo que nunca estuve tan enamorado de una mujer. ¡Cómo iba a imaginar lo que estaba haciendo! —Arturo rompió a llorar con el desconsuelo de un niño—. Amigo, perdóname. Vas a morir por mi culpa.

La manaza de Bedia acarició el rostro de Arturo y le infundió el ánimo suficiente para continuar.

—Hace un par de semanas, en el fondo de un armario, encontré un abrigo suyo con todos los botones arrancados excepto uno. Era un botón de madera decorado con una flor de agua, idéntico a los que encontré bajo la lengua de las víctimas. La quería tanto que me mentí diciéndome que se trataba de una casualidad. Pero mi conciencia no me dejaba tranquilo. Antes de acusarla necesitaba pruebas y decidí pedir ayuda al comisario. Tienes que saber que Gris no sabe ni una parte de esto. Le dije que necesitaba contrastar unos resultados del laboratorio y él se limitó a darme acceso a vuestros informes y, al no encontrar nada, decidí investigar por mi cuenta. Tiré de contactos y descubrí quién era la verdadera Greta. Me arrepiento de no haberla denunciado en aquel momento, o al menos, habértelo dicho, pero estaba ciego. Era incapaz de admitir lo que había hecho.

»Ella continuaba ajena a todo e inventó una excusa para citarme aquí. Me hizo creer que sabía dónde iba a aparecer la siguiente víctima. Cuando llegué, ella me estaba esperando y no pude más, le conté que la había descubierto, pero ella ni se inmutó. Se limitó a contarme su historia, la pérdida de Suso, la de Martín y cómo su vida estuvo marcada siempre por la flor de agua. Habló del dolor, de la injusticia y de la venganza. Su historia me horrorizó tanto que, pese al amor que siento por ella, amenacé con denunciarla. Ella me suplicó, me pidió que esperase un par de días más. Me negué, forcejeamos y me encerró aquí a punta de pistola.

El silencio de Bedia inquietó a Requejo.

—¡Salvador! ¡Salvador! ¡Despierta, por favor! —gritó, alarmado y tratando de incorporarle—. ¡Despierta!

El inspector no respondía.

La desesperación de Arturo quedó atrapada en aquellas cuatro paredes.

34

In extremis

EL HELICÓPTERO DE la Policía Nacional sobrevolaba la vertical de los edificios de la ciudad de Oviedo y Marina contenía la respiración.

El olor a vegetación mojada se le incrustaba en la nariz. El orbayo caía a intervalos, a merced de las nubes de tormenta que cruzaban el cielo con prisa. El sonido de las sirenas de los vehículos de la policía se confundía con el aleteo del helicóptero que, en ese momento, atravesaba los terrenos de la fábrica de armas.

El comisario había entendido la urgencia e implicado a todos los medios disponibles. Gris había planeado el operativo en dos localizaciones, una en la fábrica de armas, al mando de la subinspectora Roldán, y otra en la playa de Toró que cubriría personalmente. El despliegue excedía el presupuesto de otros operativos, pero ese era un caso especial.

Todo le parecía poco si el fin era rescatar a Salvador Bedia, uno de sus mejores hombres.

Las unidades dirigidas por Marina se desplegaron en el interior del solar de la antigua fábrica de armas. Dividió a los agentes en tres grupos con el fin de abarcar el mayor espacio posible. Varios de sus hombres se desplegaron en los terrenos más alejados de la entrada, mientras los otros dos equipos inspeccionaban las naves abandonadas.

Marina los vio alejarse, deslumbrada por el foco de las linternas que oscilaban en la oscuridad y proyectaban las siluetas de los compañeros. La subinspectora se caló la gorra y se fijó en sus zapatos. La lluvia salpicaba de gotas las botas del uniforme y la congoja la atenazó de nuevo. Movida por un impulso irracional, casi supersticioso, restregó la superficie del calzado. Necesitaba recuperar el ánimo y concentrarse en el operativo.

El comisario había depositado toda su confianza en ella y ahora no podía fallarle.

Alzó la muñeca y miró el reloj mientras esperaba a la unidad canina. El ladrido de uno de los perros le confirmó su llegada.

—Esta zona es la más complicada —dijo a los agentes, señalando el área donde la vegetación había crecido a ritmo de selva—. Los perros nos serán muy útiles, las hierbas están tan altas que dificultan el paso.

La lluvia había cesado. Miró de nuevo el reloj. Tiempo. Bedia disponía de poco tiempo y se apresuró tras el rastro de los perros.

AL CABO DE media hora, regresaban al punto de partida sin éxito. La unidad canina esperaba órdenes mientras ella consultaba en el móvil el plano de la antigua fábrica. La subinspectora acotó el perímetro de una hilera de casas, muy próximas a la valla que rodeaba el solar. Helechos, hiedras trepadoras y malas hierbas crecían bajo las ramas de enormes palmeras, colapsaban caminos y trepaban hasta las ventanas de lo que antaño fueron magníficas viviendas, construidas para alojar a las familias del director y de los ingenieros de la fábrica. En torno a ellas y ocultos por el ramaje, los desprendimientos en los muros provocaban la ruina de aleros, marquesinas y canalones. Algunas partes de las fachadas amenazaban con derrumbarse.

Uno de los perros se detuvo ante una casa de aspecto decrépito. El manto de hojas secas que cubría el suelo brillaba en la oscuridad a causa de la lluvia y obligaba a desplazarse con cautela.

Los charcos tornaban el terreno resbaladizo. Marina reparó en la barandilla de piedra que remataba la planta superior.

«No queda nada de la ciudad jardín que un día fue —pensó—. Las casas se caen a pedazos y a nadie le importa».

Las voces amortiguadas de los compañeros atravesaron sus pensamientos y fue consciente de lo complicado de la búsqueda. Tardarían horas en peinar los edificios derruidos, incluidos los túneles que los conectaban, porque la mayoría estaban inundados o medio hundidos.

Rodeó la casa sin encontrar nada extraño. Uno de los agentes entró en ella, el foco de su linterna podía verse a través de la ventana.

«¡Negativo! —escuchó—. ¡Negativo!». Fue la respuesta de otro compañero en la siguiente casa.

¿Y si no estaban allí? ¿Y si su teoría de los carteles de las películas había sido una metedura de pata y estaban perdiendo un tiempo valioso? ¿Y si estaban muertos?

Marina sacudió la cabeza, como intentando deshacerse de los malos presagios y la angustia la atenazó de nuevo. Contactó por radio con los compañeros desplegados por las naves y la respuesta la dejó abatida.

Empeñada en encontrarlos, continuó hasta alcanzar la penúltima vivienda. La oportuna batida del helicóptero con su potente foco iluminó parte del jardín de la casa y decidió rodearla poniendo especial atención. Buscaba un hueco por donde entrar, una puerta o una ventana abierta.

La lluvia arreció. Sobre ella descargó una cortina de agua que la caló hasta los huesos.

—¡Maldita sea! —gritó, pero no se dio por vencida.

La potencia de un rayo estalló en un árbol cercano y el fogonazo iluminó parte del muro derruido. Bajo una lluvia torrencial, la policía decidió saltar la balaustrada y visualizó una huella de bota sobre la tierra mojada. Parte de la hierba había sido pisoteada, dejando un rastro que conducía hasta una puerta en el sótano de la vivienda.

Marina dio la voz de alarma y dos compañeros acudieron a su llamada.

Entre los tres forcejearon hasta que consiguieron abrirla y un hedor insoportable les obligó a taparse la nariz. El primer agente entró en lo que parecía un pasillo estrecho y húmedo. A continuación, lo hizo el segundo y tras él, Marina. Las luces que proyectaban las linternas de los agentes descubrieron la entrada a una planta inferior. El foco de uno de ellos recayó sobre una puerta atrancada con una barra de hierro.

—¡Bedia! ¡Requejo!

Marina gritó sus nombres sin dejar de forcejear con la cerradura. Uno de los agentes chistó y levantó la mano pidiendo silencio. En medio de la oscuridad, lograron escuchar un sonido ahogado. Una voz humana.

—Necesitamos un ariete —solicitó Marina.

Los agentes arremetieron contra la puerta, el cerrojo saltó y la barra cedió.

Una vez abierta, el tufo que provenía del interior del zulo se multiplicó por mil. Los agentes avanzaron conteniendo las arcadas. El foco de las linternas coincidió sobre un cuerpo tendido en el angosto espacio del cuarto y después descubrieron a otra persona, acostada a los pies del primero.

Marina se abalanzó sobre Bedia, mientras uno de los agentes se ocupaba de Requejo y el otro corría a solicitar la asistencia de las ambulancias. La adrenalina activó la coordinación de los agentes con el fin de arrastrarlos y sacarlos del agujero. Enseguida entró un equipo de sanitarios, cargaron a las víctimas en las camillas y los trasladaron hasta las UVI móvil que esperaban en el centro del recinto.

Antes de que lo introdujeran en la ambulancia, Marina se abrazó a Bedia y le susurró al oído:

—Aguanta, por favor. No te mueras. Te necesito. Creo que me estoy volviendo loca.

La puerta de la ambulancia se cerró tras la camilla y Marina se quedó inmóvil e incapaz de reaccionar.

«¡Sálvalo, por favor! —suplicó a cualquier ser superior que quisiera escucharla—. ¡Sálvalo!».

La tensión la había dejado paralizada en medio de la tormenta. Marina era incapaz de elaborar una teoría que explicase por qué, quién y cómo los habían encerrado en aquel agujero. ¿Se trataba de un secuestro o de un intento de asesinato? ¿Los habían encerrado con intención de dejarlos morir allí? ¿O el asesino buscaba que no lo molestasen para terminar lo que había empezado?

Los minutos se sucedían mientras la mente de Marina buscaba un lugar a donde escaparse.

—Subinspectora. —La voz de uno de los agentes la sacó de la catarsis—. El inspector Bedia insiste en verla, aunque le están cosiendo la cabeza.

Marina sintió que sus músculos se relajaban.

¡Bedia estaba vivo!

35

Tomar el mando

Marina subió a la ambulancia y encontró al inspector enfundado en una máscara de oxígeno. Había recuperado un tanto el color en la cara e intentaba esbozar una sonrisa. Estaba tan contenta de verlo que apenas le salían las palabras.

—¿Cómo estás? —preguntó a Salvador, al que el sanitario intentaba colocar un vendaje para cubrir la herida de la cabeza.

—Estamos vivos —respondió él con voz carrasposa y lágrimas en los ojos mientras se apartaba de la boca la máscara de oxígeno. Sujetó entre sus manos el rostro de Marina y lo cubrió de besos—. Sabía que vendrías. ¡Lo sabía!

—Vamos a trasladarlo al hospital —interrumpió el enfermero.

Bedia sujetó a Marina por la muñeca y la atrajo hasta él con el fin de que pudiera escucharlo.

—Greta —dijo con la voz quebrada y respirando con dificultad—. Greta es Julia Morán.

Marina no entendió la analogía y tardó unos segundos en relacionar los dos nombres. Cuando cayó en la cuenta, abrió los ojos extrañada.

—La doctora Hoffman es la asesina —continuó el inspector—. Es la madre de Martín Estrada. Está vengando a su hijo.

Salvador necesitó colocarse la máscara de oxígeno e inspiró hasta llenar varias veces los pulmones.

Marina se permitió un segundo de desconcierto. Greta Hoffman, ¿la amable y risueña forense era en realidad Julia Morán, la madre de Martín, a la que todos creían muerta? ¡Jamás lo habría imaginado! En ese momento fue consciente de que a ninguno del equipo se le había ocurrido comprobar qué había sido de Julia Morán. De hecho, Greta y Arturo le parecían una pareja perfecta, a tenor de los comentarios que Bedia hacía sobre sus entretenidas cenas en casa del forense. Entonces, ¿por qué lo había encerrado? ¿Pretendía quitárselo de en medio? ¿Y a Salvador? ¿Era un daño colateral o había algo más?

La mente de Marina pensó de inmediato en Valentina y en Óscar. Sabía que el comisario había ordenado su custodia. ¿Cuántas víctimas más entraban en el macabro plan de la forense?

—Estábamos en lo cierto, Salvador. La teoría de las películas era acertada. Por eso estamos aquí. Llegados a este punto, nos hemos centrado en las coincidencias con las tres víctimas. Ya sabes, Lino y sus listas —bromeó—. La verdad es que dudamos entre dos localizaciones, así que, además de registrar la fábrica de armas, tenemos efectivos en la playa de Toró, donde se rodó la última de las películas.

—La playa de Toró —confirmó Bedia con un brillo de alegría en la cara—. Según Arturo, era la favorita de Martín Estrada. De nuevo tu intuición dio en el blanco.

El inspector aspiró varias veces y trató de incorporarse. Se apoyó en ella y dijo con voz grave:

—Ahora estás al mando, Marina. Confío en ti.

La subinspectora sintió sobre sus espaldas el peso de la responsabilidad. Sonrió y besó varias veces la mejilla de Salvador antes de despedirse.

—Ten cuidado —pidió él, reconfortado.

La visión de la ambulancia saliendo del recinto de la antigua fábrica de armas de La Vega dejó un sabor agridulce en la boca de Marina.

36

Prueba de fuego

LA MENTE DE la subinspectora funcionaba a toda velocidad mientras se desplazaba por la autovía del Cantábrico, en dirección a Llanes. Con las manos aferradas al volante y en plena noche, saltaba de una víctima a otra, repasaba los informes de los forenses, las listas de Lino y la increíble coincidencia de los crímenes con las localizaciones de las películas.

Pensaba en la suerte que habían tenido al llegar a tiempo de rescatar a Bedia y a Requejo. Sin duda, la elevada dosis de adrenalina que corría por sus venas le había permitido gestionar los momentos de máxima tensión.

Los focos de las farolas iluminaban la oscuridad de la carretera e impedían la visión más allá de los guardarraíles. Todavía le esperaban muchas horas de incertidumbre. No podía decepcionarlos, ni a Bedia ni a los compañeros ni a ella misma.

Aquella era su prueba de fuego. La oportunidad de demostrarse que era una buena policía.

EL OPERATIVO DESPLEGADO en paralelo al de la fábrica de armas en la localidad de Llanes estaba preparado. Lino, Nora y otros cuatro agentes de paisano y dirigidos por el Jefe Gris, vigilaban el perímetro de la playa de Toró hasta los acantilados.

—Llego en diez minutos —comunicó Marina a Lino desde el coche patrulla, todavía conmocionada.

—Enhorabuena, compañera. El comisario está muy satisfecho con el resultado del operativo. Estuviste genial. ¿Cómo está el jefe? ¿Y Requejo?

—Gracias, Lino. Están bien. Llegamos a tiempo. Los han trasladado al hospital con una intoxicación moderada, así que van a permanecer en observación, aunque lo mismo a Bedia lo echan por imposible. Acabo de hablar con su mujer y dice que ya anda protestando. Tuvimos suerte. Si llegamos un par de horas más tarde, no lo cuentan.

A continuación, Marina narró con todo detalle la operación que había tenido lugar en la fábrica de armas. Compartir en voz alta la tensión vivida durante el rescate, incluida la información sobre la culpabilidad de la forense, la ayudó a ordenar sus pensamientos y a planificar cuál sería el siguiente paso.

—Todavía no me puedo creer que la asesina sea Greta —dijo Lino asimilando el relato de su compañera—. Aunque, si lo piensas, todo encaja como en un puzle. Lo que no entiendo es por qué la tomó con Arturo. Era su pareja.

—Yo creo que Requejo descubrió el engaño; Greta Hoffman es en realidad Julia Morán, pero Requejo está enamorado de ella. Imagino que es muy difícil admitir que la mujer con la que compartes la vida es un monstruo. Por eso acudió al comisario. La estaba investigando y necesitaba encontrar pruebas que la exculparan, pero se encontró con todo lo contrario.

—¿Y Bedia?

—Un daño colateral. Es posible que, cuando Requejo desapareció y empezó a indagar, la descubrió y ella lo encerró con él.

—Sigo sin entender por qué intentó acabar con ellos.

—Yo tampoco. Habrá que preguntárselo.

—Por aquí no apareció. Registramos su casa y la de Requejo. Hasta pusimos patas arriba su despacho. Ah, antes de que lo preguntes: Óscar Galguera está bajo custodia, pero tengo una mala noticia, Valentina Santianes desapareció. Cuando los agentes fueron a buscarla a su casa, ya no estaba y el señor Estrada no tiene ni idea de por dónde anda.

—No te fíes de él. Es un mal bicho.

—Lo sé, pero no podemos hacer nada de momento. Gris dio orden de búsqueda, así que todo el mundo está prevenido.

Marina cortó la llamada y fingió normalidad, mientras centraba la atención en una persona.

«Valentina. Se ha llevado a Valentina», pensó con aprensión.

Sin duda, la asesina estaba descontrolada.

EL MAR BATÍA con fuerza aquella noche. Las olas cargadas de espuma se derramaban por las rocas de los acantilados. La marea alta cubría la arena de la playa y los pináculos rocosos de la playa de Toró apenas sobresalían de la superficie y recordaban a un peligroso iceberg. Lo peor estaba oculto bajo las aguas. Igual que la doctora Hoffman. Una mujer inteligente, valorada por sus colegas, amable y dispuesta a colaborar para atrapar a un terrible asesino. Esa era la superficie. El fondo encerraba el dolor de una madre herida que estaba vengando la injusticia que había llevado a su hijo a quitarse la vida.

Aquellas eran las reflexiones de Marina mientras recorría la playa. La visión del mar, lejos de aportarle calma, despertaba en ella la alerta.

—La noche va a ser larga —afirmó Nora. La agente se hizo un hueco entre Lino y Marina—. Tenéis que escuchar lo que averigüé sobre el pasado de la doctora Hoffman. Creo que esta mujer sufre el síndrome de Wendy —soltó muy seria.

—¡Ja! ¿Ahora nos vas a contar el cuento de Peter Pan? —dijo Lino, jugueteando con el envase de una botella de agua.

Nora lo fulminó con la mirada y continuó sin hacerle caso.

—El síndrome de Wendy no tiene entidad clínica reconocida, es decir, no es una enfermedad mental y tampoco una patología.

Al que lo sufre podríamos describirlo como una persona complaciente, responsable y cuidadora, que se hace cargo de alguien de una forma maternal. En esta ocasión, el objeto de la obsesión de Greta es su hijo, Martín. La doctora Hoffman desarrolló un sufrimiento casi patológico al intentar satisfacer las necesidades de la persona que creía a su cargo. Greta abandonó a su hijo, renunció a él y, al cabo de los años, se reencontraron. Descubrió entonces que lo maltrataron física y mentalmente desde niño. La familia Estrada incumplió el trato, pero ella se considera la culpable de este sufrimiento. Por eso aprovechó el tiempo que estuvieron juntos para ejercer de madre y volcarse con él. Wendy, la niña que cosió la sombra de Peter Pan, consagró su vida hasta la obsesión a cuidar de él y de los Niños Perdidos. Pero no era a ella a quien correspondía cuidarlos y tampoco era culpable de su aversión hacia los padres que los había llevado a alejarse de cualquier adulto.

»El síndrome de Wendy consiste en eso, en la necesidad de anteponer los deseos de la otra persona a los propios, de satisfacer al otro, de darlo todo, olvidándose de una misma y manifestando el amor con sufrimiento, como una forma de compensar una conducta reprobable. Greta se siente culpable de la vida que llevó su hijo y pasó de ser la doctora Hoffman a ser la madre de Martín Estrada. Cuando su hijo decidió quitarse la vida, la obsesión de Greta se transformó en odio, y la muerte de Javier, de Carla y de José Luis era su forma de vengarlo.

—Según esa teoría, Greta está matando a los que hicieron insoportable la vida de su hijo. Todos ellos, relacionados con el campamento y con Buenos Valores. Todavía podría haber más víctimas, recuerda que Valentina ha desaparecido, Óscar está bajo custodia y Jesús Estrada está confinado en su casa —resumió Marina.

—¿Crees que ha matado a Valentina? —La pregunta de Nora concentraba el temor del equipo.

—No lo sé.

—Pero ella es inocente. Greta tiene que saber que Valentina y su hijo estaban muy unidos —elucubró Lino, sin entender muy bien la deriva que había tomado el caso.

—¿Y si están juntas? Me refiero a que podrían haber planeado juntas la venganza —sugirió Nora, despertando el interés de los compañeros.

Si daban por válida esa idea, el caso daba un giro radical. Valentina pasaría de víctima a cómplice. ¿Y Óscar? La subinspectora recordó su relato y cómo defendía a muerte a la chica. Óscar haría cualquier cosa por ella. ¿Y si también lo habían engañado a él? Si Valentina estuviera colaborando con Greta, no les habría entregado el cuaderno negro, ¿o sí? Entre las dos podrían haberlo utilizado para su macabro plan. Marina sabía que el objetivo de Valentina era encontrar pruebas para inculpar a Jesús Estrada. No sería descabellado pensar que ella supiera que Martín y su madre se habían reencontrado, incluso pudo ser él mismo el que las presentara. Serían, por tanto, dos mujeres con un mismo objetivo.

—No vendrá. Es imposible que se acerque a la playa sin ser descubierta —aventuró Lino, apoyándose en un saliente de roca.

—No nos queda otra que esperar —dijo Marina—. Perseguir a un asesino de estas características es como intentar salir del laberinto de Creta, pero sin la guía del hilo de Ariadna. Requejo sabe que a Greta le gusta esta playa por ser la preferida de Martín. Tened paciencia, tarde o temprano aparecerá.

La noche trascurrió en calma. De mal talante y con un fuerte dolor de cabeza, Marina recibió a las primeras luces del amanecer. Buscó a Lino con la mirada y este levantó el pulgar desde su posición, en el sendero de los acantilados. A continuación, hizo lo propio con Nora, situada en el extremo opuesto de la playa, y con los compañeros apostados en puntos estratégicos.

La luz de amanecer era seductora y poderosa. Envuelto en niebla, el fulgor naranja rompía en mil matices de azul las tinieblas de la noche. Marina era incapaz de observar la belleza del momento. Empezaba a estar harta de la espera. ¿Y si Greta no aparecía?

A punto de tirar la toalla, elevó la vista y el vuelo de un vestido blanco agitado por la brisa del mar la dejó paralizada. Echó mano del transmisor.

—Atención. ¡Es ella! Greta Hoffman está en los acantilados.

37

Mía es la venganza. Yo haré justicia.
Romanos, 12, 19

BASTÓ UN SEGUNDO para que la figura de Greta se materializara entre las rocas. Caminaba con dificultad porque cargaba con un bulto entre los brazos.

—Todos prevenidos —escucharon la voz del comisario a través de la radio.

Marina avanzó por el sendero y dejó de ver el vestido. Por un momento pensó que la había perdido, pero era imposible que alguien con una carga tan pesada desapareciera. La brisa soplaba con fuerza y hacía oscilar el vuelo de las gaviotas. Pocos pasos más allá, la vio de nuevo. Greta había depositado la carga sobre la hierba. Cuando la policía se acercó, descubrió que era Valentina. Parecía profundamente dormida y su cabello se derramaba por encima de una roca.

La forense miraba hacia el mar. A Marina le recordó a las imágenes de las mujeres de los pescadores que esperan el regreso de los barcos. Como la escultura a la que todos en Gijón conocen como la *Lloca*. Pero, al acercarse, observó una gran diferencia entre ellas, el rostro contraído y angustiado de la estatua nada tenía que ver con la serenidad que emanaba el de Greta.

A pocos pasos de alcanzar su objetivo, la mujer la increpó.

—No te acerques —ordenó la forense con voz firme.

El rostro de Valentina estaba relajado. En verdad parecía dormida, pero, a esas alturas, Marina dudaba de todo. Podría estar muerta.

—He venido para hablar contigo, Greta.

—Habla —dijo con una media sonrisa. Su rostro quedó bañado por una luz anaranjada que le dio el aspecto de una muñeca de cera—. Es el momento perfecto.

—Deja que me lleve a Valentina. Ella es inocente. Durante toda su vida se dedicó a cuidar de Martín. Jamás le hizo daño.

—¿Crees que está muerta? ¿Crees que voy a sacrificarla como hice con los demás? No has entendido nada.

Ahora, el rictus de la cara de Greta se contrajo. Marina ignoraba si era por dolor, por rabia o por tristeza.

—Deja que me la lleve —repitió, acercándose a la chica—. Necesitas ayuda.

—¡Qué sabrás tú lo que yo necesito! —gritó, enfrentándose—. ¿Qué sabes tú del dolor! ¿Acaso sabes lo que es perder un hijo?

—Dímelo tú. Dime por qué has matado a tres personas.

Greta permaneció en silencio. Un silencio que levantaba una barrera entre ellas. Marina aprovechó para llegar hasta Valentina, comprobó que estaba viva y, cuando se disponía a cargar con ella, Greta se abalanzó por detrás y le propinó un fuerte empujón.

—¡Aléjate de ella! ¡No la toques! —Con ternura, acarició el rostro de la chica y dijo, más calmada—: Despertará en cualquier momento. Quiero que esté presente. Quiero que escuche lo que tengo que decir.

A Marina le sobrevino un extraño escalofrío. De un vistazo, localizó a los compañeros posicionados a una prudente distancia de ellas y con las armas apuntando hacia Greta. Sabía que, al menos dos de ellos, eran buenísimos tiradores.

—¿Habéis encontrado a Arturo y a Salvador? —quiso saber la forense.

La pregunta sorprendió a Marina.

—¿Por qué los encerraste? Casi los matas.

Greta puso cara de extrañeza. Como si no supiera de qué le estaba hablando.

—Del agujero donde los encerraste emanaba un gas tóxico —dijo Marina, y Greta retrocedió con los ojos muy abiertos y la mano tapándose la boca, lo que dio a entender a la subinspectora que la forense ignoraba que los hubiera puesto en peligro.

—¿Están bien?

—¡Casi los matas! —repitió, perdiendo la paciencia.

—Arturo me descubrió demasiado pronto. Confieso que cometí un torpe error, me confié y él empezó a sospechar. Y Bedia… Salvador solo tuvo que atar cabos. Pero él sí que me pilló por sorpresa. Cuando se presentó en el despacho, tuve que improvisar. Nunca he tenido intención de hacerles daño, pero necesitaba tiempo para completar mi plan. Me gustaría evitar que Arturo acabe pensando que soy un monstruo. Sería incapaz de superarlo. Bastante doloroso va a ser tener que enfrentarse con la realidad. En el fondo, solo quería protegerlo de mí misma, encerrarlo para que no resultara herido. Dile que lo he querido mucho, que lo quiero mucho.

La mujer templaba los nervios de manera formidable.

—Cómo puedes ser tan cruel. —Las fotografías de los cadáveres y el ensañamiento con el que había actuado la forense regresaron a la cabeza de la subinspectora, que temía por Valentina—. ¿Por qué acabaste con la vida de Javier, de Carla y de José Luis?

—Por amor —respondió con rapidez.

—¿Amor? Eso no es amor. Matar es un delito horrible, pero ¿y mutilar? ¿Qué necesidad había de profanar sus cuerpos?

Con una serenidad como jamás había visto, la doctora Hoffman se sentó cerca de Valentina y esta se despertó.

—No tengas miedo. Estás conmigo. —Valentina miró a la policía y, lejos de asustarse, se abrazó a Greta. La subinspectora confirmó entonces que ya se conocían—. Pronto acabará todo.

Con voz firme pero desgarrada por la emoción, Greta fue narrando con todo detalle la historia de su hijo, el dolor de tener que abandonarlo, el esfuerzo por adaptarse a otra cultura, lejos de su tierra, el amor de Otto, su marido, del que estaba enamorada, la decepción al no conseguir quedarse embarazada de nuevo, la enfermedad y la muerte de Otto, la depresión en la que se hundió al quedarse sola. Greta recordaba detalles que hablaban de soledad y sacrificio, y también de cómo había recobrado la ilusión al encontrarse de nuevo con Martín. Los momentos que vivieron juntos y cómo ella se esforzaba por complacerlo, y de su afición por el cine y las películas ambientadas en Asturias.

Cuando llegó a ese punto, la forense guardó silencio mientras las lágrimas caían sin control por su rostro. Valentina la miraba con una mezcla de temor y cariño, sin atrever a moverse de donde estaba.

Por un momento, Marina creyó ver en los ojos de Greta a aquella joven adolescente embarazada que acababa de perder al amor de su vida.

—A Martín lo destrozaron, lo humillaron, lo insultaron, lo chantajearon durante toda su vida —continuó, recobrando las fuerzas—. Mi hijo tuvo que soportar los malos tratos en el campamento, en el colegio y en su propia casa. A Martín lo chantajeaban con vídeos sexuales y por su orientación sexual, su abuelo renegó de él y lo dejó en la calle. Pero mi Martín pudo con todo hasta que perdió a su amor en aquel maldito incendio. Mi hijo nunca pudo ser libre de amar a quien quisiera. Tuvo la opción de convertirse en uno de ellos y no lo hizo. Martín era un hombre bueno, como lo fue su padre. No sabes cuánto me arrepiento de haberme marchado. Javier, Carla y Galán merecían un escarmiento.

—Eso no cambia lo que has hecho. Has matado a tres personas y las has mutilado de una forma despiadada.

Greta se puso de pie sin dejar de mirar a la subinspectora. En su rostro había ira, apretaba los puños y la furia tensaba todos los músculos de su cuerpo.

—¿Por qué los marcabas con la flor de agua?

—Es una maldición.

—¿Una maldición?

—Yo no pedí su gracia cuando bebí de aquella fuente. Ni siquiera sabía de su existencia. Aquel 24 de junio de 1997, un poder ancestral me maldijo y quedé embarazada de un hijo al que no pude cuidar y al que destrozaron la vida. Mi primer amor, el padre de mi bebé, falleció el día 24; mi hijo nació el día 24, y el 24 se suicidó. ¡La flor de agua no nos protegió a ninguno! Para mí, solo significa venganza.

Marina conectó al fin con el patrón que había elaborado la mente enferma de la forense y entendió por qué mataba siempre el mismo día.

Con un lento movimiento echó mano de las esposas. Había llegado el momento de detenerla y debía actuar con rapidez.

Se aproximó hasta Valentina, colocándose entre ellas para protegerla. Y entonces, Greta, corrió hacia los acantilados.

—¡Mía es la venganza! ¡Yo haré justicia! —gritó con tanta fuerza que las gaviotas elevaron el vuelo.

La mujer miró a su alrededor y comprobó que estaba rodeada, que no tenía escapatoria.

—Suso no creía en la venganza —dijo a modo de despedida—. Pero yo sí.

Y saltó al vacío.

El grito de Valentina heló la sangre de los allí presentes.

Epílogo

1 de septiembre de 2023

LINO TECLEABA EN el ordenador a una velocidad endemoniada, Nora repasaba el informe que debían enviar al comisario y Marina recogía con calma las fotografías de las víctimas. A punto de cerrar el cuartel general, un Bedia eufórico entró por la puerta.

—*LamadrequepariôaGreta* —soltó antes de dar un portazo.

Los tres agentes se giraron hacia él sobresaltados.

—¿Me echasteis de menos? Traigo algo que os va a dejar boquiabiertos.

«Ya lo estamos», pensó Marina al ver cómo el inspector apartaba el ordenador de Lino y abría un hueco en su mesa.

—Me dieron de alta, sí, no penséis mal. Arturito anda un poco tristón y estará de baja un tiempo. Normal, yo también estaría de bajón si mi novia fuera una asesina. La buena noticia es que el juez admitió la declaración de Marina con el relato de la confesión de Greta. Eso ayudará a exculparlo. Pero no es eso a lo que vine. De momento, nadie se mueve del cuartel general porque tenemos trabajo. ¡Vais a flipar! —dijo, y soltó sobre la mesa una bolsa transparente que contenía varios *pen drives*—. El paquetito llegó esta mañana a comisaría. El comisario y yo conocemos ya su contenido y, antes de meternos en faena, os voy a hacer un resumen. Lo que veis aquí es un pasaporte directo a la cárcel para Jesús Estrada y, si hacemos bien nuestro trabajo, también podremos enchironar a los responsables de Buenos

Valores. Martín Estrada estuvo guardando estas grabaciones durante años. ¡Menudo material! Grabó los malos tratos a los que lo sometía el abuelo, con imágenes explícitas. Algunas de ellas son muy duras. También escuchamos conversaciones de alto voltaje con José Luis Galán. Hay vídeos de contenido sexual y seguimientos más propios de un detective que de un muchacho. Todos los chanchullos que podáis imaginar están grabados. El chico se empleó a fondo durante años para joder al abuelo. Y lo consiguió. Con todo esto, Gris solicitó una visita al juez para mostrarle el material. En principio y, si no encuentra ninguna pega, tienen plena validez legal. ¡La bomba!

Los tres agentes escuchaban a Bedia sin dar crédito.

—¿De dónde has sacado esto? —preguntó Marina con la vista en aquella bolsa.

—Greta, o mejor, Julia Morán. Lo envió antes de suicidarse. Era una mujer muy inteligente, lo malo es que el dolor por la muerte de su hijo la trastornó y acabó convirtiéndose en una asesina. La forense lo tenía todo bien atado. Martín le entregó a su madre los *pendrives* para usarlos contra el abuelo. Greta explica en una carta que su hijo y ella contactaron con un abogado y que estaban preparando la denuncia cuando ocurrió el incendio. La pérdida de Tristán fue demasiado para Martín. El suicidio de su hijo nubló su mente y, en vez de seguir adelante con la acusación, ella optó por cargarse a los culpables.

—¿Sabemos quiénes eran las siguientes víctimas? —preguntó Lino muy interesado.

—Estrada era la guinda del pastel. Gris acaba de enviar dos unidades a su casa para detenerlo. —El inspector revisó en su móvil y accedió al documento—. Tenéis que escuchar lo que Greta confiesa en la carta que los compañeros encontraron cuando registraron su casa:

Deambulando por la ciudad encontré un solar con varios edificios abandonados, que en otros tiempos debieron de estar llenos de vida. En los terrenos de la antigua fábrica de armas he encontrado el lugar perfecto para encerrar al monstruo. Durante meses he seguido sus movimientos y he descubierto que todos los jueves conduce su coche hasta la casa donde viví el embarazo de Martín. Un lugar solitario y perfecto para secuestrarlo y esconderlo en el agujero. He pasado muchas noches en vela planeando mi venganza. Lo que les hice a los otros no es nada comparado con lo que tengo reservado para él. Nunca debió tocar a Martín. Esto lo hago por mi hijo y por el sufrimiento que infringió a Delina y a Valentina.

Siempre supe que me subestimaba. ¡La tonta y asustadiza Julia! Ya no soy aquella niña inocente. Por su culpa me he convertido en una madre herida y llena de rabia. No tiene ni idea de a quién se enfrenta. Pero tengo que mantener la mente fría si quiero completar mi venganza. Pienso encerrarlo y torturarlo como él hizo con Martín. Voy a someterlo a todo tipo de vejaciones antes de que su nombre desaparezca de la faz de la tierra.

Mi venganza será completa, mutilaré su cuerpo, mancillaré su nombre y acabaré con sus negocios y su patrimonio hasta que no quede ni rastro de él.

Bedia levantó la vista del papel y observó la reacción de cada uno de los agentes antes de concluir:

No pararé hasta conseguir que todos olviden su nombre y que aquellos que lo recuerden lo hagan con tanto asco como el que yo siento ahora.

¡Maldito seas, Jesús Estrada!

¡Allá adonde vayas, yo te maldigo!

El recuerdo de Greta invadió el espacio del cuartel general.

—Vistos los antecedentes, podemos imaginar la clase de tortura a la que pensaba someter a Jesús Estrada —dijo apagando el móvil y en espera de algún comentario que no llegó.

La confesión de la forense había provocado en el equipo sentimientos encontrados. Por supuesto que condenaban el haberse tomado la justicia por su mano, pero ¿cómo habrían reaccionado ellos de haber estado en la piel de esa madre?

—Con todas las pruebas en su contra, no tiene escapatoria. Jesús Estrada será juzgado y a Martín, por fin, se le va a hacer justicia. De eso nos encargamos nosotros —dijo Bedia mientras los miembros del equipo asentían—. Perfecto. Tenemos trabajo.

Acercó una silla y los demás lo imitaron. Y durante varias horas, cuatro pares de ojos se dedicaron a visionar el contenido del material que cerraría el caso.

—Ayer estuve hablando con Valentina y con Óscar —dijo la subinspectora, aliviada al pensar que los dos habían conseguido salvarse del macabro plan—. Ella me confesó que, cuando descubrió el cuaderno negro, se dedicó a llamar a todos los que conocía de la infausta lista, entre otros, a Begoña Salinas. Por lo visto es una antigua amiga de su pareja. Valentina temía la impulsividad de Estrada porque es un hombre rencoroso y con ideas de otro siglo. Estaba convencida de que planeaba algo contra ellos y avisarlos era una manera de frustrar los planes de su tío. Pero hay una cosa que no me queda clara, Salvador, ¿por qué sospechaste de Requejo?

—Un día me pareció ver su coche en comisaría y me extrañó. Visualicé la grabación de la cámara del aparcamiento y confirmé mis sospechas. Ya sabes cómo soy, desconfío hasta de mí mismo. Indagué un poco y me puse en contacto con el laboratorio al que, supuestamente, habían enviado las muestras. ¡Qué puntería! Nunca recibieron tales muestras. Greta mentía y, mal que me pese, Arturo, también.

—Seguro que Requejo ignoraba los planes de Greta. —Marina trató de justificar al forense.

Sabía de sobra que aquel modo de comportarse de Bedia, restándole importancia al asunto, era su forma de ocultar el dolor que sentía por su amigo.

—Si la doctora Hoffman ya lo tenía todo bien pensado, tal y como confiesa en la carta, estoy convencido de que podremos demostrar que Requejo no tuvo nada que ver en los asesinatos —aseguró Lino, pensando en las pruebas que Marina había aportado en su defensa.

—¡Ese es mi Lino! —concluyó Bedia, dándole una palmada en la espalda.

La mañana pasó en un suspiro, enfrascados como estaban en visualizar el material que Martín había reunido. Durante el tiempo del que disponían para almorzar, el inspector llamó aparte a Marina.

—Tú y yo tenemos una conversación pendiente —dijo al sacarla del cuartel general y de camino hacia la sala de reuniones. Una vez allí, la miró a los ojos muy serio—. Explícame qué es eso de que estás loca.

Marina se ruborizó. Pensaba que Bedia estaba inconsciente cuando había hablado con él antes de entrar en la ambulancia y empezaron a sudarle las manos. No estaba preparada para enfrentar una confesión como esa. Su carrera profesional estaba en juego. Adiós a los sueños.

Durante un rato retrasó como pudo la respuesta. Bedia esperaba con el rostro serio y extrañamente tenso. Y después de muchos minutos, Marina tomó asiento con la cabeza gacha, evitando mirarlo a los ojos.

—Supongo que tarde o temprano te ibas a enterar. Cuando te vi en aquel agujero, confieso que me temí lo peor y por eso te dije lo que te dije. Ahora me arrepiento de haberlo hecho.

—Marina, deja de marear la perdiz. —Colocó su manaza en el hombro de la subinspectora—. Te doy dos minutos para soltarlo y después nos vamos a comer. Parece mentira que te cueste tanto confiar en mí.

Ella levantó la cabeza y lo miró acongojada.

—No es eso, Salvador. Es algo muy complicado y tiene que ver con mi hermana.

—¿Con Elena?

—Sí, Elena. —Marina dejó escapar el dolor. Necesitaba compartir aquella parte del duelo con él. Salvador era como un padre para ella, su mentor, el espejo en el que se había mirado durante aquellos años. Nadie como él conocía sus debilidades y sus dudas, y nadie como él había creído en sus capacidades como policía y también como persona—. Al parecer, todo el mundo era consciente de que mi hermana falleció pocos días después del accidente… todos, menos yo. Desde hace cuatro años hablo con ella por teléfono. O, más bien, he almacenado mensajes de voz y llamadas perdidas a su número. No lo he superado, Salvador. No consigo superar la muerte de mi hermana.

Marina se cubrió el rostro con las manos y lloró desconsolada.

Bedia tardó un segundo en reaccionar, la atrajo hacia sí y la apretujó entre sus brazos, al tiempo que depositaba pequeños besos sobre su cabeza.

—Mi pobre Marina. ¡Cuánto dolor acumulaste! Déjame ayudarte. Como dices siempre, saldremos de esta.

—Necesito terapia, Salvador —dijo ella, limpiándose la cara—. Seguramente tenga que solicitar la baja para curarme.

—Poco a poco, Marina, iremos poco a poco. Todavía nadie descubrió la fórmula infalible de gestionar el dolor. Dime, ¿crees que todo el mundo encaja los golpes con la fortaleza de un superhombre o de una supermujer? No nos engañemos. Cada uno gestiona el dolor como sabe, como puede o como le dejan.

Durante estos años, creer que tu hermana seguía viva y mantener el vínculo con ella, aunque fuera a través de un teléfono, te salvó del abismo. Yo estuve allí, justo en el límite y créeme que lucho cada día conmigo mismo para no volver a entrar en el infierno. Buscaremos ayuda y yo estaré a tu lado. Y por tu carrera no te preocupes, estoy convencido de que vas a ser una magnífica inspectora.

Salvador estrechó con fuerza a Marina y la dejó llorar hasta que se calmó. Cuando estuvo más tranquila, la rodeó con el brazo por los hombros y le susurró al oído:

—Conozco a un psiquiatra muy bueno. Me cae bien. Es el hermano de Lino y se llama Eloi. Seguro que puede ayudarte. Lo mismo hasta yo le pido una consulta. Nunca se sabe.

Agradecimientos

ESTA NOVELA ES un tributo a un modo de narrar, de contar, de fabular, que se pierde en la noche de los tiempos. Un reconocimiento a los aedos, juglares, rapsodas y trasmisores de leyendas y cuentos, a los que tanto debemos. Una historia cuyo punto de partida es la noche mágica de San Juan y la tradición de quemar en las hogueras las malas experiencias vividas. Un rito de culto al fuego y al agua.

Una vez más, la raigambre y las leyendas asturianas me han servido de inspiración. El enramado de las fuentes, el salto de las hogueras, la celebración del solsticio de verano representado en el baile de la Danza Prima; ritos que se perpetúan como una forma de preservar un patrimonio cultural y etnográfico.

Mención obligada les debo, por gratitud, a mis lectores de guardia, a mis hijas Paula y Lucía, a Maite Bode, Violeta Otín y Jorge Romero, por su apoyo entusiasta.

Debo incluir, además, un reconocimiento especial a Antonio, mi marido, al que estoy unida por la poderosa fuerza del amor. Gracias por tu sinceridad y oportunos consejos a la hora de leer el manuscrito. Sabes que esta novela no habría visto la luz sin tu ayuda.

Con aquellas personas que han ido acompañándome a lo largo del camino, que han sido mi apoyo, mi fuente de inspiración y mis consejeros, porque el arte de escribir, pese a ser un trabajo solitario, es compartido, también tengo una deuda de gratitud.

A mis compañeros de viaje del equipo editorial de MAEVA, a mis editoras, Maite y Eva Cuadros, a Núria Ostáriz, Mathilde Sommeregger, Leticia García Olalla y a Joaquín Hernández, por su generosa profesionalidad.

Una mención especial a los lectores perspicaces que han descubierto el juego de palabras: camisa Roja–Requejo, camisa Blanca–Bedia y que han observado en el texto un guiño a las canciones, poemas, coplas y recopilación de cuentos de la tradición oral que me inspiraron para escribir *Flor de agua:* Fito y los Fitipaldis, Gloria Fuertes, Ramón Perelló, Kim Carnes, Lucie Silvas y *Las mil y una noches,* además de una referencia a los Caminantes Blancos de la serie *Juego de Tronos.* Guillermina sabe el motivo.

Gracias a ti, lector. Seguro que nos encontraremos en cualquier caleya.

No dejes escapar las otras dos novelas de la serie del Oriente Astur

La memoria del tejo

En un pueblo tranquilo en el Oriente asturiano se produce el misterioso secuestro de una adolescente a la que le han borrado la memoria

Colombres, capital del concejo de Ribadedeva. Oriente de Asturias. La plácida vida de Berta Vega se ve trastocada cuando secuestran a su hija durante cuarenta y ocho horas y luego la liberan a más de cien kilómetros de su casa. Todo se complica cuando se perpetra un segundo secuestro que pone en jaque a la policía.

El tercer lago

Cuenta la leyenda que Bricial solo se parece a los que van a experimentar n cambio. Su visita es efímera, igual que la del lado fantasma

milio Noval, un empresario ejemplar, uere apuñalado en plena noche en su asa de Cangas de Onís. Por fortuna, su ija, Mónica, una adolescente rebelde, ormía en casa de su amiga Llara y del adre de esta, Nelu Prado, un «preparaionista». Cuando la policía se hace argo del caso, no intuye qué conexión uede tener esa muerte con un segundo sesinato.